너를
어쩌면
좋을까

너를 어쩌면 좋을까

2016년 7월 28일 초판 1쇄 발행
지은이 · 곽세라

펴낸이 · 김상현, 최세현
책임편집 · 최세현 | 디자인 · 김애숙

마케팅 · 권금숙, 김명래, 양봉호, 최의범, 임지윤, 조히라
경영지원 · 김현우, 강신우 | 해외기획 · 우정민
펴낸곳 · (주)쌤앤파커스 | 출판신고 · 2006년 9월 25일 제406-2012-000063호
주소 · 경기도 파주시 회동길 174 파주출판도시
전화 · 031-960-4800 | 팩스 · 031-960-4806 | 이메일 · info@smpk.kr

ⓒ곽세라(저작권자와 맺은 특약에 따라 검인을 생략합니다)
ISBN 978-89-6570-348-8(03810)

쌤앤파커스(Sam&Parkers)는 독자 여러분의 책에 관한 아이디어와 원고 투고를 설레는 마음으로 기다리고
있습니다. 책으로 엮기를 원하는 아이디어가 있으신 분은 이메일 book@smpk.kr로 간단한 개요와 취지,
연락처 등을 보내주세요. 머뭇거리지 말고 문을 두드리세요. 길이 열립니다.

| 곽세라 지음 |

삶이 괜찮지 않을 때, 나를 붙잡아준 말들 너를
어쩌면
좋을까

쌤앤
파커스

그 길 위에서 삶이 내게 날을 걸어왔다.
나를 붙잡아준 일곱 마디 말들을
여기, 잊지 않으려고 적었다.

한 마디, 한 마디를
스스로의 가시에 찔린 당신과
세상의 모든 방랑 예비군들에게 바친다.

prologue

쓰는 이는 혼자 쓰고 읽는 이도 혼자 읽는다.
그렇지 않았다면 나는 이 이야기를 시작하지 못했을 것이다.
혼자가 아니면 갈 수 없는 곳이 있다고 믿기 때문이다.

우리의 마음이 고아처럼 혼자 있는 순간에
그 모든 기적이 일어난다.
기도가, 독서가, 꿈이, 여행이, 용서가, 치유가
우릴 발견한다.

그리고 차례차례 손을 잡고 먼 길을 걸어,

우릴 낯설지만 안락한 곳에 데려다 놓는다.

먼 별과 교신하는 것처럼 이것은 신비롭고 은밀한 대화다.

나 아니면 아무도 모르는 일들이 나만 알게 일어나는 사건.

지난 17년 간 나를 기민한 형사처럼 출동시켰던 그 사건들 속으로

당신을 끌어들이려는 것이 이 책의 음모다.

contents

"참 오갈 데 없는 아이로구나.
너를 어쩌면 좋을까?"

지식이 없음은 충분히 이해받지만 매너 없음은 용서받기 힘들다.
특히 당신의 인생은 무례의 순간들을 잊지 않고
당신이 씻어줄 날을 기다리고 있다.
속 깊은 애인처럼, 마음 약한 어머니처럼.
그들은 바보같이 우리의 무례함을 견딘다.
그냥 버려두고 떠나도 될 것을 기어이 기다리는 쪽을 택한다.
이번 한 번만 기다려주면 기적처럼 어느 날
우리가 변하리라 믿는 것이다.
그러다가 드디어는 북받쳐 오른다.
눈물을 터뜨리며 가슴에 맺힌 세월을 쏟아낸다.
내가 열여덟 살 되던 해, 우리 엄마가 그랬던 것처럼.

10년 전, 점을 보러 갔던 적이 있다. 실은 약을 사러 갔던 것인데 그 약국의 주인아저씨가 마침 점을 볼 줄 알았기에 벌어진 일이었다. 싱가포르의 번화가 뒷골목에 있는 아담한 약국이었다.

싱가포르는 세상의 교차로다. 싱가포르에서 환승을 하면 가지 못할 곳이 없다. 특히 내게 싱가포르는 여행 중 숨을 고르는 작은 문턱과 같아서 그 문지방에 걸터앉아 하루이틀 쉬는 것이 좋았다. 그래서 나는 여전히 장거리 비행을 하게 되면 직항이 있더라도 굳이 싱가포르 경유 노선을 택한다. 원래 있던 곳은 털고 떠나왔지만 목적지엔 아직 도착하지 않은, 진공관 속 미묘한 자유를 만끽하기 위해서다. 홀가분한 경유자의 낙원, 짐을 쌀 필요도, 풀 필요도 없어라. 먼지처럼 가볍게 폴폴폴 머물다 가는, 아, 싱가포르!

그런데 그 싱가포르 경유를 할 때마다 내 몸은 환절기 증상을 겪었다. 원래 잔병치레가 없는 나인데 싱가포르에만 도착하면 기침이 나거나 몸살기가 생겼다. 10년 전의 그날도 기침약을 사러 약국 문을 밀고 들어선 참이었다.

"마시는 기침약 하나 주세요."

머리를 말끔하게 삭발하고 두꺼운 안경을 쓴 아저씨가 날 물끄러미 보더니 말했다.

"기침 한 번 해봐."

나는 시키는 대로 두어 번 기침을 해보였다. 어젯밤보다 목이 훨씬 더 아픈 것 같았다.

"흠…. 몇 살이야?"

기침소리를 들어보는 것 하며 환사의 나이를 묻는 것 하며 프로의식이 투철하고 의학적 지식이 깊은 약사님이 틀림없었다. 신뢰가 가서 나는 곧이곧대로 내 나이를 밝혔다(그때만 해도 이미 난, 두세 살쯤 슬쩍 깎아 대답하는 게 버릇이 된 나이에 접어들어 있었다.).

"서른셋이라고? 참 오갈 데 없는 나이로구나. 이 일을 어찌하면 좋을꼬…."

뭘 어찌하면 좋겠다는 건지 나는 종잡을 수가 없었다. 내 기침소리가 손 쓸 수 없이 나쁘다는 건지, 내 나이가 너무 애매해서 무슨 약을 줘야 할지 헷갈린다는 건지.

"배꼽에 문신을 하기엔 너무 늙었고, 그렇다고 술을 끊기엔 너무 어려. 쯧쯧…. 널 어쩌면 좋누!"

기침약 하나 사러 왔다가 들어야 하는 말 치고는 너무 엉뚱해서 웃음이 나왔지만 그는 아랑곳 하지 않고 내가 태어난 달과 날을 묻고 약국 카운터 뒤에서 무언가를 한참 끼적이고 골똘히 생각하더니 한숨을 쉬며 내게 말했다.

"참 오갈 데 없는 아이로구나. 너를 어쩌면 좋을까?"

"바람이 너무 심해! 지금은 바람이 분다고. 그 속에서 성냥을 100개 그어 봤자 불이 붙지 않을 거야. 지금은 네가 할 수 있는 일이 별로 없으니 부적이나 사라. 그리고 바람이 자기를 기다려."

나는 물약 한 통과 함께 자그마한 부적을 샀다. 나는 미신을 믿을 뿐만 아니라 부적도 아주 좋아한다. 하지만 그의 부적은 그다지 효험이 없었다. 그의 말대로 내 삶은 산들바람이 부는 날은 산들바람에 취해서, 광풍이 몰아치는 날은 그 미친바람에 흔들리느라 성냥에 불을 붙일 겨를 없이 흘러갔다. 그 바람 속에서 나는 싱가포르의 약국도 잊었다.

지난 달, 프랑스에서 호주로 돌아오는 길 다시 싱가포르에서 이틀간 경유하는 동안 문득 그 약국아저씨가 생각났다. 이번엔 기침이 나지도 않는데 무슨 핑계로 간담? 그리고 그 아저씨가 아닌 다른 사람이 있으면 어쩌지? 그럼 밴드나 입술연고를 하나 사면 될 일이었다. 약국은 화려해져만 가는 오차드로드Orchard Road의 뒷골목에서 10년 전보다 훨씬 옹색해 보였다. 아저씨도 허리가 굽어 있었다. 그리고 물론 나를 기억하지 못했다.

"입술에 바르는 연고 하나 주세요."

아저씨는 아무 말 없이 연고를 카운터에 올려놓았다. 나도 말없이 돈을 치르고 돌아서려는데 서운해서 견딜 수가 없었다. 역시 기침이 난다고 해야 했나? 내가 머뭇거리는 모습을 보더니 아저씨가 물었다.

"왜? 다른 상표로 줄까?"

나는 엉성하게 거짓말을 했다.

"저…. 실은 제 친구가 몇 년 전에 여기서 아저씨한테 점을 봤다고…."

아저씨는 금세 알겠다는 표정으로 허리를 꼿꼿이 펴고 자세를 고쳐 앉았다.

"점을 보러왔구먼! 몇 살이야?"

나는 다시 한 살도 깎지 않고 제대로 대답했다.

"마흔 셋이라고? 차암 오갈 데 없는 나이로구나."

세상에! 난 언제쯤이나 오갈 데 있는 신세가 되는 거지? 영화 '먹고, 기도하고, 사랑하라'에서 줄리아 로버츠의 손금을 봐주었던 발리의 할아버지가 떠올랐다. 그 할아버지가 그랬던 것처럼 이 아저씨도 그를 찾아오는 모든 이들에게 같은 말을 하는 게 틀림없었다. 이 말만 던지면 모두에게 먹혔으리라. 인생이란 부모 품을 떠나는 순간부터 관에 들어가는 순간까지 몇 살이 되든 오갈 데 없는 여행이니까. 아저씨는 낭랑한 목소리로 계속했다.

"아이를 낳기엔 너무 늙었고, 그렇다고 푹 퍼져 뜨개질을 하기엔 너무 어려. 이 일을 어찌하면 좋을꼬?"

그는 이번에도 내 생일을 물었고 한숨을 쉬며 바람 속의 내 인생을 걱정했다.

"지금은 네가 할 수 있는 일이 없으니 부적이나 사라. 그리고 바람이 자길 기다려."

10년 전의 그 바람은 방향을 살짝 바꾸었을 뿐 여전히 나를 향해 불고 있었다. 거기에 아직 젊다고 우기고 싶은 바람, 아직도 날 여자로 봐줄 거라는 헛된 바람까지 보태어져 나의 치맛자락을 들추고 머리카락을 헝클어 대고 있었다. 이번엔 그 바람이 좀 잘까 해서 나는 또 부적을 샀다. 가격이 조금 올라 있었다. 그리고 여전히, 효험은 없다.

"참 오갈 데 없는 아이로구나. 너를 어쩌면 좋을까?"

깊고 따뜻한 강의 인사, 알로하

'알로하'라는 말의 뜻을 몇 가지나 알고 있는지? 보통 하와이에서 쓰는 '헬로' 정도로 알고 있지만 실제로는 그보다 훨씬 다양한 의미를 가진 말이라고 한다. 애정, 사랑, 용서, 자비, 받아들임 등등. 그래서 하와이에서 누군가가 당신에게 "알로하!"라고 한다면 그것은 종종 "사랑해요."라는 기습고백일 수도 있으니 주의할 것.

그 알로하 정신에 관해 처음 배운 것은 하와이에서였지만(하와이의 숙소에 체크인을 하면 그곳 직원이 방 열쇠를 주기 전에 윙크를 곁들여 가르쳐준다. 호텔이건 게스트하우스건.) 그 알로하를 피부로 느낀 것은 뉴질랜드에서였다.

9월의 뉴질랜드는 춥고 어두웠다. 나는 로토루아Rotorua에 사는 한 친구를 만나기로 되어 있었다. 우리는 한때 클럽메드에서 함께 GO로 일하면서 친해졌다. 나는 요가강사였고 그녀(그녀의 이름도 세라였다.)는 서커스팀에서 공중그네를 가르쳤었는데, 그 당시 스포츠팀 멤버 중 여자는 우리 둘뿐이었기 때문에 서로 적잖이 의지가 됐고 마음도 잘 맞았다. 그녀가 나보다 키도 훨씬 크고 서양인답게 덩치도 컸으므로 사람들은 편의상 나는 그냥 세라, 그녀는 세라빅big이라고 불렀었다. 그녀는 5년 전에 클럽메드를 떠나 가족들이 있는 로토루아로 돌아와 그곳의 유명한 하와이안 스파에서 매니저로 일하고 있었다. 고객관리는 물론, 스파 프로그램 개발, 행사기획뿐만 아니라 마사지사들과 치료사들을 관리하는 일도 그녀의 몫이라고 했다.

세라빅이 그 모든 일들을 얼마나 신나게 해치우고 있을지는 보지 않아도 눈에 선했다. 클럽매드 시절부터 워낙 싹싹하고 행동력이 좋았기 때문에 언제나 그녀 주위에는 활기가 넘쳤다. 그 밝은 카리스마는 여전해서 만나기로 한 레스토랑 문을 열고 누군가 들어오는데 단번에 주위가 환해졌다. 세라빅이었다. 나는 그녀를 보자 낯선 도시에서의 긴장이 풀린 나머지 우는 소리부터 했다.

"로토루아가 이렇게 춥고 축축한 곳이라고 왜 말해주지 않았어? 한낮에도 구름이 잔뜩 끼어서 어둑한 데다 거리는 지나다니는 사람도 없이 텅텅 비었고. 아무리 보고 싶어도 그렇지, 이런 유령도시로 친구를 끌어들이다니!"

세라빅은 키득키득 웃으며 날 날렸다.

"진정해. 여긴 1년에 열 달은 날씨가 이래. 이렇게 춥고 축축한 날씨 덕분에 우리 스파센터가 번창하는 거야. 마사지를 받거나 온천욕을 하는 것 외에는 달리 할 일이 없거든!"

그녀의 말대로 축축한 냉기가 뼛속까지 스미는 이곳에서 며칠 지내다 보면 누구라도 따뜻한 온천에 몸을 담근 뒤 전신마사지를 받고픈 욕망이 솟구칠 것 같았다. 아니나 다를까 그 하와이안 스파는 2주 후까지 예약이 꽉 차 있어서 매니저의 오랜 친구인 나조차 마사지 스케줄을 잡을 수가 없었다. 마사지는 내가 가장 좋아하는 힐링 중 하나였기 때문에 나는 적잖이 낙담했다.

마사지는 몸에 스며 있는 마음을 어루만지고 풀어내는 작업이다. 다른 대부분의 치유과정들이 문제의 원인에 해당하는 머리와 가슴에 집중할 때, 마사지는 그로 인해 상처받고 뭉쳐 있는 피와 살에 머무르며 낙오된 감정들을 돌본다. 그래서 내게 특히 마사지 힐러 친구가 많은지도 모르겠다. 태국에서,

인도에서, 프랑스에서, 호주에서 각기 다른 마사지 테크닉을 접하고 힐링 마사지를 업으로 삼는 사람들과 이야기를 나누는 동안, 나는 마음이 몸 구석구석에 작은 웅덩이처럼 고일 수 있다는 걸 배웠다.

마음은 우리 안을 여행한다. 신경을 타고, 근육을 타고, 피에 섞여서, 혹은 뼈에 스며서. 그래서 사랑을 많이 받고 즐거운 기분을 자주 느꼈던 사람의 몸은 느낌이 좋다. 가까이 다가가고 싶고 함께 시간을 보내고 싶고 뭔가를 해주고 싶다. 하지만 우리 몸은 슬픔에 더 민감해서, 기쁜 기억보다 서글펐던 마음들을 더 알뜰히 구석구석에 쌓아놓는다. 두피에도, 목에도, 어깨에도, 날개뼈 사이에도, 팔 안쪽의 오목한 부분에도, 꼬리뼈에도, 무릎에도, 발바닥에도. 우리를 한때 휩쓸고 지나갔던 불안과 슬픔들은 그런 곳들에 가만히 고여 있다가 때때로 흐느껴 운다.

그래서 당신도 나도 문득 이유 없이 슬픔을 느낀다. 별일 없던 날의 새벽 잠결에 문득 서러워지고, 무심히 밥을 먹다가도 뜬금없이 허무해서 한숨 쉬는 존재인 것이다. 있는지도 모른 채 방치되었던 그 마음의 조각들은 힐러들이 만졌을 때 차갑고 딱딱한 느낌이 난다고 한다. 그것을 사랑과 의식을 지닌 존재가 정성껏 녹이고 풀어주는 작업이 힐링 마사지다. 그래서 나는 탁월한 마사지사들을 우러러본다. 오직 그들만이 달래줄 수 있는 몸의 마음을 가졌기 때문에. 춥고 낯선 도시에서 일깨워진 황량한 기억들이 어린아이처럼 울며 보채는 오늘 같은 날이면 더더욱.

실망한 내 표정을 읽었는지 세라빅이 말했다.

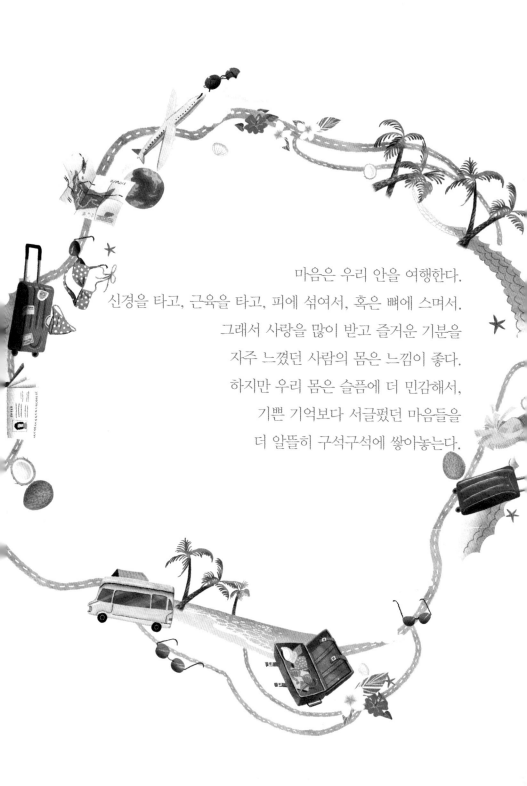

마음은 우리 안을 여행한다.
신경을 타고, 근육을 타고, 피에 섞여서, 혹은 뼈에 스며서.
그래서 사랑을 많이 받고 즐거운 기분을
자주 느꼈던 사람의 몸은 느낌이 좋다.
하지만 우리 몸은 슬픔에 더 민감해서,
기쁜 기억보다 서글펐던 마음들을
더 알뜰히 구석구석에 쌓아놓는다.

"대신 다른 마사지사를 소개시켜줄게."

그녀가 내게 소개해준 마사지사의 이름은 모아나Moana였다. 뉴질랜드 원주민인 마오리족 여인으로 그녀의 모든 것은 풍성하고 깊었다. 비옥하게 윤기 흐르는 갈색 피부도, 커다랗게 활짝 열린 두 눈도, 둥글고 넉넉하게 솟은 어깨와 가슴, 엉덩이도. 마오리족 언어로 모아나는 '깊은 바다'라는 뜻이라고 했다. 그리고 그녀는 그 이름과 아주 잘 어울렸다. '전설 바다에 춤추는 밤물결 같은' 검은 머리가 무엇인지, 나는 그녀의 어깨 위로 굽이치는 머리카락을 보고 알았다. 그녀를 보고 있으면 춥고 어둑한 로토루아가 아니라 그녀의 할아버지의 고향 하와이에 있는 듯한 느낌이 들었다.

알고 보니 모아나는 세라빅의 단골 마사지사였다. 근방에서 제일 유명한 스파센터의 매니저가 정작 자신은 외부 마사지사에게 몸을 맡기다니. 그건 내가 알고 있던 세라빅이 아니다.

"모아나의 마사지는 조금 특별해서 말이야. 일반 고객들이 어떻게 받아들일지 아직 자신이 없어. 하지만 분명한 건 그녀의 마사지는 차원이 달라. 너도 곧 알게 되겠지만."

세라빅이 변명 비슷하게 덧붙였다. 모아나의 마사지는 카후나Kahuna라고 하는 하와이안 전통 마사지로 아직 서구사회에는 잘 알려지지 않은 마사지 테크닉이라고 한다. 하지만 조금만 더 깊이 들어가보면 그것이 단순한 마사지 테크닉이 아니라 '합일의식'에 가깝다는 것을 알게 된다. 태양과 천둥과 붉은 흙을 섬기며 살았던 열대의 섬사람들은 대자연의 눈 밖에 나지 않고 살아가기 위해 '7가지 후나huna'라는 인간의 행동강령을 만들었다. 유교사상에 삼강 오륜이 있는 것과 마찬가지로. 그 후나의 정신을 카ka, 즉 성스러운 숨결로 인간의 몸에 불어넣는 신체적 의식이 카후나 마사지인 것이다.

모아나의 집은 사람들이 다니는 길에서 한참 벗어난 언덕 위에 있었다. 자두나무가 우거진 과수원 한 모퉁이였다. 그곳까지 차로 데려다주었던 세라빅은 나만 집 앞에 달랑 내려놓고는 손을 흔들며 가버렸다.

"팬티까지 벗으세요."

왜 세라빅이 모아나의 마사지를 자신의 스파센터에 도입하길 망설이는지 알 것 같았다. 그곳은 공중목욕탕이 아니었고 하다못해 칸막이로 둘러싸인 마사지실도 아니었다. 며칠 만에 날이 개어 환한 아침빛이 쏟아져 들어오는 그녀의 집 거실이었다. 나는 온몸에 햇살을 받으며 팬티를 내렸다. 기저귀를 뗀 이후로 처음 있는 일이었다. 거실 한가운데 마사지 베드가 있었고, 그 위에 나를 눕힌 뒤 모아나는 청진을 하는 의사처럼 한동안 내 몸 위에 손바닥을 올리고 집중해서 무언가를 탐색하더니 오일을 골라 따뜻한 물로 중탕했다.

태국식이나 발리식 마사지는 그렇게 하지 않는다. 고객에게 여러 개의 샘플을 주고 취향에 맞는 것을 고르라고 한다. 여기선 고객의 취향을 고려하지 않는 점이 신선했다. 의사가 환자의 취향에 맞춰 수술하지 않는 것처럼 '네게 필요한 것은 내가 알고 있어.'라는 듯 확신에 찬 태도가 든든했다. 그래서 그 흔한 타월 한 장 덮어주지 않는데도 날생선처럼 오롯이 그녀의 도마 위에 누울 수 있었다.

"참 오갈 데 없는 아이로구나. 너를 어쩌면 좋을까?"

오일이 적당히 데워지자 그녀는 거실에 하와이 느낌이 물씬 나는 음악이 흐르게 한 뒤 훌라춤을 추기 시작했다. 그것도 내 알몸 위에서! 마사지를 베푸는 이가 이토록 혼신을 다해 움직이는 것은 본 적이 없다. 마사지가 춤이 될 수도 있구나. 그것은 오일을 바른 내 몸을 부둥켜안고 추는 춤이었다. 유연한 스텝으로 마사지 베드 주위를 빙글빙글 돌며 풍만하고 포근한 팔로 문질러 내 다리의 근육을 풀어내었고, 두 팔의 안쪽과 가슴이 모두 닿도록 날 끌어안은 뒤엔 척추를 따라 내 등을 가닥가닥 훑어 내렸다. 엉덩이에도, 배꼽에도 오래된 하와이의 '알로하' 선율에 맞춰 기름이 부어지고 거기에 고여 있던 마음의 기억들이 마침내 누군가의 손길로 위로를 받았다. 그러는 동안 나는 무슨 생각을 했던가? 기억은 사라져도 그때 느낀 기분은 내 몸이 되어 있었다.

그 옛날 스승의 목소리가 다시 들렸다. '아난다, 그런 기분 몸에 담지 말거라. 그런 표정 얼굴에 머금지 말거라.' 그 말씀이 무얼 뜻하는지 아둔한 제자는 벌거벗은 이제야 알 것 같았다. 왜 그토록 생각 없이 험한 감정들을 몸에 채우고 냉담한 표정들을 얼굴에 머금었을까. 그때 그 사람이 내게, 내가 그 사람에게 무슨 말을 했었는지는 까맣게 잊었지만 그의 말투, 나의 표정만은 생생하게 명치 쪽에 고여 있었던 걸, 나는 몰랐다. 몇 번이나 울컥울컥 서운함이 올라왔고 울고 싶어졌다. 나는 참 매몰차게 마음을 다루었구나. 기분은 기분일 뿐이니 입을 다물고 잠자코 있으라고, 어디 안 보이는 데 가서 칭얼거리라고 윽박질러왔구나. 그 기분의 고아들을 고스란히 떠안아야 했던 몸에게 미안했다. 눈물이 끊임없이 흘렀던 것 같다. 그때 그 사람 앞에서 흘려주었어야 했을 눈물이, 이제야.

음악이 끝나고 모아나의 훌라춤도 멎었다. 그녀는 얇은 천으로 내 몸을 감싼 뒤 토닥토닥 두드려 피부 위에 남은 오일을 걷어주었다. 그리고 어머니가 포대기로 덮은 아기를 안듯 마지막으로 날 오래도록 안아주었다. 모아나의 따뜻하고 깊은 강이 나의 차가운 웅덩이로 흘러드는 느낌이었다. 완벽한 인사란 이렇게 나누는 것이었다. 온몸으로, 알로하.

달에 있는 토끼의 대답을 들어라

이따금씩 사람들은 내게 묻는다. 많은 곳을 여행하고 세상의 힐러들을 두루 만났으니 이제 마음의 상처 같은 건 없겠군요. 그렇게 시간을 들여 온갖 방법으로 치유받고 힐링하고 나면 어떤 기분이 드나요?

그때마다 나는 딴청을 피운다. 아니라고 하기엔 전보다 훨씬 편안한 인간이 된 게 사실이고, 그렇다고 티 없이 온화한 미소를 짓기엔 아직도 '별 수 없이 나'인 구석이 너무 많이 남아 있는 까닭이다. 얻은 것이 있다면 많이 겸손해졌다는 것. 스물일곱 시절 길을 떠나며 품었던, '세상의 행과 불행이 건드릴 수 없는 단단한 기쁨을 품고 늘 웃는 이가 되리라.' 같은 휘황찬란한 포부는 아직 이루어질 기미가 보이지 않는다, 조금도. 그러기는커녕 그때보다 훨씬 겁이 많아지고 엄살이 심해져서 세상의 행과 불행이 손가락만 까딱해도 나잇값도 못하고 숨이 넘어갈 듯 법석을 떤다.

"참 오갈 데 없는 아이로구나. 너를 어찌면 좋을까?"

하지만 이제 내가 그 한심한 꼴을 느긋하게 바라볼 수 있게 되었다는 점만은 자랑스럽다. 예전만큼 스스로를 닦달하지 않는다. 요가 아쉬람에서 수행했으니, 마음의 평화를 찾겠다고 청춘을 길 위에 흩뿌렸으니, 별처럼 많은 힐러들과 어울렸으니, 이제 그만 그 값을 좀 하라고 다그치지 않는다. 나잇값을 못하는 건 네 스타일이야. 갈수록 예민해지는 것도 때론 쓸모가 있지. 잘했어 하고 다독이면서 달달한 아이스커피나 한 잔 시켜 마실 정도는 되는 것이다.

한때 닥치는 대로 힐러들을 만나며 깨달은 것은 힐링도 과하면 독이 된다는 사실이었다. 한때 명성 높은 슈퍼스타의 아쉬람에서 지내본 적이 있었다. 그의 축복을 받으면 인생의 모든 두려움으로부터 해방된다는 말이 너무나 매혹적이기도 했다. 누군들 원하지 않으랴, 두려움 없이 삶을 쭈욱 펼쳐보는 것. 내 머리를 누르고 있는 그 돌덩이를 누가 치워주기만 한다면 키가 30센티미터는 자랄 것 같았다.

하지만 한 달이 채 되지 않아 나는 그 아쉬람에서 나왔다. 스승과 그의 아내가 기거하는 으리으리한 건물(아테네의 신전이 부럽지 않다.)이나 추종자들을 수용하는 호텔식 숙소 시스템(퍼스트 클래스, 비즈니스 클래스, 이코노미 클래스 중 선택할 수 있다.)에도 기가 질렸지만, 그곳을 가득 메우고 있는 긴장감을 견디기가 힘들었다. 경쟁이 너무 심했다. 그의 축복이 약속하는 치명적인 매력은 여전했지만 나 같은 이코노미 승객은 스승의 축복은커녕 그와 눈 한 번 마주치기 위해서도 3년은 기다려야 할 것 같았다.

아쉬람을 나오고 나서 얼마 후, 그때 퍼스트 클래스에 머물고 있던 한 일본인 아주머니를 우연히 다시 만나게 되었다. 그러지 않아도 좁은 어깨가 안쪽으로 심하게 움츠려져 있던 그녀는 진심으로 두려움을 없애고 싶어 했다.

"평생을 다른 사람들의 눈치를 보면서 부엌쥐처럼 살금살금 살아왔어. 돈이 얼마가 들어도 좋으니 죽기 전에 한 번이라도 내 마음껏, 막 어지르고 소란 피우고 좀 뻔뻔하게 살아보고 싶어!"

그녀가 했던 말을 나는 기억한다. 아니라고 생각할 땐 '아니오.'라고, 마음이 내키지 않을 땐 '싫어요.'라고 말하는 것이 그녀의 소망이었다. 마음 졸이며 살아가는 것이 라이프스타일이던 시대에, 삼가는 것이 미덕인 나라에서, 그것도 여자로 태어난 희생양이었다. 5성급 호텔보다 더 비싼 방세를 치르며 퍼스트 클래스 숙소에 묵는 수행자들은 스승의 축복(엄지손가락으로 눈썹 중앙, 제3의 눈이라 불리는 곳을 꾹 눌러주는 짓)도 맨 앞줄에서 받을 수 있었다. 그녀는 바로 몇 주 전, 그토록 기다리던 축복을 받았다고 했다. 나는 일단 축하의 말을 건넨 뒤 본론을 꺼냈다.

"그래서요? 이젠 두렵지 않아요? 눈치 보지 않고 마음껏, 활개 치며 살게 된 거예요?"

그녀는 일본인만 지을 수 있는 애매한 미소(이 또한 그녀가 축복을 통해 지우고 싶었을 것이다.)를 지었다.

"그게 말이지….'"

아직도 두렵다고 했다. 실은 그 전보다 두려운 마음이 더 강해졌다고 했다. 그녀는 스승을 다시 찾아가 항의했다.

"스승이여, 당신의 축복을 받았지만 저는 아직도 미칠 듯이 두렵습니다."

"참 오갈 데 없는 아이로구나. 너를 어쩌면 좋을까?"

스승은 그녀의 이마를 양 손바닥으로 감싸 투사를 한 뒤 이렇게 말했다고 한다.

"어리석은 자여, 네 두려움은 사라졌다. 다만 네가 아직도 두렵다고 '느낄' 뿐이다. 두려움의 실체는 내가 녹여서 없애버렸다. 그러니 두렵다고 느끼는 것은 너의 착각일 뿐이다. 두려워하지 말라."

나는 요란하지 않고 그리 유명하지도 않아서 아직 큰 자본에 '스카우트' 되지 않은 힐러를 더 좋아한다. 관광 겸 무책임하게 떠도는 외국인 힐링 쇼퍼들은 신기하고 뜬구름 잡는 구루들(깨달음의 순간 이마에 쉬바신의 형상이 아로새겨졌다는 수도승, 음식을 먹지 않고 태양광만으로 평생을 살아오고 있다는 요기, 그 눈을 한 번 쳐다보고 나면 온갖 근심이 사라진다는 어린 소녀 여신 등등)에 환호하지만 진실한 인도인 추종자들이 따르는 구루는 따로 있다. 오랜 기간 견실한 추종자들로부터 우러름을 받는 스승들은 의외로 퇴임한 공무원 출신이거나 세 아이를 다 키워 출가시킨 어머니인 경우가 많다.

인도 경전에서 이르는 인생의 4단계가 있다. 첫 단계인 브라흐마차리야 Brahmacharya는 3세부터 20세까지 삶에 필요한 도구들을 학습하고 터득하는 단계다. 두 번째인 그리하슈타Grihastha는 21세부터 59세까지 돈을 벌고, 가정을 꾸리고, 아이들을 성장시키고, 부모를 봉양하는 등 인생의 책무를 수행하는 단계다. 세 번째 단계인 바나프라슈타Vanaprastha는 60세부터 79세까지 삶의 책무에서 벗어나 스스로의 삶을 관조하고 영적인 추구를 시작하는 단계로 이 단계에서 많은 독실한 부부들은 플라토닉한 관계로 돌아선다. 부부이기는 하되 서로의 영적 추구를 위하여 성적인 인연을 끊는 것이다. 그리고 마지막인 산야스Sannyasas는 80세 이상으로 몸에 재를 뒤집어쓰고 길에서 지내며 완벽한 수행인으로 자연에 귀의할 때를 기다리는 단계로 이 단계에선 삶과 죽음이 크게 다르지 않다.

그중에서 두 번째 단계인 그리하슈타까지, 즉 인생의 실질적인 책무를 다 마친 이들만이 제대로 된 스승으로 인정받는 것이다. '돈을 벌기 위해 아침잠을 떨쳐보지도 않고, 결혼도 해보지 않고, 뼈가 녹도록 아이를 키워보지도 않고, 부모도 모셔보지 못한 사람은 신이 될 수 있을지 모르지만 인간의 스승은 되지 못한다.'고 명상에 조예가 깊은 한 친구가 말한 적이 있다.

인생을 바꿀 만한 거대한 행운은 셀프입니다

내가 그 '구루쇼핑의 거리'에서 가장 믿음이 가서 따랐던 구루도 정년퇴임한 교사 출신인 무크티 마히 마Mukti Mahi Ma였다. 그녀는 젊은 시절부터 영성이 발달해서 카레를 끓이다가도, 아기 기저귀를 갈다가도 삼매에 빠지는 순간들을 경험했다고 했다. 하지만 그녀는 신선이 되기 위해 산으로 가지 않았다. 그 깨달음의 내용들을 명상하고 노트에 기록해놓은 뒤, 다시 인간의 마음을 추슬러 아이들을 키우고 남편을 섬기고, 학교 선생님으로 일했다.

"보석을 발견하면 당장 팔아 멀리 떠나는 사람도 있겠지만, 저는 그 보석을 지닌 채 여기서 살아가는 편을 택했어요. 깨달음을 간직한 마음으로 아이들을 키우는 것은 비할 데 없는 기쁨이었지요. 교단에 서서 학생들을 가르칠 때도 한 명 한 명이 영롱한 보석으로 보여서 힘든 줄 몰랐답니다."

그건 마치 복권에 당첨된 이가 그 돈을 혼자만 아는 곳에 간직한 채 짐짓 아무 일 없었다는 듯 평소대로 살아가는 느낌이 아닐까? 은밀한 기쁨이 너무나 강렬해서 일상의 번잡함조차 즐기게 되는 사치스런 기분. 분명 모든 것이 달라 보일 것이다.

많은 힐러들을 만나고 이야기를 나누다 보니 나름대로 보는 눈이 생겼다. 아니, 10년 전보다 의심이 늘었다고 해야겠다. 일단 지나치게 아름다운 말들을 늘어놓는 힐러는 경계대상에 올린다. 이를테면 "당신은 별의 가루로 만들어진 사랑의 결정체랍니다. 마음을 열기만 하면 어머니 대지가 당신을 품에 안아 줄 거예요. 맨발로 잔디에 서서 눈을 감고, 희고 따스한 기운이 당신의 혈관을 타고 올라와 정수리에서 꽃으로 피어나는 걸 느껴보세요."라고 말하는 사람은 십중팔구 히피 출신의 몽상가라고 보면 된다(나도 한때 그 무리에 끼어 '정수리의 꽃'에 연연하던 시절이 있었기 때문에 잘 안다).

그들은 몇 살이 되건 인형의 집에 살며, 대자연의 섭리가 자신의 사촌형제쯤 되는 듯 이야기한다. 눈에 다래끼가 나면 항생제를 먹는 대신 크리스털을 눈에 대고 민들레 뿌리차를 끓이는 사람들. 헐렁하고 밝은 색깔의 옷을 입고 다니며 자유와 사랑 이외에는 아무것도 소유하지 않겠다는 사람들. 그들은 아주 잠시 동안 말의 성찬으로 환각제를 피워올려 당신이 지닌 상처들이 공기 중으로 혹은 자비로운 땅의 기운 속으로 흩어져버린 듯 느끼게 하겠지만 실제로는 당신의 상처는커녕 자기 눈의 다래끼도 어쩌지 못한다.

제대로 된 학위를 위해 티베트의 불교대학에서 청춘을 바친 스승들도 물론 많이 있다. 하지만 난 이제 그런, 제대로 공부한 스승이 이끄는 '프로그램'들에 대해서도 조금 회의적이다. 분명 그런 코스들은 우리 몸속에 새로운 음악과 목소리가 흐르게 한다. 순수의식, 내면의 고요, 몸의 지혜, 진정한 자신이 눈을 뜨고 예전엔 있는지조차 몰랐던 주파수를 찾아내는 것이다. 우리는 새로운 주파수에 채널이 맞추어진 라디오가 된다. 모든 것이 아름답다. 움직이면 춤이 되고 이야기를 하면 노래가 된다.

그런데 그 신속 센터를 나오는 순간 그 라디오는 무용지물이 된다. 여전히 노래하고 이야기를 하기는 하되, 들리지 않는 것이다. 속세의 소음이 너무 커서 작은 트랜지스터라디오의 소리는 묻혀버린다. 그리고 도시의 사람들은 아무도 그 음악에 맞춰 춤을 추지 않는다. 결국 그 라디오의 소리를 다시 들으려면 고요한 산속으로 들어가는 수밖에 없다. 그게 문제다.

지나치게 낙관론에 기대는 힐링도 날 시들하게 만든다. 여전히 세상엔 '시크릿'의 아류 이론으로 중무장한 힐러들이 넘쳐난다.

"당신이 간절히 바라기만 하면 우주의 에너지가 그 모든 것을 이루어줍니다."라는 말이 아직도 그럴듯하게 들리는가? 그건 "당신이 큰 소리로 부르기만 한다면 달에 있는 토끼가 대답을 할 겁니다."라는 말과 비슷하다고 생각하면 된다. 언뜻 보기에 친절한 우주나 토끼가 우리의 정성이 갸륵해서 힘써준다는 말 같지만, 잘 뜯어보면 그 모든 책임을 우리에게 지우고 있는 말이란

"참 오갈 데 없는 아이로구나. 너를 어쩌면 좋을까?"

걸 알 수 있다.

도대체 얼마나 큰 소리로 외쳐야, 얼마나 간절히 바라야 우주의 에너지를 움직여 달토끼의 대답을 들을 수 있단 말인가. 왜 좀 더 솔직하게 "당신이 정말 간절히 바라는 일이 있다면 당연히 그걸 얻기 위해서 백방으로 노력할 테고, 그 노력이 임계점에 다다르면 마법 같은 일들조차 일어날 수 있습니다. 그것이 세상의 이치입니다."라고 말하지 않는가. 간절히 원하지 않았기 때문이 아니라 실제로 노력을 기울일 만큼은 원하지 않았기 때문에, 달라고 누군가에게 기도할 만큼은 간절하지만 스스로 떨쳐 일어나 그쪽으로 몸을 움직일 만큼은 간절하지 않았기 때문이라고(번잡한 식당에서 웨이터와 눈을 마주치려고 애쓰다가 '에잇, 내가 가져오고 말지!'라고 자리를 박차고 일어나는 순간, 당신은 확실하게 물을 마실 수 있다). 그래서 아직 꿈꾸는 그곳에 닿지 못한 거라고.

여기서 좀 더 구체적이고 설득력 있는 이론으로는 '끌어당김의 법칙'이 있다. 우리 모두는 특별한 자력을 띤 자석이며 그에 걸맞은 상황들, 사람들, 기회들을 끌어당김으로써 스스로의 현실을 창조해간다는 이론이다. 흠잡을 데 없이 완벽하다. 내가 뭐라고 감히 이의를 제기할 수 있겠는가? 게다가 실생활에 적용해보면 그 가치가 더욱 빛난다. 내가 좋은 기분을 뿜어내며 미소 지으면 반드시 상대방도 내게 미소를 짓게 되어 있다. 카페 주인아저씨는 덤으로 쿠키를 얹어주고, 오랫동안 그리워하던 친구로부터 연락도 올 것이다. 당신의 자력은 생각보다 강해서 꼬리에 꼬리를 물고 비슷한 상황들을 끌어다준다.

하지만 손바닥만 한 자석으로 시베리아 횡단열차를 끌어올 수는 없는 노릇이다. 실제로 우리 인생을 바꿀 만한 거대한 행운들과 굵직굵직한 기회들은 찾아오는 이에게 열려 있을 뿐이다. 시베리아 횡단열차를 타려면 시베리아에 가야 한다.

시끄럽다, 오리만도 못한 녀석

나는 늘 '아홉수'를 심하게 앓는다. 우리 엄마의 표현을 빌자면 '문턱에 꼬박꼬박 걸려 넘어지는 스타일'이다. 열아홉에도, 스물아홉에도 찾아왔던 그 문턱은 내가 서른아홉이 되던 해엔 지난 10년간 불 밑에 잠겨 있던 것마냥 퉁퉁 불어서 찾아왔다. 그냥 발끝에 걸려 넘어지게 하는 정도가 아니라 가슴팍까지 치고 올라오는 부피로. 그 정도만 해도 좋으련만 사랑했던 사람들은 왜 꼭 하필 열아홉에, 스물아홉에, 서른아홉에 날 버리는가?

'지혜로운 외톨이'로 불리는 노쿠 스님을 만나야 할 것 같았다. 그녀는 본래 일본 니치렌종 불교의 비구니 스님이었다가 태국 불교를 공부하기 위해 치앙마이에 10여 년간 머물렀다. 태국에 온 뒤 스스로 지은 법명 '녹'도 태국어로 '새'라는 뜻이다. 이 이름을 스님의 일본식 발음으로 하면 '노쿠'가 된다. 그래서 모두가 노쿠 스님이라고 부르게 되었다. 지금은 비구니 승이라는 신분만을 간직한 채 특정 절에 소속되지 않고 혼자 고요히 일본의 나리타에서 지내고 있다. 세상의 수많은 불교의 종파를 공부하고 거친 뒤, 여든 살이 넘은 그녀가 정착한 종파는 '고요함'이었다.

내가 그녀를 처음 만난 것은 4년 전, 치앙마이에서였다. 치앙마이는 태국

"참 오갈 데 없는 아이로구나. 너를 어쩌면 좋을까?"

의 북쪽지역인데, 거기서 나고 자란 태국인들은 생김새가 한국인이나 일본인들과 아주 비슷하다. 피부도 희고, 코도 동남아인 치고는 오똑한 편이라 얼핏 봐서는 북아시아인과 구분하기가 쉽지 않을 정도다. 태국에는 '치앙마이에서 인물자랑 하지 마라.'는 말까지 있다고 한다. 그리고 유행과 패션에 엄청나게 민감하다는 점도 비슷하다. 그래서 같은 한국인들끼리도 처음엔 서로가 치앙마이 사람인 줄 알고 몇 마디 배운 태국어나 영어로 어설프게 이야기를 나누다가 왠지 친근한 발음에 "혹시…, 한국분?" 하고 말을 트게 되는 경우가 심심치 않게 생긴다.

태국의 와이파이 환경은 그다지 좋은 편이 아닌 데다 비싸기까지 해서 치앙마이의 외국인들은 거의가 아침이면 노트북을 들고 무료 와이파이를 쓸 수 있는 카페로 출근했다. 그날 나 역시 자주 가는 카페에서 글을 쓰고 있었고, 스님은 그 카페의 창가 자리에서 구식 노트북 컴퓨터를 열고 무언가를 입력하고 계셨다.

승려임이 분명한 삭발한 머리에 염주를 목에 걸고 있었지만 태국 승려들이 입는 노란 승복이 아닌 조금 독특한 회색 두루마기를 걸치고 있었기에 그녀는 단연 눈에 띄었다. 게다가 그 카페를 가득 메우고 있던 히피 스타일의 20~30대 젊은 외국인들 틈에서 그녀의 존재는 더더욱 두드러질 수밖에 없었다. 아주 작은 몸집의 한 할머니 승려가 동그랗게 등을 웅크리고 앉아 있는 모습은 꼭 카페 의자 위에 송이버섯이 피어 있는 것 같았다. 그러던 중 그녀의 컴퓨터에 무언가 문제가 생긴 듯했다. 낭패스럽고 당황한 얼굴로 한참 고개를 갸웃거리다가 주위를 둘러보더니 내가 앉아 있는 테이블로 다가왔다. 그

때 나는 조금 당황했다. 나는 컴맹인 데다 태국어도 세 마디밖에 못한다. 그런데 그녀가 내게 건넨 첫마디는 놀랍게도 영어였다.

"이크수큐즈 미이…."

아하, 일본인! 외국에서 오래 생활하다 보면 자연스레 듣는 귀가 예민해진다. 똑같은 영어라도, 말하는 이가 지닌 모국어의 결에 따라 귀에 감기는 질감이 전혀 다르다. 그래서 나처럼 한곳에 오래 머무르지 않고 떠돈 이들은 처음 한두 마디만 들어도 대충은 국적 파악이 된다. 그녀가 만약 태국인이었다면 "익. 큣. 미."라고 했을 것이다. 각 단어의 음절 꼬리 부분은 생략한 채 짧게 끊어 발음하는 것이 태국식이나. 예를 들어, 'My House'는 '마. 하우.'가 된다.

어쨌든 "마이 네이무 이즈 노쿠."로 시작된 스님의 설명에 따르면 친구에게 이메일을 보내던 중 카페의 와이파이 연결이 갑자기 끊기는 바람에 어렵사리 한 자 한 자 입력한 메일이 날아가 버렸다는 것이었다. 이메일 쓰는 법을 여든 가까운 나이에 배웠기 때문에 손바닥만 한 메일 한 통 쓰는 데 거의 반나절이 걸렸다는 설명도 덧붙였다.

"컴퓨터는 똑똑하니까 어딘가에 내 편지를 넣어두고 있을 거야. 그렇지? 그런데 난 눈이 침침해서 도통 보이질 않네. 눈 밝은 네가 그걸 좀 찾아줄 수 없을까?"

불행히 내게도 시스템을 뒤져 스님의 사라진 편지를 찾아드릴 만한 첨단기술이 없었으므로 대신 불러주시는 대로 이메일을 다시 입력해드렸다. 5분이 채 걸리지 않았다. 스님은 "천재구먼, 천재야. 이런 천재를 보았나."를 염불처

"참 오갈 데 없는 아이로구나. 너를 어쩌면 좋을까?"

럼 외며 내 머리를 연신 쓰다듬으시더니 대뜸 국수를 사주시겠다고 했다.

"여기서 조금만 걸어가면 맛있는 국수집이 하나 있거든. 내가 보답으로 따끈한 국수를 대접할게."

이런, 카페에 들어온 지 얼마 되지 않아 아직 주문한 커피도 나오지 않았고, 그날 안으로 써서 잡지사에 보내야 할 글도 있었다. 말씀은 고맙지만 사양하겠노라고, 국수는 먹은 걸로 치겠다고 동방예의지국 스타일로 인사를 차린 뒤 공손히 물러나려는데 스님이 소매를 붙잡았다.

"시간이 없어서 그러지? 국수를 먹으면서 내가 시간을 무한히 늘려서 쓰는 법을 가르쳐줄게."

옳거니! 귀가 얇은 나는 단번에 솔깃해졌다. 나는 길 가다 지혜가 뚝 떨어지길 원하는 기회주의자이기 때문에 이런 찬스를 아주 좋아한다. 그래서 늘 우연한 기회에 누군가를 만나면 그가 변장한 천사이거나 위대한 예언자이길 기도한다. 운명적인 만남, 섬광처럼 스치는 깨달음. 이것이 바로 내가 꿈꾸는 시나리오였다. 오늘의 이 노 스님은 완벽해. 이거야, 마침내 '그분'이 왔어. 나는 횡재한 기분으로 서둘러 가방을 챙겨서는 스님을 따라나섰다.

따끈한 육수에 가느다란 면을 넣은 국수 한 그릇, 시원하고 두툼한 면을 달콤한 소스에 버무린 국수 한 그릇이 우리 앞에 놓였다. 길 한복판에 플라스틱 의자 몇 개를 놓은 포장마차 국수집이었다. 나는 그때나 지금이나 국수를 그다지 좋아하지 않는다. 게다가 부웅부웅 오토바이들이 지나갈 때마다 매연과 길 먼지가 국수가닥에 섞여 들었다. 하지만 시간을 무한히 늘려서 쓰는 법을 알게 되리라는 욕심에 부풀어 있던 나는 그까짓 것이 대수랴 싶었다. 구루 혹은 스승으로 불리는 사람들을 내가 한두 번 만나나? 그들은 늘 지혜를 전수해주기 전에 제자를 시험한다.

시간을 무한히 늘려서 쓰는 법

스님이 국수를 드시는 방식은 굉장히 독특했다. 일단 따뜻한 국수 그릇에서 면 한 가닥을 뽑아내서는(젓가락으로 면의 끝부분을 잡고 실을 뽑아내듯이 쭈욱) 젓가락 끝에 대롱대롱 매달린 면이 식도록 허공에 잠시 방치한 뒤, 그 머리 부분부터 입에 넣고 1밀리미터씩 빨아들이는 방식이었다. 쪼글쪼글한 입술 사이로 흰 면이 오물오물 빨려 들어가는 모습은 누에고치가 비단 실을 뿜어내는 걸 녹화했다가 거꾸로 돌린 영상을 보는 것 같았다. 따뜻한 면 한 가닥을 끝까지 다 드시고 나서는 비빔국수 속에서 또 한 가닥 뽑아서 대롱대롱 들고 이번에는 공기 속에서 찬 기운이 가시도록 시간을 좀 준 뒤 다시 오물오물(어차피 둘 다 저렇게 미지근하게 해서 드실 거면 왜 애초에 찬 것, 따뜻한 것을 따로 주문하신 건지 나는 좀 의아했다)….

나는 한동안 넋을 놓고 스님이 드시는 모습을 구경하다가 이내 좀이 쑤시기 시작했다. 시간을 무한히 늘리는 법은 도대체 언제 가르쳐주신다는 거지? 그것만 배우고 나서 빨리 카페로 돌아가서 글을 써야 하는데…. 국수를 드시기 시작한 지 족히 30분은 흐른 것 같았다. 나는 안달이 났다.

"안 먹니?"

스님이 물으셨을 때 알량한 인내심이 바닥을 드러냈으므로 나는 솔직해지기로 했다.

"참 오갈 데 없는 아이로구나. 너를 어쩌면 좋을까?"

"저…. 정말 시간이 없어서 그러는데, 아까 가르쳐주시기로 한 거…."

"아, 그거? 깜빡 잊고 있었네. 미안, 미안…. 시간이 얼마나 흘렀지?"

시계를 보고 나는 내 눈을 의심했다. 카페에서 나온 지 10분도 채 되지 않은 게 아닌가? 내가 놀라서 두 번, 세 번 시계를 확인하는 것을 보고 스님은 어린아이처럼 손뼉을 치며 웃으셨다.

"그것 봐! 내가 뭐랬어. 시간이 무한히 늘어났지? 시간이 없을 땐 국수를 느릿느릿 한 올씩 먹으면 돼."

울 수도 웃을 수도 없었다. 진리임은 분명한데 실용성 제로다. 속은 기분이 들었지만 유쾌하기도 했다.

그 뒤로 스님은 내가 치앙마이에 머물고 있는 내내 날 이메일 담당 타이피스트로 쓰셨다. 먼지 묻은 국수 한 그릇에 꽤 수지맞는 장사를 하신 셈이었다. 아니, 공으로 깨달음을 얻으려던 나의 심보가 제 꾀에 넘어간 거였다.

하지만 그 대신 스님은 내 어리광을 받아주셨다. 서른 중반이 넘은 뒤론 아무도 내 어리광을 받아주지 않았기 때문에 마음 깊숙이 섭섭해 하고 있었는데 나도 마침 잘된 일이었다. 내가 이렇게 대책 없는 어리광쟁이가 된 데는 쓸데없는 걱정을 하느라 철이 들 타이밍을 놓친 탓이 크다.

아무튼 이렇게 노쿠 스님과 나는 내가 치앙마이에 머무르던 열 달간 환상의 궁합을 이루며 지냈다.

스님이 일본의 나리타로 돌아가신 뒤에도 우리의 이메일 교환은 변함없이 계속되었다. 스님이 답하시는 속도가 엄청나게 느려지고 내용이 한 마디 혹은 한 줄로 짧아진 것만 빼고는. 내가 스님께 보내는 메일은 언제나 거의 수

필 수준의 분량을 자랑했다. 내 특유의 감정과잉을 숨기지 않은 채 시시콜콜 서너 페이지에 걸쳐 적어서 보내면 빠르면 몇 주 뒤, 늦으면 몇 달 뒤 전보 스타일의 답장이 도착했다. 메일을 열어볼 필요도 없었다. 제목이 곧 내용의 전문全文이었으니까. '안됐구나.' 혹은 '다 네가 자초한 일이니라.' 아니면 '한 번 더 생각해보거라.'

서른아홉의 문턱에 걸린 데다 애인에게 차이기까지 한 그때의 나는 지치고 남루해져 스님께 우는 소리로 메일을 썼다. '만나고 싶어요. 제가 나리타로 갈 테니 절 위해 시간을 좀 내주실 수 없을까요?'

4주 뒤 날아온 답은 싸늘했다. '고요 정진으로 바쁘다.'

'그런 게 어디 있어요? 스님, 제가 국수를 살게요. 국수를 먹으면서 시간을 무한히 늘리면 되잖아요.'

1달 뒤, 체념한 듯한 한 줄이 날아왔다. '귀찮은 녀석.'

나리타 산 아래 있는 작은 메밀국수 집에서 스님을 만났다. 한산한 가게였다. 우리는 구석자리에 앉아 메밀국수 두 그릇을 주문했다. 국수가닥을 고르며 시간의 흐름이 느려지기를 기다렸다가 내가 물었다.

"스님, 죽을 때 어떤 느낌이 들까요?"

여전히 나는 국수를 그다지 좋아하지 않는다. 노쿠 스님은 솜씨 좋게 면 한 가닥을 뽑아내더니 말없이 오물오물 무한히 긴 시간을 들여 삼킨 뒤 대답 대신 내게 물었다.

"자네, 태어날 때 어떤 느낌이 들었지?"

"기억나지 않는데요. 정신을 차려 보니 이미 태어나 있었고 어느 정도 자

"참 오갈 데 없는 아이로구나. 너를 어쩌면 좋을까?"

란 뒤였어요."

"죽음도 그렇게 올 거야. 정신 차리고 보면 이미 죽어 있는 게 자연스러워서, 산다는 게 어떤 거냐고 누군가에게 묻게 되지. 그러니 두려워할 것 없어."

나는 그 말이 너무 안심이 되고도 서러워서 눈물을 쏟고 말았다. 툭 터진 울음이 금세 온몸을 뒤덮어 손에 든 국수가닥이 울먹울먹 흔들렸다. 스님은 내가 우는 것에 조금도 동요하지 않고 한 가닥, 또 한 가닥, 느린 시간만을 음미하고 계셨다.

"죽으려고?"

"네."

"그러렴."

나는 이제 드러내놓고 엉엉 울기 시작했다. 마치 스님이 죽으라고 등을 떠미신 것마냥 서럽게 서럽게 흐느꼈다. 예의 바른 점원이 애써 모른 척해주는 것이 고마울 지경이었다. 나는 왜 노쿠 스님만 보면 이렇게 어리광쟁이가 되는지.

"날은 정했어? 오늘 당장은 아니지?"

나는 울음에 목이 메어서 대답은 못하고 뿌루퉁하게 고개만 저었다. 물론 오늘은 아니지요. 하지만 걱정 마세요. 언제 날 봐서 죽을 테니까. 스님은 또 오물오물 시간을 드셨다.

"'90일의 법칙'이라는 게 있어."

나는 퉁퉁 부은 얼굴로 그녀를 바라보았다. 또 무슨 말씀을 하시려고요?

"90일이면 세상 모든 것들이 자리를 바꾼다는 뜻이야. 태양계를 돌고 있는 별들이 위치를 바꾸면서 지금 너를 둘러싸고 있는 모든 상황들이 90일 뒤면 바뀌게 돼, 거짓말처럼. 지금은 믿을 수 없겠지만 네가 원하건 원하지 않건 그게 우주의 이치야. 석 달이면 사람의 피와 살을 이루고 있는 묵은 세포도 모조리 떨어져 나가고 새것이 돋고, 심지어 자연의 계절도 바뀌지."

눈물로 국수그릇이 어룽어룽 흔들렸다.

겨울 강의 오리가 왠지 낯익다면

"겨울 강의 오리를 본 적 있니?"

스님은 경을 외우듯 나직이 말씀하셨다.

"강이 얼기 시작하면 오리는 맴을 돌기 시작하지. 한 바퀴 또 한 바퀴 점점 작아지는 원을 따라 돌면서 마음도 조그맣게 한 점으로 모으는 거야. 쓸데없는 상념엔 잠기지 않아. '백작부인처럼 유유히 온 강을 누비던 나의 봄, 여름, 가을은 어디로 갔는가!' 하며 비참해하지도 않아. 그냥 마음을 오로지 물장구에 모으고 석 달을 버티는 거야. 그래서 아무리 꽁꽁 언 강이라 해도 어딘가에는 꼭 오리 한 마리가 떠 있을 만한 물은 얼지 않고 찰랑거리고 있기 마련이지. 그리고 거짓말처럼 봄이 와."

이야기를 듣는데 발이 시린 오리 한 마리가 눈앞에 떠다녔다. 그리고 왠지 낯이 익었다. 그 오리와 오래 알고 지낸 사이 같아서 나는 마음이 아팠다.

"그러니까 너도 조용히 손바닥만 한 물 위에 떠 있으면서 90일 동안만 견뎌봐. 딱 얼어 죽지 않을 정도로만 애쓰면서. 그리고 나서도 변한 게 없거든 그때 가서 죽어. 내가 염도 해주고 불교식으로 깔끔하게 장례도 치러줄게."

"참 오갈 데 없는 아이로구나. 너를 어쩌면 좋을까?"

줏대 없는 나는 또다시 솔깃해졌다. 그래. 90일 동안만 담요를 뒤집어쓰고 숨어서 지내보자. 어차피 죽을 테니까 날 이 지경으로 만든 세상에게 후회하고 반성할 시간을 좀 주는 것도 괜찮겠지. 애초에 이 세상이 잘못되었어. 내가 석 달간 눈감고 있어줄 테니 이번엔 자리를 제대로 좀 바꿔봐.

결론부터 말하자면 노쿠 스님이 다시 한 번 보기 좋게 날 속인 거였다. 애초에 '90일의 법칙' 같은 건 없었다. 우주의 이치가 한가로이 달력에 표시를 해가며(좋아, 이 오리의 겨울은 오늘부터 시작!) 유통기한이 지난 내 고민들을 착착 치워줄 리 없지 않은가? 나를 떠났던 사랑이, 나를 슬프게 했던 이기적인 사람들이, 나를 좌절시켰던 세상의 부조리들이 내가 90일간 견디는지 숨어서 보고 있다가 텔레비전 쇼처럼 "우린 네가 해낼 줄 알았어!" 하며 박수 치며 뛰어나올 리 없지 않은가? 그 모든 게 농담이었을 리 없지 않은가?

90일 뒤, 자리를 바꾼 것은 오로지 나뿐이었다. 손바닥만 한 물에 오도카니 떠서, 생존을 위한 최소한의 노력만을 하며, 무심히 내 곁을 흘러 지나가는 시간을 바라본 나. 존재에 집중하며 세상의 일들에 마음 뺏기지 않은 나. 별들이 태양계 안에서 위치를 바꾸었는지, 내 몸의 피와 살과 근육들이 새것으로 교체되었는지는 확인할 길 없었다. 하지만 내 마음자리가 바뀌었고 계절이 가을로 바뀌었다. 그리고 마침내 문을 열고 나오던 날 놀랍게도, 그토록 집요하던 슬픔과 절망도 나를 잊고 저만치 멀어져 가고 있는 게 보였다. 평화로운 가을 아침이었다.

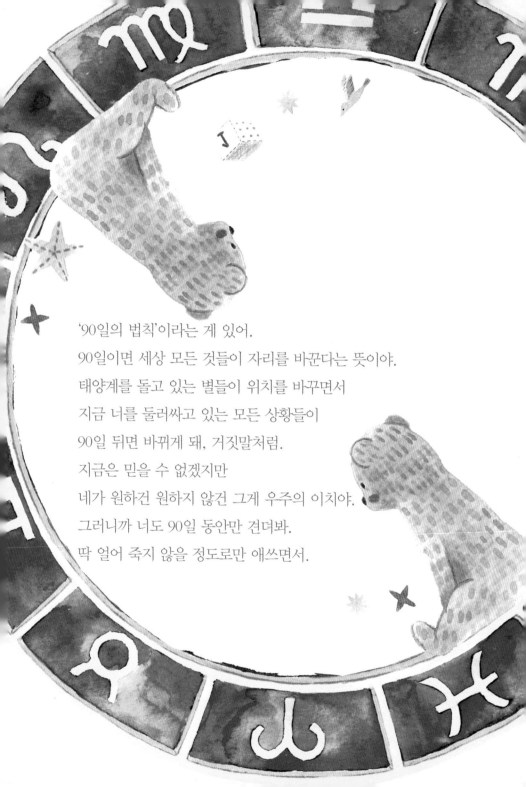

'90일의 법칙'이라는 게 있어.
90일이면 세상 모든 것들이 자리를 바꾼다는 뜻이야.
태양계를 돌고 있는 별들이 위치를 바꾸면서
지금 너를 둘러싸고 있는 모든 상황들이
90일 뒤면 바뀌게 돼, 거짓말처럼.
지금은 믿을 수 없겠지만
네가 원하건 원하지 않건 그게 우주의 이치야.
그러니까 너도 90일 동안만 견뎌봐.
딱 얼어 죽지 않을 정도로만 애쓰면서.

ps. 그로부터 며칠 뒤, 나는 노쿠 스님께 '드릴 말씀이 있으니 꼭 한 번만 더 만나고 싶다.'고 이메일을 보냈다. 답장은 2주일이나 지난 뒤, 간결하게 날 아왔다. '시끄럽다. 오리만도 못한 녀석!'

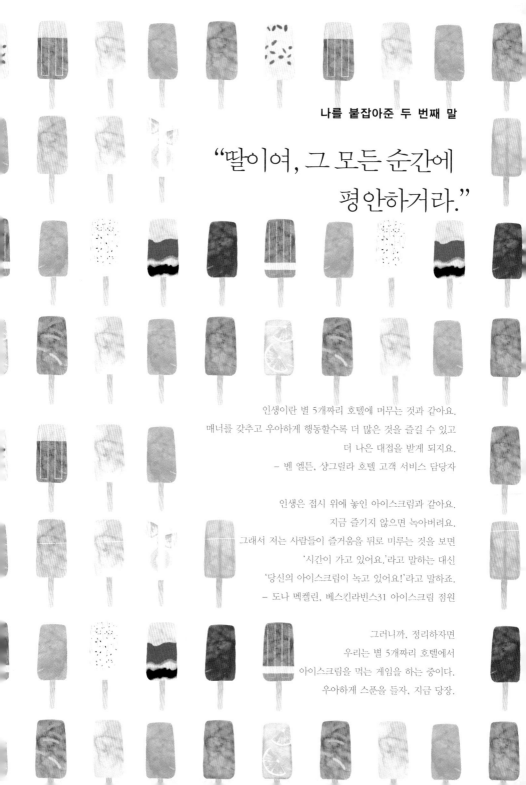

"딸이여, 그 모든 순간에 평안하거라."

인생이란 별 5개짜리 호텔에 머무는 것과 같아요.
매너를 갖추고 우아하게 행동할수록 더 많은 것을 즐길 수 있고
더 나은 대접을 받게 되지요.
— 벤 엘튼, 샹그릴라 호텔 고객 서비스 담당자

인생은 접시 위에 놓인 아이스크림과 같아요.
지금 즐기지 않으면 녹아버려요.
그래서 저는 사람들이 즐거움을 뒤로 미루는 것을 보면
'시간이 가고 있어요.'라고 말하는 대신
'당신의 아이스크림이 녹고 있어요!'라고 말하죠.
— 도나 멕켈런, 베스킨라빈스31 아이스크림 점원

그러니까, 정리하자면
우리는 별 5개짜리 호텔에서
아이스크림을 먹는 게임을 하는 중이다.
우아하게 스푼을 들자, 지금 당장.

인도의 시성 타고르가 세운 도시, 샨티니케탄Shanti Niketan에서 내가 섬기던 스승은 나를 '아난다'라고 부르셨다. 아난다는 산스크리트어로 '기쁨'이라는 뜻이다. 은퇴한 종교학 교수였던 그분은 세상의 모든 신들을 친구처럼 사랑하는 분이었다. 그리고 보름달이 뜨는 밤이면 코코넛술 '따리'를 취하도록 드시고는 달빛 아래에서 춤을 추셨다. 나는 이태백이 살아 있었다면 바로 저런 모습이었겠구나 하고 생각하며 그분이 거느린 다른 제자들과 함께 그 엉성한 춤사위를 흉내 내며 달밤을 즐겼다. 스승으로부터 내가 받은 가르침은 단 두 마디 대화로 요약될 수 있다.

"아난다!"

"네?"

"평안하거라."

"…네."

스승은 내가 가장 힘들어 하는 과목이 '평안함'임을 알고 계셨다. 공부를 시키면 곧잘 하는데 공부를 마치고 나서 힘 풀고 마음 풀고 쉬는 걸 잘 못했다. 잘 웃고 잘 우는데, 잔잔한 마음으로 가만히 있는 걸 잘 못했다.

"우리 아난다는 또 달음질을 치고 있구나. 누가 저 마음을 좀 붙잡아다 앉혀주어라."

그는 내 안색만으로도 조바심을 치며 저 멀리 달려 나가고 있는 내 마음을 보셨다. 그리고 진심으로 안타까워하셨다. 서두르면 떠나는 버스는 잡을 수 있을지 몰라도 인생을 놓치게 된다고. 서둘러 걷는 길은 아름다울 수가 없다고. 좀 앉아라, 이난다여. 제발 좀 산잔히 있어보아라.

미련한 제자는 끝내 그 우아한 잔잔함을 깨치지 못하고 마음이 날뛰는 대로 또 어디론가 갈 궁리나 하고 있었다. 내가 샨티니케탄을 떠나던 날, 큰절을 올리기가 무섭게 허둥지둥 나서는 날 붙잡아 앉히시는 스승의 얼굴에 안쓰러움이 가득했다. 곰 같은 제자를 꾸짖는 대신 손을 잡고 다시 한 번 신신당부하신 말씀이 아직 귓가에 뜨겁다.

"아난다, 어디로든 가서 무엇이든 하거라. 사랑하고, 부딪히고, 정복하고, 정복당하거라. 하지만 딸이여, 그 모든 순간에, 언젠간 죽는다는 사실을 기억하고, 평안하거라."

"딸이여, 그 모든 순간에 평안하거라."

일단 커피와 도넛을 먹고 보는 것

명상에는 체력이 필요하다. 1시간 아쉬탕가 요가를 하는 것보다 1시간 명상을 하는 쪽이 훨씬 지친다. 남인도에 있는 쉬바난다 요가 아쉬람에서 요가 교육자 코스를 밟을 때였다. 매일 새벽 5시 반부터 밤 10시 반까지 계속되는 고된 프로그램이었는데, 그중에서도 실제로 몸을 움직여 하는 요가 시간은 단 2시간뿐이라는 점이 가장 고되었다. 그 외의 시간들은 《바가바드기타》 강론, 요가 철학 강론 등의 이론 수업과 산스크리트어 찬팅chanting, 그리고 명상 수련, 카르마 요가(말이 좋아 카르마 요가지 쉽게 말하면 아쉬람 청소, 화장실 청소, 빨래, 설거지 등 궂은일을 학생들에게 분담해 시키는 것이다. 그 일들을 함으로써 자신의 악업, 즉 카르마도 함께 씻어낸다는 의미가 있다.)에 집중되어 있었다.

책상과 의자가 있는 것도 아니었다. 우리를 위해 준비되어 있는 시설은 오로지 흙을 바른 요가홀 바닥뿐이었다(그 바닥에 한 번 앉았다 일어나면 바지 엉덩이에 불그스레한 흙물이 들었지만 비용 절약, 공간 절약 차원에서 본다면 최고의 방식이었다). 요가란 원래 빙산처럼 거대한 이론 공부라는 사실을 모르는 바 아니었다. 그 빙산의 자그마한 한 귀퉁이에 '아사나'라고 부르는(우리가 흔히 알고 있는 매트 위에서 척추를 비트는 요가) 일각이 존재할 뿐이라는 것을.

하지만 명상은 물론, 책을 읽고, 노트에 필기하고, 밥을 먹는 것까지 그 바닥에서 요령껏 앉거나 쭈그리거나 엎드려 해내야 했기 때문에 몸이 이만저만 피곤한 것이 아니었다. 참가자 거의 대부분이 이미 요가강사로 일하고 있거나 체조선수 혹은 체육 관련 업종에 있는 젊은 사람들이었는데도 불구하고 가

"아난다, 어디로든 가서 무엇이든 하거라.
사랑하고, 부딪히고, 정복하고, 정복당하거라.
하지만 딸이여, 그 모든 순간에,
언젠간 죽는다는 사실을 기억하고,
평안하거라."

만히 있는 명상과 공부가 고되어서 하루에도 몇 명씩 픽픽 쓰러졌다. 하루에 두 번 있는 '몸 요가' 시간이 꿀 같은 휴식 시간으로 느껴질 지경이었다.

코스에 등록하며 우리가 기대했던 건 그런 게 아니었다. 기나긴 비행시간을 견디며 꿈꾸었던 것은 소림사 무술훈련의 요가 버전이었다. 땀으로 흠뻑 젖은 요가매트, 매일 새벽 떠오르는 태양을 향해 올리는 100번의 태양경배 자세, 뿌듯한 근육통 속에서 탄탄해져가는 몸을 바라보는, 피트니스 잡지에서 오려낸 것 같은 시간 속에서 나날이 성취감을 맛보리라 기대했던 우리는 이성의 없는 프로그램을 마주하고는 실망을 넘어 분노를 느꼈다. 폼 나게 제대로 해보겠다고 요가의 본고장까지 찾아왔건만, 아침부터 밤까지 지긋지긋한 방바닥과의 싸움이라니! 실제로 혈기왕성한 서양인 남자 참가자 몇 명이 견디다 못해 벌떡 일어나 항의한 적이 있었다.

"우리는 여기 '요가'를 하러 온 겁니다! 방바닥에 앉아 있으러 온 게 아니라고요."

그때 아쉬람의 학장으로 있던 푸짐한 덩치의 스와미가 그들을 타일렀다.

"방바닥에 고요히 앉아 쉴 수 있는 사람이 되십시오. 그것이 우리가 여기 있는 이유입니다. 방바닥에 앉아 있을 수 있는 사람만이 다른 사람에게 걷는 법과 뛰는 법을 가르칠 수 있기 때문이지요. 이리저리 날뛰고 그럴싸한 포즈를 취하는 거라면 당신들은 이미 잘하지 않습니까? 여러분이 입문한 세계는 앉아 있는 이가 뛰는 이보다 먼저 산에 오르고, 침묵하는 이가 외치는 자를 가르치는 세계입니다. 우리도 가끔씩 물구나무를 서고 한 다리를 목 뒤로 돌리기도 하지만 그것은 방바닥에 좀 더 잘 앉아 있기 위한 스트레칭일 뿐입니다."

근육질 청년들의 얼굴에 부끄러움과 당혹의 빛이 어렸다. 그들을 바라보는 이탈리아인 스와미는 미동도 없이 몇 시간째 편안한 가부좌 속에 들어앉아 있었다.

"인생의 모든 문제들은 당신이 모든 것을 놓고 바닥에 앉을 줄 몰라서 생깁니다. 일단 좀 앉으세요."

그들은 얌전히 자리에 앉았고 우리는 다시, 뛰는 이보다 빠르게 산에 오르는 길을 향해 가부좌를 틀었다.

고요히 앉을 줄 몰라서 생기는 인생의 문제들에 대해서는 모든 현자들과 종교는 물론, 속담, 격언들조차 줄기차게 이야기해오고 있다. 그중 내가 가장 좋아하는 말은 키케로가 했다. '만일 정원과 서재를 갖고 있다면, 당신은 이미 인생에 필요한 모든 것을 갖고 있는 것이다.' 고요한 정원에 앉아 책을 읽는 삶 속에 어떤 문제가 생길 수 있단 말인가!

그 뒤로도 여러 가지 명상들을 접했지만 그중 체력소모로 보나 감정소모로 보나 가장 고된 명상은 역시 위빠사나였다. 종종 '명상의 부트캠프'라고 불리는 이 과격한 명상법은 보통 1주일 혹은 열흘간 말을 끊고 고양이가 쥐구멍을 노려보듯 자신의 생각머리를 들여다보는 게 핵심이다. 그런데 말을 끊는다는 것이 비단 대화를 하지 않는다는 것뿐만 아니라 책도 읽어서는 안 되고, 음악도 들어서는 안 되고, 요가조차 해서는 안 된다는 걸 의미한다. 이 모든 게 어떤 의미로든 '말'에 해당하기 때문이다. 읽을 게 정 없을 땐 토마토케첩 병에 붙은 영양분석표라도 읽어야 직성이 풀리는 활자중독증을 가졌다면(나처럼) 이 부분이 특히 힘들 것이다.

지금까지 대여섯 번 위빠사나 캠프에 참가했지만 회를 거듭한다고 해서 그 수행이 결코 더 수월해지지는 않았다. 첫 번째보다 두 번째 경험이 더 힘들었고, 세 번째보다 다섯 번째 명상이 더 산만했다. 그리고 무엇보다 매번 중간에 도망치고 싶은 유혹과 싸워야 했다. 나는 천성이 느긋하지도, 차분하지도 못하다. 아주 어릴 때부터 항상 어딘가로 가고 싶었고, 늘 무언가를 하고 싶었다. 머릿속에서 프로펠러처럼 돌아가는 생각들이 일으키는 뜨거운 바람에 어린 마음은 연잎처럼 바작바작 타들어갔다.

어쩌자고 나는 아직 여섯 살이란 말인가! 어려서 무능하고 가난한 내가 한스러워 자다가도 울었다. 인형놀이나 하고 있을 때가 아니었다. 가만히 있으면 그 모든 삶의 멋진 장면들을 놓쳐버릴 것 같아 안타까움에 또 울었다. 낮 동안엔 저 멀리 달려가고 있는 생각의 뒤를 덜 여문 발과 혀로 따라잡느라 늘 무언가에 걸려 넘어졌고 말까지 심하게 더듬는 아이였다.

그 아이가 자라서 가부좌를 틀고 앉았다고 해서 그 마음이 어디 갈 리 없었다. 무슨 생각이 이렇게나 많은지! 내가 읽을거리에 집착하는 데는 다 이유가 있었다. 끊임없이 칭얼대는 아기의 입에 공갈 젖꼭지를 물리는 엄마의 심정이 아니었을까. 잠깐만 입 좀 다물어, 정신을 차릴 수가 없잖니. 내 머릿속엔 잠도 없는 세 쌍둥이가 들어 있었다.

나에게 타고난 소질, 즉 노력하지 않고도 남들보다 특출하게 잘하는 것이 하나 있다면 '걱정'이다. 모차르트가 작곡을 시작하던 여섯 살 무렵, 나는 집

안일을 걱정하기 시작했다. 유치원에 들어가기도 전에 나는 걱정의 완벽한 소나타를 쓸 줄 알았다. 그 멜로디를 증폭시켜 오케스트라로 승화시켰으며 그 웅장함에 압도되어 숨을 죽였다.

나는 대체 어쩌자고 이런 집에 태어난 거지? 세상에, 우리 집엔 걱정할 일들이 너무나 많았다! 그 걱정들을 아는지 모르는지 천진난만하게 살아가는 엄마와 아빠를 볼 때마다 연민이 느껴졌다. 조금 더 자라서는 딸이 걱정 많은 아이인 것을 걱정할까 봐 일부러 어른들 앞에선 생각 없이 지내는 흉내까지 내야 했으니 그야말로 이중고였다.

걱정은 또 있었다. 걱정만 많았지 철은 없었던 나는 어른들에게 나의 '수준 높은 정신세계'를 들키고 나면 아무도 날 아이처럼 대해주지 않고 돌봐주지 않을 것이 걱정스러운 나머지 일부러 또래 아이들보다 훨씬 어린애 같은 짓을 일삼아 어른들의 관심을 유지했다. 걱정이 많은 것과 철이 드는 것은 엄연히 별개니까.

다른 아이들이 모두 나와 같은 걱정의 성 안에서 열 살이 되고 스무 살이 되는 것이 아니라는 건 처음부터 어렴풋이 알고 있었지만, 그들의 낙천과 천진함은 때때로 내 눈을 휘둥그레지게 만들었다. 언젠가 뉴욕에 살고 있는 한 친구가 이런 말을 했을 때처럼.

"지난주에 어떤 일이 있었는지 알아? 월요일 아침에 출근을 하려고 나왔더니 글쎄, 아파트 앞길에 주차해둔 내 차 바퀴가 감쪽같이 사라진 거야, 4개 모두! 지난밤에 놀다가 술값이 떨어진 10대 녀석들이 빼다 팔았겠지. 놀라기도 싫더라. 그래서 내가 뭘 했게? 다시 집으로 들어가서 일단 커피를 한 잔 끓여 마신 후에 차가 안 보이는 뒷길로 나가 동네 옷가게에 가서는 몇 달 전부터 봐뒀던 실크 잠옷을 사버렸지. 세일도 안 하는데!"

그러고 났더니 비로소 바퀴 빠진 차를 상대할 기운이 났다고 했다.

"사실은 그 잠옷을 사려고 돈을 모으고 있었거든. 그 돈으로 차바퀴를 갈 생각이 들기 전에 잽싸게 해치운 거야!"

그 잠옷을 입어보니 너무 흡족한 나머지 차바퀴쯤이야 없어진들 어떠랴 싶었다고 했다. 덕분에 가벼워진 마음으로 경찰서에도 연락하고 회사에도 전화해 사정을 이야기할 수 있었단다. 이야기를 하는 그 친구의 표정이 어찌나 의기양양하던지 나는 혼란에 빠졌다. 나라면 야근수당을 받아 차바퀴를 새것으로 갈고 난 뒤에야 지을 법한 표정을, 그녀는 짓고 있었다.

얼마 전 프랑스를 여행하던 중에도 비슷한 경험을 했다. 해가 어둑어둑 져가는 시골길에서 버스가 고장 났는데 나를 제외한 다른 사람들은 별로 걱정스러워 보이지 않았다. 운전기사는 담배에 불을 붙여 물고는 한가로이 나무 등걸에 걸터앉았고 다른 승객들도 오히려 마침 잘됐다는 얼굴로 "어떻게든 되겠지. 우리 저기 휴게소에 가서 커피랑 도넛이나 먹자."라고 말했다. 그 말을 들었을 때 나는 내 귀를 의심했다. 동동거리며 어딘가에 전화를 걸고 버스 보닛을 열어서 뭔가를 해봐야 하지 않나? 애를 태우며 최악의 시나리오(하필이면 달도 없는 밤이어서 완벽한 어둠이 시골의 외딴길에 내리고, 자정을 넘어 오토바이를 타고 등장한 5인조 강도들, 모두들 꼼짝 마! 언제나 경찰은 너무 늦게 도착한다 등등)를 쓰지 않아도 되나?

그들이 보여준, 나와 다른 유유함 속에서 나는 희미하게나마 걱정의 가치를 의심하기 시작했다. 가뜩이나 날도 어둡고 공기는 찬데, 걱정보다는 좋은 맛이 나는 기분을 느낄 필요가 있을 것 같았다. 영국의 어느 장교는 적에게 포위당한 순간, 병사들에게 차를 끓이라고 명령한 뒤 다함께 둘러 앉아 티타임을 가졌다지 않은가. 그렇게 숨을 고를 줄 아는 이를 태운 삶의 기차는 분명 더 많은 휴게소에 멈춰 서겠지. 휴게소에서 먹는 간식이야말로 여행에서 내가 가장 좋아하는 부분 아니던가.

일단 커피랑 도넛을 먹고 보는 것, 지금껏 내 인생에서 빠져 있던 게 그거였다. 잊지 않도록 이 깨달음을 '커피와 도넛 정신'이라 부르리라.

걱정가로 사는 것이 늘 나쁜 것만은 아니다. 분명 좋은 점도 있다. 무엇보다, 안전하다. 아주 어렸을 때부터 내가 무모한 모험(망토를 두르고 식탁에서 뛰어내린다거나, 아빠의 전축을 분해한다거나, 문구점에서 샤프펜슬을 훔친다거나)을 감행할 가능성은 제로에 가까웠다. 지금도 번지점프는 하지 않는다. 누군가와 싸운다거나 오해를 사는 것도 극단적으로 무서워했으므로 감정적으로 크게 다칠 일이 없었다.

그뿐인가? 그걸로 먹고살 생각만 하지 않는다면 장래성 또한 보장된다. 걱정이 몸에 밴 이들의 상상력은 타의추종을 불허하기 때문이다. 특히 나처럼 창조적인 걱정가들은 걱정의 새로운 영역을 개척할 뿐만 아니라 여기에 논리 정연함까지 갖춘다. 즉, 다른 사람들까지 설득하여 걱정에 동참할 수 있게 하

"딸이여, 그 모든 순간에 평안하거라."

는 '논술형 걱정'이 가능해지는 것이다. '우리가 걱정을 해야만 하는 이유'를 주제로 과거시험을 보았다면 장원급제를 하고도 남았을 실력으로, 나는 실제로 내 주위의 친구 여럿을 걱정의 도가니로 몰아넣은 경력이 있다. 이 자리를 빌려 사과한다. 그건 사실, 쓸데없는 걱정이었어.

세상에서 가장 고상한 등짝

그 걱정과 생각의 도가니에서 스스로를 잠시 건지기 위해 최근에 참가한 위빠사나 수행은 작년, 발리에서였다. 늘 그렇듯이 캠프장 안은 세계 각국에서 온 '수행의 고수'들로 북적였다. 한눈에 보기에도 명상과 채식이 몸에 밴 사람들. 군살 없는 몸에 남녀 할 것 없이 머리를 길러 목 뒤로 묶고, 남자들은 왠지 하나같이 턱수염을 길렀으며(거기다 헐렁한 토가toga까지 걸쳤으면 영락없이 예수 그리스도처럼 보인다.) 여자들은 브래지어를 하지 않고 대신 긴 스카프로 가슴께를 덮었다.

물론 그중에는 굉장히 평범해 보이는 참가자들도 있다. 단정하게 셔츠와 바지를 입고 면도한 턱을 드러낸 남자, 짧은 커트 머리에 안경을 쓰고 허리 부분이 통통한 중년 여자. 생김새가 어찌 되었건 그들은 모두 앞으로 열흘간 같은 운명에 처해 있다. 보고, 보고, 오로지 바라보는 것. 휴대전화를 비롯한 모든 문명인의 장난감들은 캠프가 시작되기 전 모두 자진해서 반납하기 때문에 우리가 갖고 놀 수 있는 것은 오로지 자신의 생각, 혹은 다른 이의 모습뿐이다. 이 부분에 겉과 속을 뒤집는 스릴이 있다. 평상시에 우리가 노는 방식은 정반대이기 때문이다. 다른 이가 블로그에 올린 생각들을 읽고, 마음에 드는 각도로 찍은 자신의 모습을 보며 노니까.

첫째 날의 아침명상이 시작되고 얼마 지나지 않아 나는 온몸을 비튼다. 평소에 한 번도 가려운 적 없던 부분까지 가렵기 시작한다. 내 마음이 감시를 피하기 위해 온갖 구실을 다 만들어낸다. 화장실에 가야겠어. 아니, 자리를 바꾸는 게 좋겠어. 이 자리는 햇빛이 너무 많이 들어와서 눈이 부셔. 자꾸 부스럭대는 옆자리 아저씨 때문에 집중이 안 돼. 아직 첫째 날이니까 환불해달라고 하면 해줄지도 몰라. 캠프 비용을 환불빋아서 좋아하는 마사지 코스나 등록하자. 굳이 명상을 벽면을 마주보고 해야 한다는 건 18세기적 발상 아냐? 난 산들바람이 부는 숲길을 걸으면서 더 깊은 명상에 빠질 수 있어. 발리의 그 많은 아름다운 길들을 걷지 않고 지금 내가 뭐하는 짓이지? 이런 명상이라면 집에서 나 혼자서도 할 수 있잖아.

마음이 이렇게 구체적이고 설득력 있게 나오면 참 곤란하다. 구구절절 맞는 말이다. 내가 지금 여기서 뭐하는 짓인가. 하지만 그 마음을 알아차릴 뿐 아무 데도 가지 않는다. 떨쳐 일어나야 마땅한, 여우처럼 솔깃한 1,000가지 이유들이 솟아오르지만 곰 같은 엉덩이로 그냥 깔고 앉아 버틴다. 그것이 위빠사나다.

나는 아둔하지만 내 마음은 천재다. 핑계거리를 만들어내는 솜씨를 보면 기가 막힌다. 그 천재의 말발에 평생 휘둘려 살아온 내가 단 열흘, 그 녀석에게 누가 보스boss인지 보여주고 있다. 생각은 자유지만, 실제로 몸을 일으켜 삶을 움직이는 권력이 누구에게 있는지, 이참에 확실히 해두고 있다. 네 말이 맞아. 하지만 난 여기 앉아 있어야겠어.

천국도 지옥도 마음먹기에 달렸다는, 오래되고 진부한 이야기는 사실이었다. 정확히 같은 시간에, 같은 장소에서, 변함없는 사람들과, 어제 앉았던 똑같은 자리에서 똑같은 자세로 앉아서 보내는 나날들 속에도 좋은 날이 있고 나쁜 날이 있었다. 누구에게서 어떤 말도 듣지 않고, 내가 누구에게 어떤 말도 뱉지 않고도 어떤 한 사람을 굉장히 좋아하게도 되었다. 실제로 나는 그 열흘간 한 사람과 사랑에 빠졌었다. 늘 내가 앉은 자리에서 대각선으로 오른쪽 앞에 앉아 명상하던 남자였는데 뒷모습이 어찌나 고상하던지! 곧게 세운 척추에, 히피 냄새가 전혀 나지 않으면서도 자유로워 보이는 헤어스타일과 옅은 물빛이 도는 셔츠 색깔까지, 딱 꿈에 그리던 내 이상형이었다.

마침 매달릴 것을 갈망하던 내 마음은 먹잇감을 놓칠세라 그 뒷모습 위에 아예 영화사를 차렸다. 기억할 수 있는 모든 장면들과 배경음악들을 죄다 끌어다가 '세상에서 가장 고상한 등짝'이라는 영화를 한나절 만에 찍고야 말았다. 비슷한 마음의 연출력에 힘입어 몇몇 사람들을 끔찍하게 싫어한 나머지 그들을 세상에 둘도 없는 악당으로 그린 영화도 물론 몇 편이나 찍었다.

신기한 일이었다. 나도, 그들도 그저 미동도 없이 앉아 있었다. 발리의 공기는 고요하고 따스했다. 그 안에서 펼쳐진 오디세이는 어디에서 시작된 것일까? 그렇다면 이유 따위는 처음부터 필요 없는 게 아니었을까? 행복을 느끼거나 누군가를 좋아하는 데, 혹은 비참한 기분을 느끼거나 누군가를 미워하는 데는. 마음은 연료 없이도 달리는 기차다. 누구의 도움 없이도 스스로를 태우며 혼자서 잘만 해나간다. 놀라운 자가발전 시스템이다.

드디어 마지막 날이 오고, 우리는 굶주린 조난자 무리가 빵 광주리에 달려들듯 서로를 붙잡고 이야기를 시작한다. 이토록 화기애애한 말의 성찬은 찾아보기 힘들 것이다. 누구나 봇물처럼 터져나온다. 그리고 그중에서도 빠지지 않고 등장하는, 내가 가장 좋아하는 말들.

"나만 도망칠 마음을 먹었던 게 아니었어? 세상에, 너도?"

"믿을 수 없어. 너는 내가 볼 때마다 깊은 무아지경에 빠져 있는 것 같았는데…. 내가 속으로 얼마나 질투를 했었다고!"

"너야말로 내가 보기엔 평화 그 자체였어. 입가에 옅은 미소까지 띠고. 나는 진짜로 엉덩이뼈에 금이 간 것 같았기 때문에 의사를 불러야 하나 깊이 고민하고 있었을 뿐이야. 그게 무아지경으로 보였다니 할 말이 없다."

이 귀엽고도 가여운 인간의 심리는 플라톤이 인간 문명의 초창기에 이미 간파했던 바 있다. '사람들에게 잘해줘라. 다들 저마다의 힘겨운 전투를 치르는 중이니.'

그런데 이번엔 누가 시작했는지 조금 색다른 화제가 떠올랐다. 서로의 직업 알아맞히기였다. 망망대해 같은 시간 속에서 다른 참가자들의 모습을 마음의 먹잇감으로 던져준 이는 나 혼자만이 아니었던 것이다. 알게 모르게 서로가 서로를 관찰하고 판단하여 시나리오를 쓰고 있었다.

"유치원 선생님 맞지?"

"딸이여, 그 모든 순간에 평안하거라."

한 참가자가 날 가리키며 자신만만하게 말했다. 어찌나 확신에 찬 태도로 말하는지 차마 아니라고 할 용기가 나지 않을 지경이었다. 내가 멍한 표정으로 가만히 있는 것을 보고 그는 더욱 용기가 나는지 더욱 의기양양해져 덧붙였다.

"딱 보니 알겠더라고. 움직이는 것도 그렇고 얼굴 표정도 그렇고, 어린 아이들이랑 오래 지내서 유치함이 몸에 배어 있는 사람은 표가 나거든."

그런가 하면 어떤 할머니는 내가 수녀인 줄 알았다고 말해서 날 놀라게 했다.

"내 친구 중에 서른이 넘어 수녀가 된 사람이 한 명 있는데, 꼭 너처럼 생겼어."

서른이 넘어서 수녀의 길을 택했다니, 왠지 그다지 미인은 아닐 듯한 느낌이 든다. 참고로, 내가 혼자서 열렬한 사랑에 빠졌던 고상한 등짝의 그 남자는 역시나 입을 열자마자 나를 열렬히 실망시켰다. 자세한 설명은 하지 않겠지만 그의 앞니 중 2개가 금니었다는 것만 밝혀둔다.

즐거움도 암기과목이라네

발리의 위빠사나 캠프가 끝나고 나는 캠프 참가자 몇 명과 함께 울루와투 사원에 저녁노을을 보러 가기로 했다. 그중 1명이 발리에서 꽤 오래 살고 있던 독일인 할아버지였는데, 그의 말에 따르면 '아침엔 구름이 낮게 드리우고 컴컴하다가 한낮에 구름 한 점 없이 쨍하게 갠 것을 보니 오늘 같은 날이야말로 최고의 노을을 볼 수 있다.'는 것이었다. 울루와투는 '바위 위의 모자'라는 뜻으로 70미터 위의 깎아지른 바위절벽 위에 버섯 모양의 탑이 그야말로 모자처럼 봉긋 얹어져 있는 오래된 사원이다.

노을은 눈 깜짝할 사이에 지기 때문에 좀 이르다 싶게 가서 기다리고 있어야 그 찰나를 놓치지 않는다고, 그는 해가 아직 쨍쨍한 4시 무렵부터 우릴 재촉했다. 캠프도 끝난 참이라 별로 할 일이 없던 우리들은 흐물흐물 그를 따라나섰다. 광활한 바다를 따라 구불구불 펼쳐진 돌담길을 올랐다. 물에 반사된 햇빛이 눈부셔 먼 경치는 잘 볼 수 없었다. 대신 그 돌담길 모퉁이에서 구슬팔찌를 파는 아주머니들을 보았다. 너른 바위 위에서는 한 팀의 중국인들이 태극권을 연습하고 있었다. 그리고 나무마다 매달려 있던 그 탐욕스러운 원숭이들!

우리를 이끌고 있던 독일인 할아버지는 리더답게 돌담길이 시작되기도 전에 굵직한 나뭇가지를 하나 주워들고 앞장서서 걷고 있었다. 그가 '몽키!'라고 외치며 나뭇가지를 휘두르면 우린 일제히 선글라스와 모자를 벗어 가방에 쑤셔 넣었다. 관광객들 속에서 나고 자란 사원의 원숭이들은 정글의 동료들보다 훨씬 인간에 가까운 표정을 지을 줄 알았다. 그리고 바나나뿐만 아니라 선글라스와 모자도 원했다.

"대체 왜 선글라스를 낚아채는 거야? 먹지도 못하는 건데."

누군가 투덜거리자 독일인 할아버지는 대답했다.

"자네는 빵만 갖고 사나? 원숭이들도 장난감이 필요하다네. 선글라스를 훔

처서는 갖고 놀다가 싫증 나면 서로 교환도 하는걸!"(내 건 알이 큰 샤넬인데, 이제 유행에 뒤쳐진 것 같아. 바나나 2개를 얹어줄 테니 네 레이벤 미러랑 바꿀 수 있을까?)

노을을 보기에 가장 좋은 자리라는 꼭대기까지 올랐어도 아직 햇살은 기세 좋게 바닷물을 딛고 튕겨 올라오고 있었다. 우리는 돌담 위에 모자를 깔고 앉았다. "금세 시작될 거야. 한눈팔지 말고 기다려." 리더 할아버지는 이렇게 말하고서 꼼짝 않고 바다 위의 태양을 바라보았다. 우리도 눈을 가늘게 뜨고 그렇게 했다. 그리고 정말로 금세, 그것이 시작되었다.

영원히 희게 타오를 것만 같았던 공기가 한순간에 훅, 하고 숨을 내쉬더니 딸기주를 한잔 들이켰다. 불콰하게 공기의 볼이 달아오르는가 싶은 바로 다음 순간, 아예 그 붉은 술을 동이째 들이붓고 하늘이 너울너울 춤을 추기 시작했다. 이제 흰빛은 어디에도 없었다. 둥둥둥둥. 그 붉은 춤사위 속에 북소리가 들렸다. 누군가 나팔을 불고 현을 튕긴다. 절벽 위의 봉긋한 사원을 둘러싸고 바다의 여신 데비 랏Dewi Laut에게 바치는 댄스가 시작된 것이었다.

노란 금박을 두른 옷을 입은 무희들이 머리에 메리골드 꽃을 가득 얹은 채 탑을 돌았다. 원숭이들조차 노을의 신이 내린 사원 쪽을 향해 고개를 돌리고 인간에겐 눈길도 주지 않았다. 그 순간이 너무 깊이 우릴 품어서 노을과 몸의 경계가 흐릿해졌다. 어디서 내가 끝나고 어디부터 노을이 시작되는 걸까? 그걸 확인하려고 나는 독일인 할아버지의 손을 잡았다. 그는 말했다.

"잘 외워둬."

그 말이 무슨 뜻인지 몰랐지만 우리는 고개를 끄덕였다.

"이 노을을 하나도 빠뜨리지 말고 꼼꼼히 외워뒀다가 틈날 때마다 다시 외워야 해. 그래야 잊어버리지 않지. 무용수들이 스텝을 외우듯이, 배우가 대사를 외우듯이, 이 감동을 외우게."

그 많던 감동의 순간들은 어디로 갔는가? 이 평화를, 이 즐거움을 잊지 않으리라 했던 다짐들은 다 어디로 갔는가? 삶에 대한 감사로 어깨를 들썩이던 순간들과 죽어서도 꺼지지 않을 것 같던 사랑의 불꽃은 지금 어디에 있는가? 외워뒀어야 했는데. 그때마다 무슨 수를 써서라도 외워두고 틈날 때마다 다시 외웠어야 지금도 내 것으로 남아 있을 텐데. 그저 그때 느끼고 밑 빠진 독처럼 잊어버렸기 때문에 다시 시들한 마음자리로 돌아와버린 것이다. 그래서 '아, 내 삶은 너무 지리멸렬해.'라며 또 다른 감동의 순간을 기다리는 것이다.

"즐거움도 암기과목이라네. 외우지 않으면 즐길 수가 없어. 가슴 벅찬 순간이 오거든 충분히 시간을 들여서 그 순간 속에 머무르면서 그 느낌을 몸에 붙여야 해. 외워질 때까지 기쁨 속에서 나오지 말고 머물게."

외우는 것만큼 확실하게 내 것이 되는 방법은 없다. 초등학생들이 구구단을 외우듯이 깨달음도, 감사도 달달 외워야 필요할 때 반사적으로 튀어나와 우릴 구해준다. 그렇지 않으면 습관적인 감정들(우리 바탕에 깔린, 좀 더 낮은 파장의 무덤덤한 기분들)에 휘말려버리게 된다. 그래서 전통적인 수행종교(티벳 불교, 중국의 도교, 이탈리아의 성 프란체스코 선교회 등)에서는 수행자들이 입문하면 처음 몇 년 간은 무조건 '암기'만 시킨다.

깊은 산속의 사원이나 절벽 위의 수도원이 괜히 그런 곳에 지어진 게 아니다. 율법은 물론 느끼는 법, 감정을 처리하는 법, 사물을 바라보는 법, 삶을 다루는 법 등을 '마치 한 번도 살아본 적 없는 것처럼' 새로 배우고 그것들을 완벽하게 달달 외워서 몸에 붙일 때까지 수행자들의 몸과 마음을 세상으로부터 격리시켜놓기 위한 시설이다. 이것이 인류 역사상 가장 효과적인 학습법이기 때문이며 일단 외워서 뼈대를 세우고 나면 그 의미는 나중에 살아가면서 저절로 살이 붙듯 차오르게 되니 걱정할 것 없다.

　그래서 나도 일단 그 노을부터 외워두기로 했다. '돌담길, 햇살, 팔찌 파는 아주머니, 태극권 하는 중국인들, 몽키, 자네는 빵만 갖고 사나? 한눈팔지 말고 기다려, 둥둥둥둥, 메리골드 화관, 어디서 내가 끝나는가….'
　단어들은 낚싯바늘이 되어 펄떡이는 장면들을 기억의 바다에서 다시 낚아 올렸다. 내게 그 바늘이 없었더라면 망각의 망망대해 속으로 흘러들어가 버렸을 물고기들이었다. 이제 나는 기차역에서 내가 탈 기차가 연착되었다는 안내방송이 나오면 그 순간, 반사적으로 낚싯대를 던진다. 돌담길, 햇살, 팔찌 파는 아주머니…. 영롱했던 장면들이 기차 연착 같은 하찮은 사건 위로 차례차례 불려나온다. '둥둥둥둥'까지만 오면 나는 태평해진다. 메리골드 꽃이 보이고 일단 붉게 춤추던 그 하늘 아래 서면 '이런, 젠장.'이라고 서둘러 말하지 않았던 것이 다행스러워 축배라도 들고 싶어진다.

그 많던 감동의 순간들은 어디로 갔는가?
이 평화를, 이 즐거움을 잊지 않으리라 했던
다짐들은 다 어디로 갔는가?
삶에 대한 감사로 어깨를 들썩이던 순간들과
죽어서도 꺼지지 않을 것 같던
사랑의 불꽃은 지금 어디에 있는가?
외워뒀어야 했는데. 그때마다 무슨 수를 써서라도 외워두고
틈날 때마다 다시 외웠어야 지금도 내 것으로 남아 있을 텐데.

"즐거움도 암기과목이라네. 외우지 않으면 즐길 수가 없어.
가슴 벅찬 순간이 오거든 충분히 시간을 들여서
그 순간 속에 머무르면서 그 느낌을 몸에 붙여야 해.
외워질 때까지 기쁨 속에서 나오지 말고 머물게."

먼저 떠나본 이가 주는
작은 팁

어느 게으른 달팽이가
벗어놓고 간 인생의 의미

"너는 왜 이 길 위에 있니?"

누군가 내게 물었다.

"살아 있는 의미를 찾으려고요."

나는 대답했다. 그는 당황한 것 같았다.

"의미? 의미라고? 만약 삶에 의미 같은 것이 있었다면 지금쯤이면 누군가가 그걸 발견했어야 하잖아? 그 많던 천재들이 그냥 얌전히 관에 들어갔을 리 없잖아! 그리고 만약 삶이 의미 없는 게 확실하다면 그것 역시 21세기쯤 되면 누군가가 확실히 선언해서 인류를 의미 찾기 고행에서 해방시켰어야 하잖아."

그의 이야기에 대답하는 대신 나는 유치원 시절에 했던 놀이 하나를 떠올렸다. 나른했던 여름날로 기억하는데, 선생님이 우리에게 보물찾기를 시켰었다(아마도 귀찮아서였겠지만). 보물은 숨겨놓지도 않고.

그걸 알 턱이 없는 우리들은 보물찾기를 하며 신나게 한나절을 놀았다. 아무리 찾아도 찾아지지 않으니 더 열의에 불탔다. 놀이터의 시소와 그네 밑을 뒤지고, 뒷마당의 풀 틈과 나무껍질 사이를 뒤지고, 교실 안 장난감 통, 피아노 뒤까지 기어 들어가 어딘가에 숨겨져 있을 보물을 찾아 헤매며 우리는 웃고 다투고 서로 밀치면서 시간 가는 줄 모르고 놀 수 있었다.

이윽고 선생님이 "이제 그만! 간식 먹으러 다들 모여요."라고 외쳤을 때 발갛게 상기된 얼굴로 모인 우리들은 손에 손에 보물을 들고 있었다. 우리의 눈은 반짝였으리라. 어떤 아이는 누군가 구슬치기 하다 잃어버린 구슬을, 어떤 아이는 풀 틈에 숨어 있던 도토리를, 어떤 아이는 풍뎅이를, 끝내 아무것도 찾지 못했던 한 아이는 자신이 꽂고 있던 머리핀을, 나는 어떤 게으른 달팽이가 벗어놓고 간 달팽이집을 들고 있었다. 선생님은 우리가 찾아온 보물들을 하나하나 보며 미소 지으셨다.

"정말 예쁜 보물들을 찾았구나. 우리 내일 또 찾자."

이것이 내 어린 시절의 추억 중 가장 신나는 놀이로 남아 있다. 그리고 그것을 떠올릴 때마다 누구라도 와락 끌어안고 싶어진다.

보물 없이도 보물찾기를 하며 즐길 수 있는 천진함, 그리고 그 속에서 나만의 보물을 찾아내고 소중히 손에 쥐고 떠날 수 있는 어여쁨. 천재는 보물이 없다고 낙담할지 몰라도 천진한 이는 매일매일 보물을 손에 쥐고 놀듯이 산다.

"왜 울어?
그까짓 게 뭐라고…."

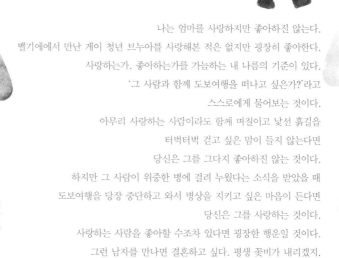

나는 엄마를 사랑하지만 좋아하진 않는다.
벨기에에서 만난 게이 청년 브누아를 사랑해본 적은 없지만 굉장히 좋아한다.
사랑하는가, 좋아하는가를 가늠하는 내 나름의 기준이 있다.
'그 사람과 함께 도보여행을 떠나고 싶은가?'라고
스스로에게 물어보는 것이다.
아무리 사랑하는 사람이라도 함께 며칠이고 낯선 흙길을
터벅터벅 걷고 싶은 맘이 들지 않는다면
당신은 그를 그다지 좋아하진 않는 것이다.
하지만 그 사람이 위중한 병에 걸려 누웠다는 소식을 받았을 때
도보여행을 당장 중단하고 와서 병상을 지키고 싶은 마음이 든다면
당신은 그를 사랑하는 것이다.
사랑하는 사람을 좋아할 수조차 있다면 굉장한 행운일 것이다.
그런 남자를 만나면 결혼하고 싶다. 평생 꽃비가 내리겠지.

현대 정신분석을 한마디로 요약하자면 '이게 다 부모 탓이다.'가
될 것이다. 심리상담사건, 최면술사건, 하버드 의대를 졸업한 정신과의사건
당신에게 어린 시절(대부분 6세가 되기 이전, 더러는 태아적 기억까지 요구하기도 한
다.)의 기억에 관해 묻지 않고서 무언가를 할 수 있는 전문가는 없다. 점쟁이
에게 당신의 생년월일시가 필요하듯이 그들에겐 어린 당신에게 부모가 던진
말들이 필요하다. 그리고 무엇보다, 부모 탓 혹은 조상 탓은 모두를 만족시키
는 불멸의 해결책이기 때문에 영원히 되풀이될 것이다.

　"'제 애빌 닮아서 제대로 하는 게 하나도 없어.'란 말을 듣고 자랐으니 내
인생이 제대로 풀릴 리가 없지."

　"우리 엄마는 입버릇처럼 '어휴, 지겨워.'라고 말했어. 그래서 내가 이 지겨
운 직장과 지겨운 남자에게서 벗어날 수 없는 거야."

　인생의 모든 꼬임과 울분이 깔끔하게 수납되는, 실로 경이로운 순간을 맞

보는 것이다. 역시 그것은 당신 탓이 아니었다(내 그럴 줄 알았어). 사회 시스템의 문제도 아니고(그러니까 굳이 뭘 바꿔보려고 애쓸 필요 없어. 그냥 살던 대로 살아), 신이 당신을 미워해서도 아니다(신은 언제나 날 사랑하셨지. 내게 단 한 마디 말씀도 안 하셨으니까). 그때 엄마가 던진 한 마디, 아빠가 버릇처럼 내게 했던 그 이야기들이 내 인생을, 내 성격을 이 모양 이 꼴로 만들었을 뿐이다. 이 얼마나 명료하고 뒤끝 없는 결말인가? 해야 할 숙제는 없다. 상담 진행자도, 의뢰인도 해방과 환희를 느끼며 뿌듯하게 악수를 나누고 헤어질 수 있다.

개인적으로 나도 부모 탓을 굉장히 좋아하고 시기 적절히 즐겨 사용하는 사람이지만 언제부턴가 조금씩 삐딱한 생각이 들기 시작했다. 아마도 지난 12년간 만나왔던 힐러들(샤먼부터 종합병원 의사까지)이 한결같이 '어린 나'를 보듬지 못해서 전전긍긍하는 것에 싫증을 느꼈는지도 모르겠다. 그들은 어떻게 해서든 내 무의식 한구석에서 웅크리고 울고 있는 어린아이를 찾아내고 싶어 했다. 왜 모두들 어린아이하고만 이야기하려 드는 것일까? 상처를 가진 나는 다 큰 어른인데. 그래서 내가 의도적으로 '6세 이전의 나'가 아닌 다른 곳(가령 최근의 상처, 감명 깊게 본 영화, 대학 시절 친구의 배신 등)에서부터 이야기를 풀어 나가보려고 시도할 때마다 그들은 안타까운 표정으로 날 타일렀다.

"그 순간을 회피하려 하는군요. 두려운가요?"

"아니에요. 그냥 가장 생생하게 기억하는 부분부터 시작하고 싶어서….."

"가엾게도…. 당신은 아직 그 어린아이인 채 겁을 먹고 있어요. 용기를 내어 다시 시도해보세요."

이쯤 되면 나도 자포자기하게 된다. 천성적으로 갈등을 두려워하는 나는 늘 상대방이 원하는 말을 하기 위해 눈치를 본다. 결국 내가 그들이 원하는 것과 비슷한 이미지를 기억 속에서 건져 올리면 그 순간을 놓치지 않고 격앙된 목소리로 말했다.

"바로 지금이에요! 그 어린소녀의 손을 잡고 밝은 빛 속으로 나오세요. 그리고 당신의 무릎 위에 앉히고 머리를 쓰다듬어주면서 그때 그 소녀가 듣고 싶어 하던 말을 속삭이세요." 혹은 "그 소녀에게 편지를 써보세요. 이제 당신은 어른이니까 그 아이에게 필요한 말들을 쓸 수 있어요. 그리고 소리 내어 읽어주세요. 당신의 마음에게."

그들이 시키는 대로 나는 울보에다 먹보였던 통통한 꼬마를 몇 번이나 무릎 위에 앉혔는지 모른다. 그 아이는 언제나 긴 머리를 두 갈래로 땋아 내리고 있다. 네 살 혹은 다섯 살이었을 것이다. 그 시절, 나처럼 울보였던 엄마는 걸핏하면 울었다.

언니는 유치원에 가고 엄마랑 나랑 둘이 있는 한낮, 엄마가 울기 시작하면 나는 어쩔 줄을 몰라서 어딘가로 숨어야 했다. 엄마의 슬픔을 감당할 수가 없었다. 내가 모르는 세계에서 온 기별을 받고 낙담한 외국인처럼, 울고 있는 엄마는 멀고도 낯설었다. 이제 와 생각하건데, 그때의 엄마는 그저 너무 어렸던 것이 아닐까? 두 아이의 엄마라고는 해도 겨우 스물여덟, 동네에서 제일 예쁘단 소릴 들으며 자랐던 문학소녀가 감당하기엔 그때 그녀의 삶의 자리가 너무 황폐했던 것은 아닐까? 육군 장교였던 아빠는 자기도취가 심한 풍운아였다. 세상 물정 모르던 철부지 아가씨가 연애시절 넋이 나갈 만도 했다. 하지만 결혼 뒤 그녀가 맞닥뜨려야 했던 것은 '사운드 오브 뮤직'에서 폰 트랩 대령과 결혼한 마리아의 그것과 많이 달랐으리라. 저택은 고사하고 겨울이면 보일러가 터지는 외딴 관사에, 그나마 반년이 멀다 하고 자주 전근 발령이 나는 남편을 따라다니느라 제대로 친구를 사귈 수도 없는 생활 속에서 엄마는 마음 깊이 외로웠던 게 아닐까? 반짝이는 것이라곤 어깨의 계급장뿐인 풍운아의 아내 노릇, 서러웠던 게 아닐까?

엄마의 눈물을 피해 내가 자주 숨었던 장소는 창고 방의 과일 박스 뒤였다. 물러진 과일 냄새가 눅진하게 배어 있는 벽에 등을 대고 귤을 까먹으면서 엄마가 울음을 그치기를 기다렸다. 귤을 2개 먹고 나면 엄마가 다시 웃고 있을 거야. 내가 아는 엄마로 돌아와 있을 거야. 엄마가 우는 게 슬퍼서, 또 내가 우는 것을 그러지 않아도 슬픈 엄마에게 들킬까 봐 볼이 미어지도록 귤을 넣고는 소리 없이 눈으로만 뚝뚝 울던 게 내가 기억하는, 최초의 슬픈 기억이다. 물론 편지도 썼다.

'그렇게 자꾸 울면 버릇이 된단다. 그러니까 그만 울고 마음의 힘을 키우렴. 학교는 솔직히 좀 지겹겠지만 조금만 기다리면 어른이 되고, 멋진 일들이 많이 생길 거야. 내가 히말라야의 설봉에도 데리고 오르고, 따뜻한 몰디브 바닷속으로도 들어가 열대어 가족을 보여줄게. 엄마도 그때쯤이면 많이 자라서, 울기는커녕 동네 문화센터를 주름잡는 씩씩한 아줌마가 된단다…'

대충 이런 내용의 글들이었던 것 같다. 그리고 그 귤 박스 옆에 서서 아이에게 읽어주기도 했다. 갈래머리를 땋은 그 아이는 미소를 지었던 것도 같고, 경계심 가득한 얼굴로 불쑥 나타난 중년의 여자를 바라보았던 것도 같다.

"왜 울어? 그까짓 게 뭐라고…"

세션이 끝나고 나는 조금 홀가분해진 마음으로 상담실 문을 나선다. 하지만 그런다고 해서 달라지는 것은 별로 없다는 게 문제다. 내 기억 속의 네 살배기는 지금쯤 눈물을 닦고 햇살 드는 창가에 앉아 귤을 먹고 있는지는 모르겠지만(그만큼 달래줬으면 눈물을 그칠 때도 됐다.) 정작 중요한 마흔세 살의 나는 여전히 귤 박스 뒤로 숨고 싶은 걸 어쩐란 말인가. 다시 몇십 년 뒤, 할머니가 된 내가 나타나 무릎 위에 앉혀주길 기다리는 수밖에 없단 말인가?

그래서 닉이 이렇게 물었을 때, 나는 그 신선함에 깜짝 놀랐다.

"최근 스스로에게서 가장 자주 듣는 말이 무엇인가요?"

신세대 심리상담가인 그는 '지금의 나'에게 질문을 던진 최초의 사람이었다. 그것도 북적거리는 파리의 한 카페에서. 긴 의자에 반쯤 누워 어린 시절로 돌아갈 필요도, 촛불을 바라보며 마음 밑바닥까지 정화할 필요도 없었다. 하지만 그의 물음에 답하기 위해서는 꽤 긴 시간이 필요했다. 일단 그 생소한 질문부터 이해해야 했다.

나에게 들려주는 이야기 혹은 혼잣말의 재구성

스스로. 에게서. 자주. 듣는. 말.

일단 말을 하는 나와 말을 듣는 내가 있다는 사실을 인정하는 것부터 시작한다. 그것이 정신분열증이나 환각증상이 아니라 물을 마시고 화장실에 가는 것처럼 누구에게나 자연스럽게 일어나고 있는 정신적 생리작용이라는 것을. 우리는 말을 한다. 미처 말을 배우지 못한 신생아 시절부터 자신의 신변에 무언가가 감지될 때마다 우리는 입을 열어서 울거나 옹알이를 했다(달콤한 것을 먹고 싶어, 잇몸이 가려워서 깨물 것이 필요해, 기저귀가 젖어서 기분이 축축해, 저 낯선 사람이 마음에 안 들어, 등이 가려워, 더워, 제발 야채죽 좀 먹이지 마 등등…).

그러다가 뇌의 용량이 기하급수적으로 늘어나고 스펀지처럼 단어들을 흡수하는 단계에 이르면 우리는 좀 더 구체적으로 인생을 생중계하기 시작한다. 네다섯 살쯤 된 아이들이 끊임없이 스스로에게 이야기를 해가면서 어린 삶을 이끌어나가는 것을 우리는 종종 목격한다(그렇게 하면 요새가 무너지잖아. 바닥에 있는 블록을 빼지 마, 맨 위에 있는 블록부터 빼. 이제 됐어, 잠수함은 오른쪽에 하나, 왼쪽에 하나. 아니, 파란 건 어제 싸웠으니까 총알이 다 떨어졌어. 다시 빨간 잠수함으로 바꿔. 됐어, 공격 개시!).

그러다가 사회적 체면과 예절을 배우게 되고 자신의 마음속 일거수일투족을 타인에게 공개할 필요가 없다는 사실을 알게 될 때쯤 우리는 자신에게만 들리게끔 말하는 법을 익히기 시작한다. 그리고 그 목소리가 내면을 향하게 된 순간부터 혼잣말은 심장의 수축이나 장의 연동운동처럼 우리가 의도하건 의도하지 않건 늘 기능하는 불수의근으로 자리 잡게 된다.

내면의 목소리, 끊임없이 웅얼거리는 말의 홍수. 우리는 마음 안에서 훨씬 더 수다스럽다. 단어와 문장과 억양을 체득한 이후로는 감각기관을 통해 경험하는 모든 현상들을 일단 말로 번역해서 스스로에게 들려줘야만 직성이 풀리는 말중독자가 된다. 말로 표현할 수 없는 느낌 속에 멍하게 넋을 놓고 있었다고? 당장 표현하지 못했다면 나중에라도 반드시 어떻게든 그 순간을(타인에게든 스스로에게든) 말로 전달하고야 말 것이다. '정말 말이 안 나올 정도로 기가 막힌 저녁노을이었어!' 혹은 '그 말을 듣는 순간 어찌나 어이가 없던지 아무 말도 생각이 안 나더라.' 하는 식으로.

스스로에게 하는 이야기는 자아의 뼈대를 구성한다. 그것은 독백monologue과는 다른 자신과의 대화self-talk에 해당하는데, 그 혼잣말은 지금껏 한 번도 변변한 대접을 받아본 적이 없다. 하지만 혼잣말을 제대로 하게 된다는 것은 엄청난 성취다. 24시간 개인 카운슬러를 고용하는 것과 같은 가치가 있다.

카운슬링 혹은 심리상담이 일상생활에 깊이 박힌 서구의 사람들은 약국보다 자주 상담사를 찾는다. 결혼할 사람이 생기면 식을 올리기 전에 커플 심리분석 전문가를 찾아가는 것은 기본이고, 이혼을 결심할 때도 향후 아이들에게 들어갈 '이혼가정 아동 심리치료' 비용을 먼저 걱정하는 것이 그들이다. 경제적으로 여유가 있는 사람들은 특별한 문제가 없어도 1주일에 한두 번씩 정신과 전문의를 찾아가 잡담이라도 나누고 돌아와야 스스로의 삶을 제대로 돌보고 있는 듯한 느낌에 안도한다. 그렇다고 해서 그 카운슬러들이 우리나라 점쟁이들처럼(맞건 틀리건) 속 시원히 답을 제시해주는 것도 아니다. 그 카운슬러 중 한 명인 닉은 그들이 하고 있는 일을 이렇게 정리했다.

"고객들이 말을 끝까지 할 수 있게 도와주는 것뿐이지요."

생각을 하는 것, 한 가지 생각을 깊이 있게 끝까지 하는 것은 어느새 우리 사회에서 보기 드문 재능이 되었다. 생각의 호흡이 점점 더 짧아지고 있는 것이다. 생각장애의 시대. 그래서 누군가가 '생각을 많이 한 끝에 내린 결정이에요.'라고 말한다 해도 완전히 믿지 않는 편이 좋을 거라고 닉은 경고했다. 대개의 경우, 그 문제를 끌어안고 시간은 많이 보냈을지 모르지만 실제로 그 생각의 끝까지 가본 이는 거의 없기 때문이다.

대개 혼자 하는 생각이란 뻔한 패턴의 주위를 돌림노래처럼 뱅뱅 돌기만 할 뿐 좀처럼 앞으로 나아가지 않는다. 이미 익숙한 생각의 골목에서만 맴돌다 지쳐서 아예 길 찾기를 포기한 상태일 때 우리는 이 말들을 많이 하기 때문이다. '내가 생각을 많이 해봤는데 말이야….' 대책 없는 길치들도 늘 이렇게 말한다. '하루 종일 헤매 다녀봤는데 말이야….'

그래서 우리는 어느덧 생각을 끝까지 하기 위해서는 전문가의 손길이 필요한 처지가 되었다. 우리는 스스로가 무엇을 생각하고 있는지, 무엇을 원하고 있는지 잘 모른다. 그것을 소리 내어 말해보기 전에는 혹은 글로 써보기 전에는. 늘 담고는 다니지만 엑스레이를 찍어보기 전에는 허파와 담낭과 쓸개를 알아채지 못하는 것과 같다.

말로 해보는 것, 그것이 기도의 힘이며 주술의 힘이다. 신은 '방향', '집중', 그리고 '명확함'이기 때문이다. 프로의식을 갖고 들어주는 사람 앞에서 말로 해봄으로써 비로소 우리는 스스로의 생각의 형태를 또렷이 보고 다듬어 나갈 수 있다. 마음의 엑스레이를 찍어보는 방법으론 아직까지 심리상담을 따라갈 만한 게 없다. 지금 마음자리가 어디쯤 와 있는지, 과연 내가 가치 있는 생각에 매달려 있는 건지, 번번이 휘둘리면서도 왜 내가 이 사람을 계속 만나고 있는지, 왜 입지도 않는 옷들을 움켜쥐고 있는지, 왜 자꾸 살이 찌는지.

그렇게 하나하나 말로 엑스레이를 찍어보면 실체가 보인다. 그리고 실체를 알아야 떠나보낼 수가 있다. 내 옷장을 터질 듯 메우고 있는 것들이 무엇인지, 창고에, 베란다에, 냉동칸에 숨 쉴 틈도 없이 웅크리고 있는 검은 봉지들에 무엇이 들어 있는지, 알고 나면 버릴 수 있다. 그것들을 여는 과정이 귀찮고, 열고 난 후 그 안에 있는 것들을 마주하기가 두려워 우리는 미루고 있는 것이다. 정리를 못하고.

이제는 내 손이 나를 키우고 있다

떠나보내지 못하는 것. 흔히들 집착이라고 부르지만 내가 보기에 그것은 망설임에 더 가까웠다. 마음이 약하고 정이 많으면 끝없이 망설이게 된다. 놓아 보낼 인연이 하나도 없는 것이다. 한 마리 두 마리씩 유기견들을 집에 들이다 보니 결국 자신이 누워 잘 곳이 없어진 사람처럼 기억들과 이야기들에 짓눌려 현실이 좀 불편할지라도 그 쌓아놓은 틈 속에서 지내는 편을 택한 것이다. 게다가 물건들은 손에 잡히는 실체다. 썩고 곰팡이가 필지언정 그것들은 내 손이 닿는 곳에서 내가 아는 냄새를 피운다. 그리고 신체의 일부가 된다. 그들의 과거와 미래는 어디에도 가지 않고 육중한 무게로 현재의 머리를 짓누른다. 이것은 감정적 비만이다. 육체적 비만도, 감정적 비만도 우리의 심혈관계를 압박한다는 점에서 비슷하다.

호주에서 스트레스 클리닉을 운영하는 한 의사가 해준 말이 떠오른다.

"스트레스 클리닉을 운영하면서 특이한 사실 한 가지를 발견했는데, 나를 찾아오는 환자들 가운데 유독 비만환자가 많다는 점이었어요. 수련의 시절이나 응급실에서 보던 환자들은 그냥 길에 지나다니는 사람들의 비율로 마른 사람, 보통 체격인 사람, 뚱뚱한 사람들이 섞여 있었는데(어찌 보면 당연한 일이다.) 스트레스 클리닉에는 좀 이상하다 싶을 정도로 과체중인 환자가 압도적으로 많거든요. 흔히들 스트레스를 먹는 것으로 풀어서 그럴 것이라 생각하지만 문제는 그렇게 간단하지가 않아요. 일단 '몸'과 관련된 문제는 너무나 개인적이고 내밀해서 심지어 본인도 왜 그런 증상이 나타났는지 알기 힘들어요."

"품고 있는 이야기들을 말로 풀어내지 못하면, 그 이야기들이 어떻게든 당신을 비집고 나오기 시작합니다."라고 닉이 말했을 때 나는 깊이 공감했다. 별 이유 없이 몸 어딘가가 고장이 나거나 알레르기가 생기거나 스스로 납득이 가지 않는 행동을 할 때, 이 말을 기억하면 좋을 것이다.

상담 중에 답을 발견한 사람들도 거의 대부분 스스로 그 답을 내놓고는 병원 접수계에 돈을 지불한다. 물론 말을 들어주는 것은 누구나 할 수 있다. 그리고 소위 전문가들이 해주는 조언이라는 것도 마음씨 좋은 옆집 언니나 택시기사들이 해줄 수 있는 말과 별반 다르지 않다. 하지만 굳이 적지 않은 비용을 지불하면서까지 그들을 찾아가는 이유는 전문가들이 제공하는 '능숙한 백지상태' 때문이다.

우리를 잘 아는(그래서 우리가 늘 어디서 틀리는지 알고, 그럼에도 불구하고 잘되길 바라는 마음으로 가득한) 친구나 가족들은 우리가 하는 말에 끊임없이 밑줄을 긋고 주석을 단다. 아예 책을 새로 써주는 경우도 있다. 그렇기 때문에 잡음 없는 백지 위에 이야기를 풀어놓을 수 있는 기회는 전문적인 훈련을 받은 타인만이 제공해줄 수 있다. 게다가 그들은 능숙하게 질문을 던지고 반응함으로써 우리가 옆길로 새지 않고 한 가지 생각을 끝까지 해볼 수 있게 이끌어준다.

그리고 한 발짝 더 나아가, 사려 깊고 상냥하게 자신과 대화할 수 있는 길을 터준다. 누군가 당신 아이에게 "어쩜 저리도 멍청할까!"라고 말한다면 당신은 물불 가리지 않고 그 악당의 멱살을 움켜쥘 것이다. "내 아이에게 말 함부로 하지 마!"라고 하면서. 스스로의 마음도 그렇게 적극적으로 돌보지 않으면 악당들의 험담에 상처투성이가 되어버린다. 그리고 그 악당의 우두머리는 언제나 우리 자신이다. 그래서 닉은 혼잣말을 퉁명스럽게 뱉는 이들을 걱정한다. 쓰레기를 밖에 버리면 환경오염이지만 그걸 자신이 삼켜버리면 장기파손이다.

"스스로에게 함부로 말하지 마세요. 아이 키우는 엄마처럼 정성스럽게 고운 말을 고르고, 다듬고, 연습한 뒤에 그 말을 건네야 마음이 밝게 자랍니다."

그때 우리는 '부모 손에' 키워졌지만 지금은 당신도 나도 '내 손' 안에 놓여 있다. 내 손이 나를 키우고 있다. 닉은 이렇게 말한다.

"그래요. 당신이 다섯 살 때 '제대로 하는 게 하나도 없는 녀석'이라고 말한 사람은 당신의 아버지였어요. 하지만 그 후 30년 동안 그 말을 수천, 수만 번 되풀이해 들려준 사람은 당신 자신이지요. 타인은 그 어느 누구도 당신 스스로가 하는 것만큼 당신을 집요하게 괴롭히지 못해요.

여섯 살 때 부모에게서 들은 말보다, 지금 내게서 24시간 듣고 있는 말이 더 중요하지 않을까요? 마음챙김이나 명상, 위빠사나 수행 같은 것들도 다 알고 보면 그 혼잣말들을 알아차리려는 시도이지요. 내가 도대체 무슨 말들을 하고 있는지, 그리고 왜, 어떤 상황들이 그 말을 끄집어냈는지, 그 말을 들은 나는 어떻게 반응하는지를 알고 나면 상대하기가 쉬워지니까요.

그 혼잣말은, 비유하자면 마음의 벽지 같은 것이에요. 벽과 천정에 빈틈없이 도배되어 그 공간의 분위기와 느낌을 결정하는 게 벽지죠. 그런데 그 벽지를 자세히 들여다보면 무늬가 보여요. 똑같은 패턴의 자잘한 무늬들이 끝없이 연결되어 있죠. 그래서 우리의 마음은 특정 상황에 맞닥뜨리면 언제나 똑같은 말들을 하고, 그 말들을 들은 뒤엔 늘 하던 행동을 반복하게 되는 거예요. 그리고 그 무늬가 그 사람의 느낌을 결정하죠. 성격이 좋고 나쁘고를 떠나서 그냥 느낌이 좋은 사람 있잖아요."

자꾸만 불길 속으로 뛰어드는 연습

당신이 당신이라고 생각하는 사람은 당신이 아니다. 그것은 기억의 뭉치다.

우리의 몸은 모든 것을 저장한다. 스쳐 지나가는 듯 보여도 어떠한 생각이나 사건이나 감정도 그냥 우리를 통과하는 법은 없다. 먹은 음식은 물론, 여행한 곳, 느낀 것, 지은 표정들이 모두 미세하게 쌓여 몸의 표정을 만든다. 그리고 살아가는 방식에 있어서 우리는 너나 할 것 없이 지독한 편식쟁이들이다. 누군가의 느낌이 좋다 나쁘다, 체질이 어떻다라고 할 때 우리가 말하는 게 바로 그 겹겹이 쌓인 경험의 퇴적층이다. 특히 나이가 들수록 편식으로 쌓인 경험의 층은 두텁게 쌓여(파란 사람은 더욱 파래지고, 노란 사람은 노란 빛이 아닌 것은 거부하기 때문에) 누구나 한눈에 척 그가 어떻게 살아온 사람인지를 읽을 수 있는 것이다.

우리가 오늘 생각하는 것의 90%는 어제도 생각했던 것들이란 사실을 아는지? 우리는 '생각했던 것'을 생각하도록 길들여져 있으며 '했던 것'을 하도록, '아는 것'만을 배우도록 프로그램되어 있다.

진정으로 변화를 원한다면 당신의 이야기에서 빠져나와야 한다. 되풀이되는 그 패턴에서 벗어나야 한다. 노련한 씨름꾼들은 쉽사리 상대에게 자신의 패턴을 보여주지 않는다. 패턴의 문제인 것이다. 패턴은 우리의 삶의 무늬다. 그 패턴을 깰 줄 알아야 한다. 다르게 반응하는 법을 배우는 것. 우울도 습관이고 비관도 습관이다. 습관은 머릿속에 지름길을 형성한다. 자주 다니는 등산로가 점점 넓어지고 반들반들 윤이 나는 것처럼 그 패턴으로 한 번 굳어져 버리면 다른 길은 잡초로 묻혀 버리게 되고, 어느 결엔가 우리는 오로지 그 길로만 다니게 된다.

즐거움도, 비만도, 성취도, 절망도 그렇다. 우리는 한 번의 경험이 정신적, 육체적 과정의 '길을 닦고' 이 과정이 반복해서 나타나도록 알게 모르게 애쓰고 있다. 오늘도 나가서 다른 이들과 대화하고 세상과 어울렸다고 생각하겠지만 그건 착각이다. 우린 단지 스스로의 내면에 이미 입력되어 있는 이야기 언저리를 한 번 더 맴돌다 왔을 뿐이다. 익숙한 줄거리에서 한 발짝이라도 벗

"스스로에게 말 함부로 하지 마세요.
아이를 키우는 엄마처럼 정성스럽게
고운 말을 고르고, 다듬고, 연습한 뒤에
그 말을 건네야 마음이 밝게 자랍니다."

그때 우리는 '부모 손에' 키워졌지만
지금은 당신도 나도 '내 손' 안에 놓여 있다.
내 손이 나를 키우고 있다.
타인은 그 어느 누구도 당신 스스로가 하는 것만큼
당신을 집요하게 괴롭히지 못한다.

어나는 정보는 요리조리 피해가면서 아는 길만 더 탄탄하게 다지고 왔을 뿐이다. 그래서 사는 게 점점 시들해진다.

"때론 그 무늬 밖으로 나올 필요가 있어요. 나는 그걸 '소방관 훈련'이라고 부르는데 이름만큼이나 어려운 일이지요. 자신 안에 무늬로 단단히 고착된 제2의 천성을 역행하는 일이니까요. 건물에 불이 나면 사람들은 본능적으로 밖으로 뛰쳐나가지요. 하지만 오직 한 사람, 소방관만은 반대방향으로 뛰어듭니다. 불붙은 집 안에 남아 있는 아기를 구하기 위해서요."

누군가에게서 버림을 받거나, 따돌림을 당하거나, 멸시받거나, 무시당하거나, 불합격 통보를 받거나, 해고당하거나 등등 어떤 형태로든 공들여 쌓은 자존의 탑이 흔들릴 때(전문용어로 사회적 거부social rejection라 불리며 우리 뇌는 실제로 육체적 고통을 겪을 때 반응하는 부분과 똑같은 부분에서 반응을 보인다고 한다.) 우리는 피를 흘릴 만큼 상처를 입는다. 그리고 동물들이 상처를 혀로 핥듯, 저마다 익숙하고 습관적인 방법으로 그 상처에 대응한다. 술을 마시던 사람은 술을 마시고, 물건을 부수던 사람은 물건을 부수고, 자책하는 데 익숙한 사람은 스스로를 쥐어박고, 남 탓에 익숙한 사람은 쥐어박을 상대를 찾는다.

"그 '하던 짓'을 하지 않고 전혀 다른 방식으로 반응해보는 것이 소방관 훈련의 핵심입니다. 연어처럼 습관의 물살을 거슬러 헤엄치는 것이죠. 예를 들어 술을 마시는 대신 물을 마신다거나, 물건을 부수는 대신 낡은 문짝을 수리한다거나, '이게 다 내 잘못이야. 애초에 바보 같은 내가 끼어들지 말았어야 했어.'라고 말하는 대신 적극적으로 남 탓을 해보는 겁니다. '내 아이디어는 훌륭했어. 저 얼간이가 말도 안 되는 고집만 부리지 않았어도 우리 팀이 프로 젝트를 따냈을 텐데!'라고요. 조금 억지스런 느낌이 들더라도 자꾸만 불길 속 으로 뛰어드는 연습을 하다 보면 누구나 아기를 구해 나올 수 있습니다."

훈련을 거듭한 끝에 우리가 불난 마음의 방에서 구해 나오는 아기는 '천진한 가슴'일 것이다. 잘 웃고 낙천적이고 말랑말랑한 삶의 태도. 그 아기의 표정으로 한 번 살아보고 싶지 않은가.

비만이나 과체중은 과거와 미래의 무게다. 그것들을 떼어내고 나면 딱 지금 이 순간의 삶을 경쾌하게 헤쳐 나가기에 적합한 체중만을 갖게 된다. 너무 마르지도, 살이 찌지도 않은 날렵한 몸이다. 과거의 어두움을 보상받기 위해, 미래에 닥쳐올 고난을 미리 위로받기 위해 우리는 먹고 쌓는다. 다이어트라는 신흥종교가 우리의 욕구불만의 수레를 더욱 크게 부풀려버렸다. 남들보다 체중이 조금 더 나간다는 이유만으로 받았던 과거의 굴욕과 차별, 그리고 앞으로 야채주스만 마셔야 한다는 불안. 그것들을 보상받을 수 있는 유일한 순간인 '지금' 우리는 음식, 흔히 말하는 위로거리(Comfort food, 보통 핫도그, 케이크, 파이, 포테이토칩, 아이스크림 등 혈당을 빠르게 상승시켜 즉각적인 안정감을 주는 음식을 말한다.)들을 수레 안에 채워 넣는다.

이제 그 수레를 과감히 던져버리자. 과거는 이미 지나갔으니 보상받을 필요가 없고, 미래는 수레를 끌고 갈 필요가 없는 곳이라는 사실을 알기만 하면 된다. 인생은 사막횡단이 아니라 시장구경이다. 건강하고 날렵한 몸으로 기분 좋게 나아가다 보면 도착하는 곳이 미래이고, 그곳엔 그 순간의 가장 싱싱한 음식이 우리를 기다리고 있을 테니 그때 가서 즐기면 된다.

"왜 난리야, 그까짓 게 뭐라고…."

나는 마침내 최근 스스로에게서 가장 자주 듣는 말을 찾아내는 데 성공했다. '왜 난리야, 그까짓 게 뭐라고….'였다. 가볍게 한숨을 섞어 내뱉는 듯한 말투로 나는 아주 자주 혼자서 이 말을 하고, 또 듣고 있었다. 나는 이 말을 오래 전 한 친구의 장례식장에서 배웠다(몇 살이 되었건 우리는 새로운 말들을 배워 나가지 않나? 각자의 처지에 맞는, 인생의 시기에 맞는 말들을 혹은 말투들을). 후두암으로 긴 시간 투병하던 아메드는 목소리를 내는 것이 힘겨워 늘 작은 노트에 휘갈겨 쓴 문장으로 의사소통을 하곤 했다. 아메드가 즐겨 쓰던 말이 '왜 난리야, 그까짓 게 뭐라고….'였다. 그는 아예 그 말을 카드에 인쇄해서 다른 자주 쓰는 말 카드 묶음과 함께 갖고 다닐 정도였다.

'안녕? 기분이 어때?', '생수 한 병과 무설탕 껌 한 통 주세요.', '저는 목소리를 내는 게 힘이 듭니다. 하지만 듣는 데는 이상 없으니 편하게 말씀하세요.', '웨일즈 스트리트까지 가주십시오.', '오늘은 내가 살게.'와 같은 말들이 그 카드 뭉치 속에서 대기하고 있었다.

아메드는 '왜 난리야, 그까짓 게 뭐라고….' 카드를 가장 자주 썼는데, 주로 '괜찮아요.', '별 말씀을', '신경 쓰지 마세요.', '이번 한 번만 봐주는 거야.' 혹은 '그게 암 투병하는 친구 앞에서 할 소리야?'라고 말하고 싶을 때 이 카드를 내밀었다.

예를 들면 친구들과 함께 커피를 마시고 나서 가끔씩 그는 웨이터를 불러 모두의 커피값을 계산하곤 했다. 화들짝 놀란 우리가 그에게 돈을 건네려고 하면 그 사랑스런 카드가 눈앞에 펄럭인다. '왜 난리야, 그까짓 게 뭐라고….'(우리는 그를 정말로 좋아했다.) 누군가가 직장에서 모욕을 당했다고 펄펄 뛰며 하소연을 할 때면 그는 노골적인 비웃음이 가득한 얼굴로 아예 그 카드를 자신의 부어오른 목 위에 갖다 대었다. "얼씨구, 죽어가는 친구 앞에서 그게 무슨 큰일이라고 난리야? 행복한 투정 좀 그만해, 이 분위기 파악 못하는 엄살쟁이야!"라고 말하는 대신에.

그의 장례식장은 소박했다. 아직 목이 부어오르기 전의 핸섬한 모습으로 사진 속의 그는 웃고 있었다. 그리고 그 사진 액자 위에 그가 마지막으로 썼다는 노트가 붙어 있었다. '울지들 마.' 그리고 그 바로 옆에 누군가가 그의 손때 묻은 카드를 재치 있게 붙여서 문장을 완성해놓았다. '왜 난리야, 그까짓 게 뭐라고….'

그를 알고 지냈던 모든 이들이 그 메시지를 거듭 읽으며 웃음과 눈물을 함께 흘렸다. 인생이 선사하는 수많은 분노와 의문, 상실과 혼돈, 심지어 죽음 앞에서 이렇게 쿨할 수만 있다면 얼마나 좋을까. 여기서 그가 말한 '그까짓 것'이란 그가 37년간 아메드란 이름으로 애면글면 지켜왔던 자존심일 것이다. 1주일에 3번씩 태권도장에 다니며 다져온 근육질의 몸일 것이다. 아니, 무설탕 껌을 씹으며 노트에 무언가를 휘갈기는 그가 빠진 세상일 것이다.

아메드의 장례식장을 떠나기 전, 나는 그의 말을 가슴에 멍이 들 때까지 되뇌고, 되뇌고, 또 되뇌었다. 나를 모욕했던 이들은 이미 그 사실조차 까맣게 잊고 제 갈 길을 가는데 왜 나는 아직도 그 순간을 끌어안고 밤마다 버둥거리

"왜 울어? 그까짓 게 뭐라고…."

는가? 왜 잊으려 들지 않는가? 정말 왜 이 난리인가? 그까짓 게 뭐라고….

내 마음이 버둥대며 되풀이하고 있는 말들을 잠재우기 위해서는 이쯤 해서 잊어야 할 것 같았다. 용서해야 할 것 같았다. 겁이 많아서 크게 화를 내거나 죽도록 미워하지 못하는 내 마음은, 깨끗이 용서하지도 못했던 게 아닐까? 닉에게 용서에 관해 물어야 했다. 왜 나는 아직도 용서가 이렇게 힘들까요? 왜 잊지 못할까요?

닉은 단호한 얼굴로 말했다.

"잊어버리는 것과 용서하는 것은 달라요. 용서를 하기 위해서는 기억해야 해요."

용서는 여행이다. 계획이 필요하고, 이것저것 짐을 꾸려야 하고, 지도를 챙겨야 하고, 가끔씩은 길을 잃을 각오도 해야 한다. 그리고 대부분 생각보다 피곤하고 지친다.

촛불을 훅 불어 끄듯이 한순간에 용서할 수 있는 게 아니다. "용서했어."라고 말하고 나서도 실은 한참의 시간이 더 걸린다. 용서를 결심하는 것은, 실은 여행을 떠나기로 결심했을 뿐인 경우가 많기 때문이다. 그 순간부터 현실적이고 자질구레한 절차들이 뒤따른다. 마침내 목적했던 여행지에 도착했다 하더라도 상상했던 것과 전혀 다른 경험을 할 수도 있다.

우리들은 대부분 무언가를, 누군가를 용서하는 길 위에 있다. 이제 막 길을 떠난 사람도 있고 오랜 여행으로 남루해진 이도 있다. 그리고 그들이 이야기하는 용서는 모두가 다르다. 모두의 여행기가 다르듯이. 닉이 안내하는 용서의 여정을 따라가 보자.

"잊어버리는 것과 용서하는 것은 달라요.
용서를 하기 위해서는 기억해야 해요."
용서는 여행이다. 계획이 필요하고,
이것저것 짐을 꾸려야 하고, 지도를 챙겨야 하고,
가끔씩은 길을 잃을 각오도 해야 한다.
그리고 대부분 생각보다 피곤하고 지친다.

우리들은 대부분 무언가를, 누군가를 용서하는 길 위에 있다.
이제 막 길을 떠난 사람도 있고
오랜 여행으로 남루해진 이도 있다.
그리고 그들이 이야기하는 용서는 모두가 다르다.
모두의 여행기가 다르듯이.

제대로 용서가 되려면 굉장히 까다로운 조건이 필요하다. 일단, 용서를 받는 쪽과 하는 쪽이 있어야 한다. 그리고 용서받는 쪽은 자신이 잘못했다는 것을 알고 용서를 빌 마음이 있어야 하고, 용서를 하는 쪽은 기꺼이 그의 사과를 받고 용서해줄 마음이 있어야 하는데, 이 부분이 어렵다. 부서진 책상다리를 고치듯 어느 날 마음먹고 혼자서 뚝딱 해치울 수 있는 일이 아닌 것이다. 짝사랑이 진정한 의미의 사랑이 아닌 것처럼 혼자 용서받고 용서했다고 해서 진정한 용서가 이루어지는 것이 아니라는 점이 문제다. 혼자서 하는 용서보다는 혼자서 하는 사랑 쪽이 차라리 쉽다.

나를 찾아오는 사람들은 대부분 용서를 받아야 하는 쪽이다. 용서를 빌 용기를 얻기 위해서 전문가의 상담을 받고자 하는 것이다. 하지만 역시 무시할 수 없는 숫자의 사람들이 용서를 하고 싶어도 '용서가 불가능한' 상처를 안고 찾아온다. 용서가 불가능하다는 뜻은 용서를 해줘야 하는 대상이 이미 이 세상에 없다는 뜻도 되지만, 그 상대가 스스로 용서받아야 한다는 걸 모르는 경우가 대부분이다.

이젠 상처와 당신만 남았다

누군가가 아무런 악의 없이 장난을 하다가 당신의 얼굴에 조그만 상처를 냈다고 치자. 그 당시에는 그도, 당신도 별로 대수롭지 않게 생각하고 지내다가 그가 멀리 이사를 가게 되었다. 그런데 그 상처가 시간이 갈수록 아물기는커녕 점점 커지고 곪고 부어오르더니 결국 당신의 얼굴에 커다란 흉터를 남기고 말았다. 그 흉터가 너무나 창피한 나머지 당신은 오랜 꿈이었던 배우가 되는 길을 포기하고 남의 눈에 띄지 않는 어두운 창고나 주방에서 일하며 생계를 유지해야 했다. 당신은 분함을 억누를 길이 없다. '그는 아직도 자기가 무슨 일을 저질렀는지 모르고 있겠지. 그저 장난치다가 가벼운 생채기를 냈을 뿐이라고, 아니, 아마 지금쯤은 그 일조차도 까맣게 잊어버렸을지도 몰라.'

당신은 그를 찾아가기로 결심한다. 찾아가서 당신의 흉터를 보여주고, 바로 너 때문에 이렇게 됐다고, 이 상처가 내 인생을 망쳐놓았다고 그 사람의 가슴에도 못을 박고 싶다. 그때부터 당신의 삶은 온통 그 가해자를 찾아내는 데 바쳐진다. 당신이 가진 모든 시간과 정열을 쏟아서라도 오래전에 헤어진 가해자에게 책임을 묻고 참회를 받아내야 하기 때문이다.

당신은 운 좋게도 천신만고 끝에 가해자와 만나게 되었다. 그리고 더더욱 운 좋게도 그 가해자는 뻔뻔스런 인간이 아니었다(가해자의 95%는 뻔뻔스럽다. 더군다나 오래전 일에 관해서는 '이제 와서 뭘 어쩌잔 말인가?'라는 태도로 일관하기 때문에 찾아가서 사과를 받기는커녕 더욱 큰 상처만 받게 되는 경우가 95%다). 그는 당신의 상처를 보자마자 당신 앞에 무릎을 털썩 꿇는다. 그리고 눈물의 사죄가 이어진다.

"도대체 내가 너에게 무슨 짓을 한 거지! 용서해줘, 용서해줘…. 내가 어떻게 해야 너의 마음이 풀어지겠니?"

그는 죄책감에 몸부림치다 못해 주머니에서 작은 칼을 꺼내더니 자신의 빰을 그어 당신보다 더 큰 상처를 내고야 만다.

"이렇게라도 하지 않으면 내가 스스로를 용서하지 못할 것 같아!"

아마 이쯤 되면 당신의 분노는 눈 녹듯이 사라지고 오히려 그를 걱정하며 위로하기 시작할 것이다. 그는 완벽하게 사죄했고 당신은 진심으로 용서했다. 심리치유적 차원에서 보면 환상적인 시나리오다. 돌아오는 발걸음은 가뿐할 것이다. 하지만 그다음은?

당신 얼굴의 흉터는 어디로도 가지 않는다. 배우로 데뷔하지 못하는 슬픔은 여전할 것이고 그를 용서했다고 해서 식당 주방에서 설거지를 하는 일이 갑자기 보람차게 느껴지지도 않을 것이다. 이젠 원망할 수 있는 대상도 없이 상처와 당신만 남는다. 돌부리에 걸려 넘어져 생긴 흉터를 치유해보겠다고 그 돌부리를 찾아가는 것이 무슨 의미가 있을까? 모든 상처에는 원인이 있지만 그 상처를 갖고 어떻게 살아가는가는 오롯이 당신의 몫이다. 다시 원점으로 돌아왔다. 용서했든, 하지 못했든, 당신은 얼굴의 흉터와 함께 살아가야 한다. 개인적으로 권하는 것은 '얼굴에 흉터가 있는 배우'가 되는 것이다.

상처는 치유되어야 하는 것이 아니다. 그것으로부터 자유로워져야 하는 것이다. 그 상처와 더불어 자유로워질 수 있다면 어디로도 숨을 필요가 없다.

지금 당신의 용서를 가장 간절히 원하는 사람은 당신을 상처 입힌 그 사람이 아니다. '피해의식에서 헤어 나오지 못하는 나' 자신이다. 이제는 어디에도 실체가 없는 피해의식 때문에 번번이 주저앉고 마는 자신을 용서할 수가 없기 때문에, 그 옛날의 돌부리라도 용서해보려고 애쓰다가 진이 빠져버린 것이다. 결국엔 나의 유일한 가족이며 친구로 남을 나 자신을 용서해주자. 원인이야 누가 제공했건, 상처가 있으면 있는 대로, 그 '상처를 갖고 있는 나'를 용서해야 한다. 그것이 치유의 핵심이며 하이라이트다.

혹시 후회 없는 삶을 원하십니까?

나는 그에게 평소 궁금했던 걸 또 한 가지 물어보기로 했다.

"보통 '한 일'보다는 '하지 않은 일' 때문에 후회한다고 말하잖아요. 그러니까 어차피 후회할 거라면 한 번 해보고 후회하는 게 낫다고. 정말 그런가요?"

그는 유쾌한 농담을 들은 것처럼 웃었다.

"물론 아니지요, 하하하…. 사람들, 정말 귀여워!"

결론부터 말하자면 이렇다. 당장은 '저지른' 일을 후회하고, 시간이 오래 흐른 뒤엔 '저지르지 못한' 일을 후회한다. 하지만 여기엔 미묘한 시간과 마음의 역학이 작용한다. 지나간 일은 다 추억이 되고 마는 허술한 기억력에 의존하고 있기 때문이다. 노년에 이르러 가물가물 추억하며 그래도 후회는 없노라 흡족한 미소를 짓기 위해서는, 지금 현실의 내가 해야 하는 후회가 더 아프고 오래가야 한다. 하지만 또, 살아가는 동안 좀 더 후회할 짓을 하지 못한 것을 뒤늦게 후회할 수도 있는 존재가 인간이다.

한 젊은이가 길을 가다가 너무나 멋지게 생긴 말 한 마리에 마음을 빼앗겼다. 그는 전 재산을 털어 그 말을 샀다. 한동안 말을 타고 신나게 세상을 달렸지만 말은 덜컥 병에 걸려 죽어버리고 청년은 빈털터리가 되어 뼈저린 후회를 했다. 소중한 종잣돈을 말을 사는 데 써버리다니! 그러나 노년에 이르러 그가 가장 자랑스레 사람들에게 떠벌리는 일화는 두말할 것도 없이 그 말에 얽힌 이야기다. 그때 철없던 시절에 말을 사버리길 정말 잘했지! 그때가 아니었으면 평생 말을 가져보지 못했을 거야.

후회란 미묘해서 시시각각 표정을 바꾼다. 어떻게 보면 표정이 없기도 하다. "기쁨, 슬픔, 즐거움, 공포에는 분명한 표정이 있지요. 하지만 모두가 공감하는 '후회하는 표정'이란 걸 지을 수 있나요? 우리의 뇌 속에 공통적으로 깊이 각인된 모습이 없다는 것은 후회가 본능적인 감정이 아니라는 뜻이에요."

아기는 후회를 느끼거나 표현하지 않는다. 웃고, 울고, 찡그릴 뿐이다. 닉에 따르면 인간은 7세 무렵이 되어서야 비로소 '만약 …했었더라면'이라는 생각법을 익히고 그때부터 광활한 후회의 세계로 들어선다고 한다. 가지 않은 길을 상상으로 맛볼 수 있고, 가상의 시나리오를 쓸 수 있으며, 스스로를 꾸짖는 재능을 가진 존재만이 후회라는 걸 할 수 있다. 후회 없는 인생은 없다고 닉은 말했다. '후회 없는 인생을 살라.'는 말처럼 무책임한 말도 없다고.

"사는 동안 온갖 사이즈의 후회를 하게 될 겁니다. 또 그래야만 하고요. 제가 드릴 수 있는 최선의 조언은 '뒤끝 없는 후회'를 하라는 것입니다. 후회할 짓을 했다면 깨끗이 인정하고, 배울 것을 배운 뒤, 홀가분하게 앞으로 나아가는 것. 그리고 시간이 좀 흐른 뒤에 유쾌하게 뒤돌아봐주는 거죠. 그래야 시간이 흐른 뒤라도 후회가 없어요."

생각의 결을 가지런히 빗어주는 것 같은 그의 이야기를 들으며 나는 '생각학교'를 생각했다. 생각학교가 있다면 좋을 것이다. 그 학교에서 우리는 원하는 코스에 등록할 수 있다. 만일 당신이 안전한 생각의 일생을 원한다면 '평탄 엘리트 코스'를 선택하면 된다. 그곳에선 생각을 멈추는 법을 배울 것이고, 함부로 생각하지 않는 법을 배울 것이며, 다른 사람들의 생각과 충돌하지 않고 생각을 운행하는 법과 더불어 쓸데없는 생각으로 스스로를 괴롭히지 않는 법도 배울 것이다. 이 생각코스를 이수한 사람의 인생은 안락하다. 공무원이나 은행, 관공서 등에 지원할 때 가산점도 받는다. 물론 배우자감으로도 최고다.

하지만 만일 당신이 좀 더 발칙하고 도발적인 일생을 원한다면 '불타는 인생 코스'가 있다. 생각에 불을 붙이고 휘젓는 법을 배우는 코스다. 다르게 생각하는 법을 배울 것이고, 타인의 비판에 코웃음 치는 법을 배울 것이며, '혹시…' 또는 '만약에…'라는 단어를 머릿속에서 지워버리게 될 것이다. 이 코스를 이수한 이의 인생은 드라마틱하다. 스타가 되거나 갱스터가 되기 쉽다. 아니면 둘 다 되거나. 열렬히 사랑에 빠지는 일이야 매일 일어나겠지만 결혼까지 이어지진 않을 것이다. 주로 상대 집안 어른들의 반대 때문에.

그리고 아주 만약에 당신이 나처럼, 이렇다 할 쓸모는 없지만 제멋에 예술한답시고 어영부영 한평생을 보내고 싶다면 '뜬구름 코스'를 권한다. 주로 얼토당토않은 상상을 하는 법을 배우는 코스다. 상상만 할 뿐, 나가서 저지르지는 않는 법도 필수로 배운다(살아남긴 해야 할 것 아닌가). 계산을 하거나, 운전

"왜 울어? 그까짓 게 뭐라고…"

을 하거나, 길을 찾는 등의 현실적인 감각을 말끔히 지워버림으로써 늘 다른 이들을 걱정시키는 법도, 할 일을 끝없이 미루되 죄책감을 느끼지 않는 법도 배우게 될 것이다. 이 코스를 이수한 이가 출세를 원해선 안 된다. 배우자감으로도 '불타는 인생 코스' 이수자 못지않게 형편없는 취급을 받는다. 인기는 없지만 꽤 난이도가 높은 코스이니 이쪽 방면에 타고난 소질이 있는 사람만 지원하길 바란다.

이 학교에도 물론 학위가 있다. 그 최고위 과정을 이수하면 '생각사' 학위가 주어진다. 이 생각사는 미래 최고 유망 직종으로 떠오른다. 생각사는 의사의 생각을 진단하고 판사의 생각을 판결해준다. 회계사들은 연말에 생각사를 찾아가 1년간의 생각을 결산하고 새해 생각예산을 수립할 것이다. 만약 아직 미래의 직업을 결정하지 못했다면, 생각사가 어떨지?

친구와 연락을 끊는 가장 소심한 방법

자랑할 것이 '친구가 많다.'는 것뿐인 나도 친구의 부작용에 대해 잘 알고 있다. 친구들은 때로 내 삶에 너무 깊숙이 침투한다. 특히 나처럼 감정적 의존도가 높은 인간(좋은 사람, 멋진 사람 혹은 마음 약한 사람을 만나면 정신을 못 차리고 그 우정에 매달려버리는)은 여러 부류의 사람들을 두루 사귀기에 적합한 인간형이 아니다. 기본적으로 '쿨함'이 부족한 것이다. 그래서 쿨한 누군가가 적당히 친구의 영역에 붙어 있다가 포스트잇처럼 산뜻하게 떨어져 나가면 나는 혼자서 한참을 헤맨다. 어? 방금까지 여기 붙어 있던 그 친구가 어디 갔지? 친구관계는 연인관계와 달라서 끝내기 위해서 굳이 싸우거나 심각한 문제를 일으킬 필요도 없다. 그냥 연락을 한동안 끊으면 AA배터리처럼 가만히 소멸된다.

친구들이 언제부턴가 연락을 하지 않게 되는 이유는 다양하다. 아이가 생겨서(충분히 납득할 만하다.), 친구에게 별로 알리고 싶지 않은 일이 생겨서(해고를 당했다거나, 실연을 했다거나, 끊었던 술을 다시 마시기 시작했다거나, 갑자기 살이 너무 쪘다거나 등등), 아니면 친구인 척하면서 나를 이용했을 뿐이었다거나(인정하고 싶지 않지만 나는 이용당하기 쉬운 성격인 듯하다.), 혹은 인생의 가치관이 바뀌어서 지금껏 알고 지내던 관계를 청산하고 새롭게 시작하고 싶다거나(실제로 그런 사람들이 있다. 그리고 그 방법은 효과가 있다.), 아주 드물지만 갑자기 말도 안 되는 행운을 거머쥐었다거나(할리우드 영화에 캐스팅되거나 로또에 당첨된 사람이 내게 연락할 턱이 없지 않은가!)….

내가 먼저 연락을 끊은 적도 있다. 물론 굉장히 쿨하지 못한 이유로. 대게는 버거워서였다. 그에게서 들려오는 소식을 감당할 자신이 없어서.

조쉬는 여섯 살 반이었다. 공식적으로 나는 그 아이의 가정교사였지만 실제로 선생님 노릇을 한 적은 없다. 내게 교사 자격증이 있는 것도 아니었고 여섯 살 반짜리 남자아이가 공부에 흥미가 있을 리도 없었으니까. 난 그때 인도 뉴델리에서 철학 석사과정을 밟고 있었고 조쉬는 우리과 조교의 아들이었다.

박사과정 마지막 학기에 있던 그 선배는 학생들 사이에서 악마 같은 조교로 명성이 자자했다. 남인도 구자라트 출신다운 귀염성 있는 미소와 까맣고 동글동글한 생김새에 속아 넘어갔다가 큰코다친 신입생들이 여럿이었다. 어찌나 까다로운지 제출기한을 5분이라도 넘긴 리포트는 받아주는 법이 없는 데다 그가 체크하는 수업에 대리출석 같은 것은 꿈도 꿀 수 없었다. 그가 델리대학 역사상 가장 아이큐가 높은 학생이라는 설까지 나돌 정도로 그의 머리 좋음은 상상을 초월했기 때문이다.

한 번 만난 사람의 얼굴과 이름을 칼같이 기억하는 것은 기본이고, 눈으로 훑어보는 것만으로도 책을 머릿속에 스캔한 것처럼 빨아들일 수 있었기 때문에(지도교수가 논문발표 직전에 복통을 일으키는 바람에 옆에 있던 그가 그 논문을 후루룩 한 번 넘겨본 뒤 발표를 대신했다는 일화는 아직도 전설로 내려오고 있다.) 누군가의 글을 단 한 줄이라도 베껴 쓴다거나 참고서적의 일부를 슬쩍 리포트에 끼워 넣는다거나 했다가는 어김없이 그의 분노에 불을 붙였다. 단언컨대 도서관에 있는 전공서적과 논문들이 그의 머릿속에 한 줄도 빠짐없이 저장되어 있었다. 그는 그런 '지적인 몰염치함'을 특히 못 견뎌 했다. 때문에 굵은 사인펜으로 그 표절 부분을 좍좍 그어서 다른 학생들이 보는 앞에서 표절자의 머리 위로 리포트를 집어던져 그에게 합당한 굴욕감을 맛보게 했다. '다음 주 월요일까지 새 리포트를 제출하면 D-는 준다. 아니면 F다. 남의 지식을 훔치다니, 부끄러운 줄 알아라.'라는 메시지와 함께.

나는 그때 과사무실에 아르바이트를 신청해놓은 상태였다. 인도 정부 장학생 신분으로 학비 면제와 더불어 생활비 보조를 받고 있었지만 그 생활비라는 것이 인도인 학생의 라이프스타일을 기준으로 산출된 금액이었기 때문에 어떻게 해서든 과외수입이 없으면 두루마리 화장지(그때만 해도 인도에선 사치품에 해당되었다.)와 생수값을 당해낼 수가 없었다. 하지만 아르바이트를 원하는 학생이 한두 명이 아니어서 번번이 나보다 형편이 어려운 진짜 고학생들에게 먼저 기회가 돌아갔다. 나 또한 다음 학기 등록금을 위해서 혹은 저녁밥을 사먹을 돈을 벌기 위해서 노심초사 대기하고 있는 친구를, 화장지와 생수를 사겠다고 밀쳐낼 만큼 뻔뻔하진 못했다. 그런 내가 딱했던지 어느 날 그 조교 선배가 자신의 집에서 가정교사를 해보면 어떻겠냐고 제안을 해왔다. 막내아들이 여섯 살 조금 넘었는데 책을 무척 좋아하니 1주일에 두어 번 와서 영어로 된 그림책을 읽어주면 좋겠다는 거였다.

학교에서 그리 멀지 않은 곳에 있던 선배의 집은 전형적인 인도 중산층 가정이었다. 다만 일반 가정보다 책이 압도적으로 많고 남자아이만 둘 있는 집 치고는 장난감이 거의 눈에 띄지 않는다는 점이 달랐다. 아니나 다를까, 조쉬는 대학 조교의 아들 아니랄까 봐 책으로 집짓기를 하며 놀고 있었다.

"안녕?"

내 목소리에 고개를 든 아이는 거짓말처럼 하얬다. 피부는 물론 머리카락도, 눈썹도, 입술까지 표백한 듯 희었다. 알비노(백색증)였다. 전 세계 인구 중 약 2만 명 중 1명이 알비노로 분류되지만 인도에선 그보다도 훨씬 드물게 보이는 증상이다. 백색증을 갖고 있는 사람을 실제로 본 것은 처음이었기 때문에 나는 한동안 그 '하얌'에 할 말을 잊었다. 검은 바탕에 그 아이만 하얗게 돋을새김을 해넣은 것 같았다. 화려한 색채를 좋아하는 인도 가옥 특유의 벽돌색 바닥이며 컬러풀한 가구들, 하나같이 반들반들 갈색으로 윤이 나는 가족들과 일하는 사람들 틈에서 보니 더욱 그랬다. 날 보고 방긋 웃는 조쉬는 길 잃은 눈사람 같았다.

선배가 내게 미리 말해주지 않았던 것은 아들이 알비노라는 사실뿐이 아니었다. 아이는 이미 훌륭하게 책을 읽을 줄 알았다. 책을 읽어줄 사람은 처음부터 필요 없었다. 선배는 그저 동네 아이들의 놀림감이 되는 게 싫어서 집에서만 지내는 아들에게 친구를 붙여주고 싶었는지도 모르겠다. 그리고 내가 그의 첫 번째 가정교사가 아니었음도 이내 분명해졌다.

"책 읽어주러 왔지? 그런데 넌 별로 똑똑해 보이지 않는데…."라고 아이가 내게 첫 마디를 건넸기 때문이다. 누군지는 모르지만 나보다 훨씬 똑똑해 보였을 선임자들에게 나는 희미한 질투를 느꼈다. 아이는 명랑하게 계속했다.

"뭘 읽을 건데? 우리 집에 있는 책은 벌써 다 읽었어. 네 책을 갖고 와서 읽어줘."

나는 조금 당황했다. 이미 읽은 책을 또 읽는 것도 고역이겠지만 그렇다고 내 가방에 들어 있던 전공서적을 읽어줄 수도 없는 노릇이었다.

"좋아. 다음에 올 땐 다른 책을 갖고 올게. 하지만 오늘은 집에 있는 책 중에서 골라보자."

나는 아이와 함께 어린이용 책장 앞에 서서 나란히 꽂힌 책 제목들을 읽어 내려갔다. 조쉬는 맹랑한 만큼 낯가림이 없는 활달한 아이였다. 좋고 싫음도 확실했고 또 그걸 표현할 줄도 알았다. 그는 내게 말했다.

"어떤 책이든 상관없어. 네가 마음에 드는 걸로 골라. 《미운 오리 새끼》만

빼고."

갸우뚱하는 내게 아이는 친절하게 설명을 덧붙였다.

"왜 다들 내게 그 책을 읽어주려고 하지? 나는 미운 오리 새끼가 아닌데. 백조가 되는 것도 싫고. 난 커서도 그냥 오리로 있고 싶어. 엄마 오리, 아빠 오리, 형 오리랑 같이 계속 살고 싶어."

뱃속이 출렁 뒤집혔다. 내심 그 책에 눈독을 들이고 있던 나 자신을 때려 눕히고 싶었다. 누구 맘대로 이 아이에게 백조를 꿈꾸라고 한단 말인가? 자신들이야말로 구제 못할 미운 오리들인 주제에 이미 백조보다 눈부신 아이를 위로하려 들었을 역겨운 어른들 틈에 내가 끼어 있었다니.

매주 수요일, 나는 학교 도서관의 아동용 서가에서 조쉬와 함께 읽을 책들을 골랐다. 안데르센 전집이나 그림 동화 등 고전적인 책들은 이미 다 여러 번 읽었다고 하니 주로 현대 동화 작가들이 쓴 신간 위주로 고르게 되었는데 그중에서도 조쉬가 특히 좋아했던 책은 《눈사람 프로스티Frosty the Snowman》였다. 너무 여러 번 읽어주었기 때문에 나는 아직도 그 책을 한 자도 빼놓지 않고 외울 수 있다. 원래 어린이용 크리스마스 캐럴 가사로 쓰인 것을 그림책으로 엮은 거라서 소리 내어 읽으면 노래처럼 매끄럽게 리듬을 탔다.

행복하고 유쾌한 눈사람 프로스티가 살았습니다. 단추로 코를 달고 석탄으로 눈을 달고 옥수수 담배를 피웠답니다. 어른들은 프로스티가 눈사람일 뿐이라고 했지만 아이들은 알고 있었지요. 낡은 마법의 모자를 씌우면

"왜 울어? 그까짓 게 뭐라고…."

프로스티는 살아나 춤을 춘다는 걸. 깔깔 웃고 뛰놀고 생기로 가득 찬 아이처럼요. 그러던 어느 날, 유난히 햇볕이 쨍쨍 내리쬐던 날, 프로스티는 시간이 얼마 남지 않았다는 걸 알았습니다.

"얘들아, 우리 한 번 더 달리자. 한 번 더 즐겁게 놀자. 내가 녹아버리기 전에!"

프로스티는 빗자루를 쥔 손을 흔들며 신나게 마을길을 달렸습니다. (중략) 눈사람의 시간은 짧아요. 이제 정말 돌아가야 해요. 프로스티는 아이들에게 손을 흔들며 말했답니다.

"얘들아, 울지 마. 언젠가 꼭 돌아올 테니까."

저 멀리 눈사람이 가고 있어요. 눈 덮인 언덕을 넘어 프로스티가 가고 있어요.

이 이야기를 외울 때마다 어린아이가 된 듯 가슴이 뛴다. 특히 우리가 입을 모아 합창하듯 읽었던 부분에 다다르면 마음이 늘 돌고래처럼 힘차게 꼬리를 친다. 조쉬는 이 부분을 특히 좋아했다. '얘들아 우리 한 번 더 달리자. 한 번 더 즐겁게 놀자. 햇볕에 내가 녹아버리기 전에!'

선배가 내게 미리 말해주지 않았던 것은 조쉬가 알비노이고 나보다 책을 더 잘 읽는다는 것뿐이 아니었다. 그의 알비노 증상과 직접 관련이 있는지는 모르겠지만 조쉬는 태어날 때부터 골수에 문제가 있었고 영국의 유명한 소아암 전문병원에 입원하기 위해 순번대기 중이라는 것도 나는 알지 못했다. 알

"왜 다들 내게 그 책을 읽어주려고 하지?
나는 미운 오리 새끼가 아닌데.
백조가 되는 것도 싫고.
난 커서도 그냥 오리로 있고 싶어.
엄마 오리, 아빠 오리, 형 오리랑 같이 계속 살고 싶어."

았더라면 그 아르바이트를 시작하지 않았을 것이다. 그 하얀 아이와 그토록 친해지지도, 영원한 친구의 맹세를 하지도 않았을 것이다. 조쉬의 가정교사로 1주일에 두 번씩 만나서 책을 읽고, 그의 어머니가 준비한 간식을 함께 먹고, 어떤 날은 다투기도 하면서 넉 달이 흘렀다.

"아빠에게 들었지? 난 치료를 받으러 영국에 가야 해."

그러던 어느 날, 유난히 햇볕이 쨍쨍 내리쬐던 날, 프로스티는 시간이 얼마 남지 않았다는 걸 알았습니다.

나는 고개를 끄덕였다. 그때 마법의 모자를 갖고 있었으면 얼마나 좋았을까! 나는 대신에 행운의 부적으로 내가 시험 볼 때만 쓰는 볼펜을 주었다. 그 볼펜으로 답을 쓴 과목에서 지금까지 한 번도 낙제한 적이 없다.

"이건 마법의 볼펜이니까 치료를 받을 때 손에 쥐고 있어. 그리고 꼭 갖고 와서 돌려줘야 돼. 특별히 한 번만 빌려주는 거야."

조쉬는 깔깔 웃으면서 볼펜을 손에 쥐고는 책 뒷장에 서툰 알파벳으로 이름을 썼다. 조쉬 쿠마르. 그리고 내게 말했다.

"금방 올 테니까 염려 마. 그때 또 같이 책을 읽자."

언제 끝날지 모르는 치료를 위해서 선배는 학교에 휴직계를 내고 가족 모두가 영국으로 떠났다. 저 멀리 눈사람이 가고 있어요. 눈 덮인 언덕을 넘어 프로스티가 가고 있어요. 그리고 나는 기도문 대신 생각날 때마다 조쉬를 위해 《눈사람 프로스티》 동화책을 외웠다. 그날은 유난히 햇볕이 쨍쨍 내리쬐었고, 프로스티는 시간이 얼마 남지 않았다는 것을 알았습니다. 얘들아, 우리 한 번 더 달리자. 한 번 더 즐겁게 놀자…. 여기서 나는 늘 목이 메었다. '조쉬,

제발 녹아버리지 마. 햇볕 아래서 달리지 마…'

조쉬는 이미 치료를 마치고 건강해져서 다시 델리의 집으로 돌아와 있는지도 모른다. 그리고 그 선배는 박사논문을 마저 쓰고 지금쯤 인도 어딘가의 대학에서 교수로 일하고 있을지도 모른다. 델리대학에서 함께 공부하던 친구들의 연락처는 아직도 갖고 있으니 굳이 마음만 먹으면 그의 근황을 알 수도 있을 것이다. 하지만 나는 슬며시 연락을 끊는 쪽을 택했다. 겁이 나서. 나는 오래 사귀기에 그다지 좋은 친구는 아닌 것 같다.

먼저 떠나본 이가 주는
작은 팁

마음에 버터를 바르고

화가 날 때 그 화풀이를 해야 한다는 건 엉터리 학설이다. 다투고 나서 애정이 더 단단해진다는 것도, 속 시원히 싸워서 엉킨 관계의 실타래를 푼다는 것도 미신에 불과하다. 싸워서 푼 관계는 싸움을 기반으로 하고 있기 때문에 그 안에서 편안하기란 굉장히 힘든 일이 된다. 용암이 끓고 있는 땅 위에 집을 짓고 사는 모양새가 되기 때문이다. 언제 다시 터질지 모른다. 한 번 화풀이를 한 대상도 다음번엔 별 미안한 마음 없이 괴롭힐 수 있게 될 뿐이다. 굳은 땅에 물이 고이는 게 아니다. 딱딱해진 가슴에 눈물이 고이겠지. 해보면 바로 알 수 있다.

오랫동안 남녀관계를 전문으로 상담해온 한 카운슬러가 이런 말을 한 적이 있다.

"오랫동안 갈등 없이, 좋은 관계를 유지하는 커플들의 공통점은 그들이 '피해가기'의 달인이라는 점이었어요. 미묘한 갈등상황이나 서로의 민감한 부분, 감정적 문제에 부딪히면 일단 마음에 버터를 바르고 매끄럽게 피하고 보는 거죠. 버터맛은 부드럽고 풍부해서 기분에 흠집을 내지 않아요. 이럴 때 결연한 얼굴로 '우리 얘기 좀 해.' 하며 자주 마주 앉는 커플일수록 깨어질 확률이 높아요. 마음에 버터를 바를 줄 모르는 사람들은 모서리를 만날 때마다 긁히고 서로의 마음에 상처를 내죠. 그렇게 해서 서로를 더 확실히 이해하게 될지는 모르겠지만 '그래서 더 행복할지'는 또 다른 문제에요. 이론상으로는 그때그 때 허심탄회한 대화로 정면돌파를 시도하는 커플들이 더 행복해야 맞지만 실제론 그 반대라는 게 재미있지 않나요? 인간관계란 이론으로 설명할 수 없는 영역이 더 크다는 걸 증명해보여주는 셈이죠. 서로의 마음이 다치지 않도록 모서리를 피해가는 커플들이 훨씬 정서적으로 건강하고 서로에 대한 애정을 잃지 않는 걸 저는 보아왔습니다."

어떤 것이든 처음에 뇌에 흔적을 남기면 두 번째는 쉽다. 이 흔적은 다음 행동에 '길을 열어준다'. 이 현상을 킨들링kindling이라고 한다. 물론 이 현상을 역으로 이용할 수도 있다. 늘 화풀이를 하고 함부로 말을 뱉던 상대에게 한번 그 말을 삼키고 하지 말아보라. 그럼 그다음에는 훨씬 쉽게 험한 말을 하지 않고 넘어갈 수 있다. 늘 화가 났던 상황이 닥치면 한번 화를 내지 말고 넘어가보라. 화를 내는 것보다 훨씬 어렵겠지만 길 가다가 껄끄러운 친구를 만난 것처럼 한번 그 화를 모른 척해보는 것이다. 그렇게 몇 번 지나가다 보면 아예 험한 감정이 솟아나는 법을 잊어버리고 당신을 떠날 수도 있다. 이쪽이 한결 좋지 않나?

나를 붙잡아준 네 번째 말

"마흔 살의 여자란 없는 거야."

나이 들되 늙지 않는 법.

나이가 드는 것은 자연의 이치이지만 늙는 것은 질병이므로

당연히 치료를 받아야 하고,

제대로 된 치료를 받으면 나을 수 있다.

그리고 늙음으로부터 회복되고 나면 즐겁게 나이를 먹을 수 있다.

우리 주위에서 볼 수 있는 70세 소녀, 80세 청년들은 그렇게 탄생한 것이다.

곧 이렇게 서로의 안부를 묻게 되는 날이 오지 않을까?

"그나저나 네 '늙는 증상'은 좀 어때? 이제 나았니?"

호주에서 머무는 동안 노인 요양원에서 자원봉사를 하는 것은 내가 가장 좋아하는 일 중 하나였다. 이미 오래 전부터 노령화 사회로 접어든 호주에는 도시 곳곳에 너싱홈nursing home이라 불리는 노인 요양시설이 세워져 있고, 대부분 70대 후반에서 80대 중후반의 노인들이 모여서 거주한다. 그들은 세대적으로 볼 때 근대사의 가장 참혹한 시기에 청년기를 보낸 이들이다. 어떤 형태로든, 어떤 위치에서든 2차 세계대전, 베트남전, 나치의 홀로코스트 등을 경험한 세대인 것이다. 남자라면 군대에 징집되거나 강제노역을 당한 기억이, 여자라면 남편이나 가족을 잃은 경험 혹은 성적 학대를 당한 기억을 가진 이가 많았다.

　하지만 똑같이 홀로코스트를 겪었다고 해서 모두가 똑같은 트라우마를 갖는 것은 아니다. 스스로를 세상이 정한 불행의 틀에 가두지 않는 사람들도 분명 있다. 결국은 성격과 태도의 문제로 남는데, 같은 재난을 겪고 나서도 그 이후의 삶을 결정하는 것은 태도라는 것을 이곳에서 만난 노인들이 내게 가르쳐주었다.

트레인맨의 기차여행

그 요양원에서 자원봉사를 하는 할아버지가 한 분 계셨다. 88세로, 그곳 입주민이라 해도 최고령자 그룹에 속하는 나이였지만, 자신보다 어린 노인들을 씩씩하게 돌봐주곤 했다. 그는 나이가 들었지만 늙지는 않아서, 컨버스 농구화와 야구모자가 멋지게 어울렸다. 88세인 그가 농구화를 신고 성큼성큼 걸어와 휠체어에 앉아 있는 72세 노인을 번쩍 들어 올려 침대에 눕혀주는 모습을 볼 때마다 나는 감탄하곤 했다. 스스로 노인이고자 하는 이들은 노인의 자리에, 스스로 청년이고자 하는 이는 청년의 자리에서 각자의 몫을 하고 있었다.

자원봉사자 그룹에는 여러 갈래가 있다. 나처럼 단순히 말동무 봉사를 하는 사람들, 수영·테니스·춤·그림·체스 등 갖가지 문화교실을 여는 재능 기부자들, 건강식을 제공하는 요리사와 레스토랑 업자들….

그중에서도 그가 하는 자원봉사는 조금 특별했다. 그는 '이야기 봉사자'였다. 말 그대로 노인들에게 이야기를 해주는 봉사자였는데, '옛날 옛날에…' 하는 식의 이야기가 아니라 언제나 '내가 어제는 어딜 갔었냐 하면…' 하고 시작하는 이야기였다. 그의 이야기 시간은 인기 최고였다. 달리 시간 보낼

"마흔 살의 여자란 없는 거야."

데가 없는 노인들이었으므로 물론 그림 그리기나 사교춤 교실에도 참여했지만, 뭐니 뭐니 해도 그들이 가장 기다리는 건 라이브쇼처럼 신선한 그의 이야기였다.

매주 수요일과 금요일, 그 이야기들을 실버하우스까지 실어 나르는 할아버지의 이름은 '트레인맨Train Man'이었다. 진짜 이름은 기억나지 않지만 모두들 그렇게 불렀기 때문에 그 이름만으로 충분했다. 호주 정부에서 시니어 시티즌(노년층 국민)들에게 배부하는 무료 철도이용권을 가지고 할아버지는 참 부지런히도 이곳저곳을 다녔다. 이른 새벽 첫차를 타고 출발해서 막차를 타고 귀가할 때까지 그는 하루의 거의 대부분 시간을 기차에서 보냈으므로 사람들이 그를 '트레인맨'이라고 부르는 것도 무리는 아니었다. 그리고 간간이 마음 내키는 역에 내려서 커피를 한 잔 마시거나 시내를 돌아보거나 한 뒤, 수첩에 간단하게 본 것들의 인상을 메모하고(우리에게 이야기해줘야 하니까) 다시 기차에 오르는 것이 그의 여행법이었다. 한 번 내려본 적이 있는 역에는 볼펜으로 표시를 해서 겹치는 일이 없도록 했지만, 다시 방문하고 싶은 역에는 다른 색깔의 볼펜으로 동그라미를 쳤다.

"내가 어제는 기차를 타고 어딜 갔었냐 하면…." 하고 트레인맨이 그의 커다란 수첩을 꺼내들고 이야기를 시작하면 노인들이 벌새처럼 그의 주위에 모여들었다. 3시간이고 4시간이고 이어지는 그의 이야기 시간은 시종일관 왁자지껄 잔치 분위기였다. 그도 그럴 것이 그는 유럽이나 아프리카를 여행한 이야기를 하는 것이 아니었다. 그가 하루 동안에 국철로 여행할 수 있는 도시와 마을들은 '우리들의' 이야기가 있는 곳이었다. 언제나 누군가가 태어났거나,

예전에 살았거나, 아들이 살고 있거나, 학교를 다녔거나, 아내를 처음 만난 곳이었다. 트레인맨이 이야기를 시작하면 채 5분도 되지 않아 여기저기서 복권에라도 당첨된 듯 기쁜 함성들이 터져 나온다.

"아! 뱅크스 타운이라면 내가 태어나서 열여섯 살 때까지 학교를 다닌 곳이에요! 세인트 펠리스 공립학교라고, 농구가 최고였죠. 그 학교 앞을 지났나요?"

"비싸기만 한 '밀턴 앤 선즈'에서 밥을 먹다니, 당신은 바보로군. 왜 진작 내게 물어보지 않았소? 내가 그 동네 최고의 밥집을 소개해줬을 텐데. 혀를 녹이는 스테이크에 맥주, 감자칩 한 양동이끼지 다 해서 8달러밖에 안 하는 곳이 있단 말이오!"

"딸이 그곳에서 일하고 있어요. 매연도 심하고 형편없는 곳이라던데, 정말 그렇던가요?"

사람들은 아들과 딸이 등장하는 학예회 연극을 보는 부모들처럼 시종일관 흥분해서 떠들었고 트레인맨이 들고 온 간단한 여행 이야기에 순식간에 줄기와 잎이 붙고 꽃이 피고 열매가 맺혔다. 그러면 어느 틈엔가 우리들은 직접 그 마을을 속속들이 여행한 것 같은 기분이 들어 즐거웠던 것이다.

전철을 타고 가다가 그냥 훌쩍 내린 것 같지만, 알고 보면 트레인맨의 루트 선정은 혀를 내두를 정도로 꼼꼼했고 이야기 솜씨 또한 조리가 정연했다. 그런 그의 젊었을 적 직업에 관해서는 노인들 사이에 의견이 분분했다. 학교 선생님(지리나 역사 선생님)이었을 거라는 의견이 압도적으로 많았지만 화가, 작가, 혹은 세일즈맨이었을 거라는 의견도 꽤 설득력 있어 보였다.

"전투기 조종사였습니다."

그가 밝혔을 때 우리들은 폭격을 맞은 것처럼 놀랐다. 이스라엘에서 태어나고 자란 그는 죽음이 공깃돌처럼 눈앞에서 튀어 오르는 것을 보며 청춘을 보냈다. 그래서 죽음에 관해 우리와 조금 다른 시각을 갖고 있었다. 무수히 많은 전투에 참가했고 친한 친구들 모두가 어딘가의 전투에서 죽었다. 한번은 전쟁을 끝내고 집으로 돌아와 보니 집은 폭격으로 까맣게 타 있었고 많던 가족들은 어디에도 보이지 않았다. 그에겐 어머니와 아내, 아들 둘과 딸 둘, 개가 세 마리, 고양이가 한 마리 있었다. 하지만 그는 끝내 마을 어귀에 쌓인 시체더미를 뒤지지 않은 채 마을을 떠났다. 그리고 다음 전투에 지원했다.

"전쟁이 있는 곳마다 찾아다녔지요. 벌이도 꽤 좋았습니다. 하지만 가장 좋았던 건, 전투기에 타고 있으면 가족들 생각을 할 수 없다는 점이었습니다. 탄알들이 1인치 간격을 두고 내 심장과 목 언저리를 스쳐 지나가는 동안 뭘 그리워하고 뭘 안타까워할 수 있단 말입니까? 영화에서 나오는, 죽음 직전에 슬로우 모션이 펼쳐지면서 추억을 곱씹는다던지, 그런 장면들은 다 엉터리에요. 어처구니없는 거짓말입니다.

진짜 죽을 고비가 턱밑으로 치고 들어오면 그런 말랑말랑한 감정들은 자취도 없이 사라져요. 오로지 죽느냐 사느냐에 온 신경이 집중됩니다. 그리고 그런 상황에 익숙해지다 보면 지금 죽건 조금 나중에 죽건 크게 상관없이 느껴지거든요. 그래서 경험 많은 전문 전투기 조종사들이 그토록 무덤덤하게 융단폭격 지역으로 파고들 수 있는 겁니다."

트레인맨이 우리가 모르는 어딘가에 대해 이야기한 것은 처음이었다. 이번에는 누구도 손을 들고 자신의 추억을 나누지 못했다. 낯설고 먼 곳이었다.

함께 있다는 걸 아니까

그 많던 전쟁들이 종말을 고하고 세계에 평화가 찾아왔을 때, 역설적이게도 그의 삶에 전쟁이 시작되었다. 전직 전투기 조종사가 가질 수 있는 직업은 많지 않았다. 개인 소유 항공사의 소형 비행기 조종사 자리가 수어졌지만 번번이 곧 해고당하고 말았다. 도저히 항공경로에 집중하지 못했고 지나치게 속력을 내거나 정신 나간 사람처럼 엉뚱한 방향으로 비행기를 몰곤 했기 때문이었다.

그는 어떤 직장에서도 오래 일하지 못했고 결국은 외톨이가 되었다. 그러던 중 우연히 옛날에 참전했던 전투의 전우회를 한다는 신문광고를 보게 되었다. '3차 중동전 전우들의 모임. 만약 어딘가에 살아 있다면.' 그는 그 모임이 열리는 조촐한 바bar에 찾아갔다. 예상대로 모임에 나온 이들은 거의 없었다. 5명이 다였다. 누군가는 사업을 크게 해서 부자가 되어 있었고, 누군가는 책을 썼고, 누군가는 노숙자 신세였으며, 또 누군가는 장례업자가 되어 있었다. 트레인맨은 그 장례업자와 이야기를 나누면서 자신이 해야 할 일의 힌트를 얻었다.

"그 친구 하는 말이 참 재미있었습니다. 그 역시 나처럼 죽은 가족들의 언

"마흔 살의 여자란 없는 거야."

저리를 떠나지 못하고 맴돌다가 그 일을 시작하게 되었다고 했어요. 거창한 장례업이 아니라, 말하자면 시체를 염하는 일인데, 죽은 이들을 관에 넣기 전에 씻기고 옷을 입히고 화장을 해주는 일을 한다더군요. 그것도 교통사고나 폭파사고로 끔찍하게 훼손되어서 아무도 손대고 싶어 하지 않는 시체 전문이라고 했습니다. 이 말끔한 도시에서 '끔찍한 시체'라고 해봤자 우리에겐 새 발의 피니까요. 직업선택을 참 잘했다는 생각이 들었지요."

그 친구는 희생자 가족들의 마음을 헤아리는 서비스로 인기가 높았다. 장례식 전에 가족들에게서 그가 생전에 가장 좋아하던 옷을 받아서 입히고, 가장 멋지게 나온 사진을 받아서 최대한 그 사진에 가깝게 메이크업을 해주었다. 그리고 아주 독특한 서비스도 제공했는데, 그것은 장례식이 끝나고 시체를 화장시킨 재를 뿌려주는 서비스였다. 고인이 생전에 애착을 보였던 장소, 태어나고 자란 고향 혹은 생전에 꼭 가보고 싶어 했지만 끝내 가보지 못한 장소에 재를 뿌려주는 서비스였다. 생업에 묶여 고인의 재를 직접 뿌리지 못하는 가족들을 위해서 그가 대신 죽은 이를 원하는 장소에 데려다주고, 그 과정을 조그만 비디오카메라에 담아서 필름을 가족들에게 전해주었다.

나이트클럽에서 일하다가 술 취한 손님이 휘두른 흉기에 찔려 죽은 한 젊은이는 그가 나고 자란 한 고요한 호숫가에 흩뿌려졌으며, 평생 채소가게를 하며 세 아이들을 키운 한 할머니는 생전에 늘 라스베이거스에 가서 쓸데없는 곳에 돈을 펑펑 써보는 것이 소원이라고 입버릇처럼 말했으므로 라스베이거스에서도 가장 으리으리한 카지노 입구에 남몰래 뿌려져, 언제라도 자유롭게 카지노를 드나들 수 있게 되었다. 이 모든 일들이 그저 남아 있는 가족들의 마음의 평화를 위해 치르는 부질없는 의식일지도 몰랐다. 하지만 그는 고인의 재와 함께 여행을 하고 그의 마음이 담긴 장소에 도착하면 언제나 낯익은 느낌이 들었다고 했다.

"그 일을 하면서 친구는 마음의 평화를 얻었다고 하더군요. 늘 죽은 사람들의 편에 서서 일을 하다 보니 아내와 아이들이 있는 그곳이 그다지 멀게 느껴지지 않더랍니다. 국경 근처에 집을 짓고 살아가는 것 같았겠지요."

나는 트레인맨의 친구 이야기를 들으며 그의 용기와 지혜에 탄복했다. 상처를 외면하려 애쓰는 것은 오히려 역효과를 불러오기 쉽다. 그 친구처럼 자신의 가장 깊은 아픔을 마주보고, 끌어안고, 다독여 위로하는 단계까지 가는 것이야말로 가장 어렵지만 가장 근본적인 치유이기 때문이다. 이제 그는 슬픔을 피해서 어디로도 도망갈 필요가 없다.

트레인맨도 그 친구의 이야기를 듣고 여행을 결심했다. 하지만 그의 여행은 조금 달랐다.

"그 친구는 가족들이 이미 죽은 것을 확인했고, 그 손으로 직접 묻어주었기 때문에 죽은 사람들의 편에 서서 여행을 했지요. 하지만 제 가족들은 아직 살아 있어요. 저는 그들을 만나기 위해 여행합니다."

처음엔 어딘가에 살아 있을 가족들은 찾기 위해 길을 떠났다고 했다.

"원래 우리가 살고 있던 마을 근처부터 지도를 꼼꼼히 짚어가며 골목골목 살폈어요. 지나가는 사람들에게 사진을 보여주며 혹시 이런 가족을 보지 못했느냐고 묻기도 하면서요. 한 마을을 샅샅이 살피고 나면 지도에 표시를 하

"마흔 살의 여자란 없는 거야."

고 다음 마을을 찾아 떠납니다. 희망을 가지고 잠들 수 있게 되면서부터 불면증이 깨끗이 사라졌지요."

나는 고개를 끄덕였다. 그런데 이스라엘을 떠나 호주로 이민하고 난 뒤에도 그의 여행은 끝날 줄 몰랐다. '가족을 찾아 떠도는 것'은 그를 살아 있게 하는 유일한 방편이었으니까.

"호주의 아름다운 마을들을 돌다 보니 가슴이 부풀었어요. 내 아내와 아이들이 이런 곳에 살고 있다가 우연히 날 만난다면 얼마나 좋을까! 이스라엘의 황량한 골목이 아니라 이런 마을에 가족들을 데려와 살게 하고 싶은 욕심에 나는 꿈을 꾸기 시작했습니다. 아담하고 예쁜 집을 보면 주소를 꼼꼼히 적고 수첩에 메모를 하지요. '여보, 저 집 마음에 들어? 교회도 가깝고 우리 살기에 딱 좋을 것 같은데.' 핫도그와 감자칩이 맛있는 식당을 발견해도 그 이름과 주소를 자세히 메모해둡니다. '여보, 이번 주말엔 아이들을 데리고 오자. 감자칩이 정말 바삭바삭해서 다들 좋아할 거야.'"

그가 여기까지 이야기했을 때 여기저기서 조용히 흐느끼는 소리가 들려왔다.

"처음엔 학교가 있는 도시 중심으로 찾아다녔습니다. 아이를 데리러온 학부형인 척하면서요. 하교시간에 교문 앞에 서 있으면 잠시나마 세상을 다 가진 기분에 젖어들 수 있었습니다. 기다리는 차 안에서 머리를 내민 개들이 있고, 교복을 입은 아이들이 쏟아져 나오고, 부모들이 그중 제일 귀여운 얼굴을 찾아 두리번거리는 틈에 서서 내 아이들이 날 발견하고 달려오는 상상을 하면 너무나 행복했어요. 그러다가 막내딸까지 고등학교를 졸업했을 나이가 되던 해부터는 갑자기 막막해지더군요. 그 수많은 도시들 중에서 뭘 지표로 삼아 찾아야 할지…. 그때 어머니가 여든이 넘으셨겠다는 데 생각이 미쳤죠.”

그는 노인 복지시설이 있는 도시 중심으로 루트를 바꾸어 여행하기 시작했다. 그러다가 우리가 자원봉사를 하고 있는 이 실버하우스까지 오게 되었고 이곳에 머물고 있던, 어머니를 닮은 한 할머니와 친해지게 되면서 고정적으로 이곳에 들르게 된 것이었다. 여기까지 이야기를 하고 나서 그는 우리 얼굴을 한 번 보고는 희미하게 웃었다.

“아닙니다, 친구 여러분. 걱정하지 않으셔도 돼요. 저도 알고 있습니다. 제 가족은 이제 어느 마을에도 살고 있지 않다는 것을요. 그걸 받아들이지 못하고 이렇게 돌아다니고 있는 건 명백한 도피행위이지요. 하지만 이 여행이 저를 구원했습니다.”

평화롭게 자리 잡은 그의 웃는 주름과 너덜너덜해진 지도책을 보며 우리들은 모두 눈시울이 뜨거워졌다.

“그런데 왜 제가 아직도 여행을 계속하는지 아십니까? 이젠 어딜 가든 가족들을 만나기 때문이에요. 기차를 타고 갈 때도, 낯선 마을의 성당에서 기도를 드릴 때도, 혼자가 아니라는 걸 느낍니다. 장의업을 하는 제 친구가 고인의 추억이 있는 곳에 도착할 때마다 낯익은 느낌이 들었다는 이야기가 무엇인지 알겠어요. 함께 있다는 걸 아니까, 살아 있을 때 내가 미처 살게 해주지 못했던 곳에 데려가주고, 보여주지 못했던 것들을 실컷 보여주고 싶어요. 그리고 이곳에 와서 내가 다녔던 작은 골목골목을 함께 이야기하노라면 우리 아

“마흔 살의 여자란 없는 거야.”

이들, 아내, 어머니의 목소리가 여러분들 속에 섞여서 깔깔 웃으며 떠드는 소리가 들리는데 어떻게 이 일을 그만둘 수가 있겠습니까?"

우리는 저마다의 세계를 갖고 있다. 이성과 감성의 국경쯤에 자신만이 아는 비무장지대가 있고 그곳에서 서성이는 생각들에는 아무도 총을 쏠 수 없다.

달라이라마의 여자친구

그 실버하우스에는 또 한 명 눈에 띄는 인물이 있었는데 베티라는 이름의 할머니였다. 베티는 하반신 마비로 휠체어 생활을 해야 하는 환자였다. 약간의 치매증상도 있었기 때문에 그녀의 딸과 사위가 자주 오가며 그녀의 수발을 들었다. 베티는 실버하우스 안에서 자타공인 최고의 미인이었다. 80세에 가까운 나이가 믿기지 않을 정도로 고운 얼굴로 짓는 화사한 미소가 일품인데다 어찌나 멋을 부리는지 딸이 매주 그녀가 패션 잡지에서 고른 것과 비슷한 화장품과 액세서리들을 사다 나르느라 허리가 휠 지경이라고 하소연했다. 하지만 딸의 하소연은 아랑곳하지 않고 베티는 항상 반짝반짝 치장을 하고 레이스로 덮인 휠체어 위에 여왕처럼 앉아 있곤 했다.

어느 날, 크리스마스와 신년휴가를 딸 부부와 함께 보내고 돌아온 베티의 얼굴이 한결 더 화사해져 있었다. 보는 이마다 "베티, 무슨 좋은 일이 있었나 봐요?"라고 인사를 건넬 정도였다. 그즈음 베티는 청력을 거의 상실한 상태였기 때문에 사위가 대신 대답했다.

"호텔에서 남자한테 헌팅을 당하셨거든요!"

그런데 그 '남자'가 보통 남자가 아니었다는 게 문제였다.

그의 이야기는 이랬다. 베티와 딸, 사위는 2박 3일 일정으로 브리즈번을 여행했다. 낮 동안 시내관광을 마치고 저녁때 호텔로 돌아왔는데 호텔 입구가 발 디딜 틈 없이 사람들로 가득했다. 마침 호주를 방문한 달라이라마가 그들과 같은 호텔에 머물렀던 것이다. 평소 달라이라마의 책을 읽으며 그를 흠모했던 베티와 딸은 흥분을 감추지 못하고 휠체어를 밀며 사람들 틈을 비집고 들어갔다. 달라이라마는 넓은 호텔 로비에 서서 사람들과 인사를 나누고 있었다. 모두들 위대한 정신적 스승과 눈이라도 한 번 맞추기 위해 열심이었다. 그런데 사람들을 둘러보던 달라이라마의 눈이 베티에게 멎더니, 조금의 망설임도 없이 그녀의 휠체어를 향해 다가왔다. 환하게 웃으며, 거의 뛰듯이, 그러니까 '공항에서 만난 연인에게 달려가는 것처럼' 그렇게 다가왔다고 했다. 그리고 베티의 손을 잡고 몸을 숙여서 그녀의 귀에 대고 무어라 재빨리 속삭인 뒤 떠났다. 사람들의 부러움 가득한 눈길이 베티를 감쌌음은 물론이다. 웅성웅성 몰려든 사람들이 저마다 베티에게 물었다.

"라마께서 뭐라고 말씀하셨나요? 인생의 고귀한 진리를 속삭여주셨나요?"

베티는 대답 없이 조용이 미소를 지을 뿐이었다. 그도 그럴 것이 그녀는 귀가 거의 들리지 않았던 것이다. 그녀 대신 그 익살맞은 사위가 벙글거리며 사람들에게 대꾸했다.

"라마께서 오늘 밤에 은밀히 찾아오라면서 호텔방 번호를 알려주셨다는군요."

"마흔 살의 여자란 없는 거야."

그 순간부터 그녀는 호텔에 머무르는 2박 3일 동안 모두에게 '달라이라마의 여자친구'로 불리며 스타 대접을 받았다고 했다.

연애 이야기 하면 빠뜨릴 수 없는 커플이 있다. 그 요양원에서 두고두고 이야기되는, 못 말리는 연애쟁이들이 있었다. 여자 쪽도 남자 쪽도 80세가 넘은 고령이었고, 치매증상이 있었다. 그 둘은 말 그대로 '첫눈에' 사랑에 빠졌는데 그 열렬함이 타의추종을 불허했다. 10대들의 물불 가리지 않는 열정에도 견줄 게 아니었다. 할아버지는 젊은 시절 연애깨나 했을 법한 인물이었다. 키도 훤칠하고 자세도 곧은 편이었으며 무엇보다 바리톤 음색이 근사했다. 뿐만 아니라 오른쪽 어깨에서부터 팔꿈치까지 문신으로 화려하게 수놓기까지 했는데, 사랑의 화살을 쏘는 큐피드와 하트모양 아래로 '나의 사랑 영원히love ya forever'라는 글귀가 새겨져 있었다. 그에 비해 할머니는 평생 십자수를 놓으며 금요일 밤을 불태웠을 것 같은, 전형적인 현모양처 스타일이었다. 얌전한 생김새에 화장기도 없고 늘 수수한 면 스커트 차림이라 그 두 사람의 열애는 언뜻 어울리지 않는 것처럼 보였다.

하지만 한 물리치료사가 늘어놓은 꽤 그럴듯한 가설에 의하면, 그 두 사람이 서로 은연중에 그리던 이상형이었을 거라고 한다. 화려한 여자들만 상대하던 플레이보이였던 할아버지는 내심 조신한 여성을 아내로 맞아 안정된 삶을 사는 꿈을, 평생 얌전히 살림만 해오던 할머니는 호남형의 멋쟁이와 화끈한 사랑을 나눠보는 것을 남몰래 꿈꿔왔을 수 있다는 것이다. 이제 생의 막바지에 들어서서, 그것도 치매증상을 가진 두 남녀가 주위의 평판이나 시선을 두려워할 이유가 없었다. 그들은 마음이 시키는 대로 서로를 탐닉했다. 덕분에 우리들은 거리낌 없는 사랑의 표현이 어떤 것인지를 목격할 수 있었다. 사람들의 발길이 뜸한 자판기 뒤쪽 구석이나 컵을 씻는 싱크대 곁에서는 어김없이 그들이 새앙쥐처럼 숨어서 입을 맞추고 있었다.

심지어 침대커버를 갈아 끼우는 잠깐의 시간도 참질 못했다. 할아버지 방청소 담당자의 말에 의하면, 침대커버를 벗겨서 세탁기에 넣은 뒤 돌아와보면 그새 여자친구를 불러들여서 커버도 없는 매트리스 위에서 부둥켜안고 있기 일쑤라고 했다. 우리 모두는 그 뜨거운 커플의 애정행각을 목격하고 서로 쑥덕거리며 즐거워했다. 그들의 연애는 할머니가 열 달 뒤 눈을 감을 때까지 사그라질 줄 모르고 계속되었는데, 유통기한이 없는 그들의 사랑에는 숨겨진 비밀이 있었다. 그 둘의 기억력이 5분을 넘기지 못했던 것이다.

마치 영화 같은 이야기였다. 볼 때마다 첫눈에 반하고, 바로 5분 전에 키스를 나눴어도 5분 후엔 다시 애틋했으리라. "평생 서로에게 싫증 날 일은 없겠군요." 젊은 스태프들은 킥킥거리며 장난스럽게 말했지만 나이가 지긋한 사람들은 웃음 속에서도 서글픈 표정을 감추지 못했다.

사랑. 참 지독히도 끈질긴 욕망. 갓난아기 때부터 울며 보채던 그것, '애정 어린 살갗의 접촉'을 우리는 도대체 몇 살까지 원하게 될까? 숨길 수 있을지언정, 그 절박한 욕망은 우리를 언제까지고(그야말로 하늘이 우리를 삶으로부터 갈라놓는 순간까지) 놓아주지 않을 것임을 그 천진난만한 두 노인으로부터 확인했기 때문일 것이다.

"마흔 살의 여자란 없는 거야."

그 요양원에 1주일에 2번씩 의료봉사 차 들르던 '맨발의 소년' 닥터 BJ도 70대 청년이었다. 30년 동안 스트레스 클리닉 원장으로 일하다가 몇 년 전 은퇴했다는 그는, 의사만 빼곤 모든 직업에 적합한 외모를 갖고 있었다. 배관공, 레슬러, 바텐더, 뱃사람, 깡패 등을 두루 거친 듯한 인상의 그가, 그것도 맨발로 고요한 요양원에 들어서면 그와 비슷한 나이 또래의 '노인'들은 술렁거렸다. 73세가 얼마나 젊은 나이인지, 또는 얼마나 불량스러워 보일 수 있는지를 실감했기 때문이리라. 햇살이 좋은 날엔 서핑을 막 끝낸 그가 종아리에 모래를 묻힌 채 웃통을 벗고 들이닥치기도 했다.

아니나 다를까 그는 히피 출신이었다. 1960~1970년대를 휩쓸던 '사랑과 평화' 운동에 누구보다 열렬히 참여했던 그는, 비틀즈를 따라 인도에 갔고, 머리카락과 수염을 자르지 않았으며, 통기타를 치면서 무수히 많은 히피 아가씨들과 키스를 나눴다. 그곳엔 사랑이 들풀처럼 널려 있었다. 오늘은 제인과 결혼하고 내일은 실비아와 결혼할 수도 있었다. 그러던 그를 의학의 길로 이끈 것은 그 히피 아가씨 중 한 명이었다. 주근깨 가득한 얼굴에 별로 예쁘지도 않았다는 그녀는 그의 청혼을 물리쳤다.

"나랑 결혼할래?"

"싫어. 너랑은 키스만 하고 의사랑 결혼할 거야."

피 끓는 열아홉 살, 그는 통기타를 집어 던지고 의대에 진학했고 그 아가씨와 결혼했다.

아내가 유방암으로 세상을 떠나던 해, 더 이상 의사일 필요가 없어진 그는 은퇴를 하고 다시 히피로 돌아왔다. 하지만 통기타를 치며 아가씨들과 입을 맞추는 대신 이곳에서 노인들의 손을 잡아주고 있었다. 일단 기본적인 사항들을 차트에 적어놓고 나면 그의 두 손은 내내 이야기를 하는 환자의 한쪽 손을 감싸쥐고 있다. 그의 두 눈도 환자의 얼굴에서 떠나지 않는다. 그 지극한 관심의 동작들.

나는 그에게 관심이 생겨 이야기를 해달라고 졸랐다. 닥터 BJ가 겪은 세상 이야기를 해달라고. 나는 이야기 수집가예요. 어떤 이야기이든 좋으니 기억에 남는 삶의 장면들을 이야기해주세요.

"그럼 내 환자들이 겪은 세상 이야기를 해줘야겠군. 그게 지난 30년간 내 세상이었으니까."

나는 그의 흉내를 내어 내 양손으로 그의 주름진 손을 감싸 쥐었다.

🌿 겨울정원의 노인과 검은 과부 헬렌

사람들은 가끔씩 내게 묻는다. "기분이나 감정이 실제로 몸에 영향을 미치나요? 의학적으로 봤을 때 말입니다." 의학적으로 봤을 때, 기분이나 감정만큼 몸에 큰 영향을 미치는 것은 없다. 혈압을 오르게도, 내리게도 하며 호르몬 분비를 결정짓고, 몸속에 감자만 한 돌덩이를 만들기도 하고, 심하게는 눈이 멀게도 하며, 심지어 심장이 멎게도 하는 것이 그 '기분'이다. 그래서 의사들이 회진을 돌 때 "오늘은 기분이 좀 어떠세요?"라고 묻는 것이다.

"마흔 살의 여자란 없는 거야."

응급실 치프 닥터로 일하고 있을 때였다. 교통사고를 당한 한 젊은 남자가 앰뷸런스에 실려왔다. 한눈에 보기에도 중태였다. 심한 충돌로 중요 장기들이 파괴되어 있었고 의식도 없었다. 하지만 아직 뇌사상태는 아니었기 때문에 일단 입원을 시키고 응급조치를 했다.

그다음 날 사고소식을 들은 환자의 어머니가 호주 반대편에 있는 퍼스Perth에서부터 날아왔다. 그녀는 수십 개의 고무튜브가 꽂힌 아들의 모습에 잠시 충격을 받은 듯했지만 곧 평정을 되찾고 병원 가까이에 방을 얻었다. 그녀는 강인한 어머니였다. 그다음 날부터 하루도 빼놓지 않고 방문이 허락되는 아침 10시부터 밤 8시까지 꼬박 병원에 머물며 아들을 지켰다. 사실 아들을 위해서 그녀가 할 수 있는 일은 단 하나도 없었다. 중환자실에 격리된 아들의 얼굴을 유리 너머로 볼 수 있을 뿐 병실 안에 머물며 손을 잡거나 책을 읽어줄 수 있는 것도 아니었다. 환자의 기저귀를 갈아주고 턱받이를 채우고 수프를 떠 넣어주는 다른 보호자들을 볼 때마다 그녀가 얼마나 부러워하던지! 그저 아들이 있는 곳 주변 복도를 서성이며 기도를 하거나 책을 읽으며 곁을 지킬 뿐이었다.

하지만 청년은 입원한 지 4일 만에 숨을 거두고 말았다. 오후 5시, 그의 심전도와 뇌파가 동시에 평행선을 주욱 그으며 내달리던 순간에도 나는 창문 밖으로 오락가락하는 그 어머니의 황갈색 머리카락을 볼 수 있었다. 환자 보호자에게 사망 소식을 알려야 하는 것은 나의 일이었다.

내가 병실 문을 열고 나왔을 때 어머니는 김이 모락모락 나는 일회용 종이컵을 손에 들고 있었다. 그녀는 나를 보자 희미하게 웃어 보였다.

"커피 자판기가 있는 1층은 여기서 너무 멀어서요. 항상 얼른 뽑아서는 들고 와 아들 곁에서 마신답니다. 내가 없는 동안 그 애에게 무슨 일이 생기면 안 되니까요."

나는 고개를 끄덕였다. 그녀가 커피를 좀 더 마셨으면 해서였다. 자판기 커피 안의 카페인과 당분이 아주 미미할지라도 그녀를 도울 수 있기를 나는 기대했던 것 같다. 의사들은 언제쯤 이런 어리석은 생각을 멈출까. 그녀는 몇 모금 안 되는 커피를 금세 비웠고 나는 그녀에게 의자를 권했다.

"말씀드릴 것이 있습니다."

그것으로 충분했다. 의사가 중환자 보호자를 앉힌 뒤 할 말이 달리 뭐가 있겠는가? 그녀의 동공이 부풀어 올랐다가 산산조각 나는 것이 보였다. 입을 열어 무언가를 말하려고 하는 듯했지만 "아, 아 아…." 하는 메마른 소리만이 그녀의 성대를 울렸다. 그러더니 잠시 후, 앉아 있던 그녀의 몸이 절반으로 풀썩 꺾였다. 나는 그녀를 부축해 병실로 옮겼다. 심한 정신적 쇼크로 의식을 잃은 것이었다.

투병하다가 죽는 경우가 아닌 갑작스런 사고사일 때 가족들의 충격은 걷잡을 수 없다. 어떤 형태로든 마음의 준비를 할 수가 없기 때문이다. 응급실이란 늘 그렇게 환자와 가족의 충격으로 발 디딜 틈이 없다. 스태프들에게 필요한 조치를 지시하고는 돌아 나오는데 잠시 후 누군가가 구르듯이 계단을 뛰어 내려오는 소리가 들렸다. 아직 학생인 후배 의사였다. 그는 숨을 헐떡이며 내 소매 깃에 매달렸다.

"선생님, 그 보호자가…. 죽은 것 같습니다."

사람들은 그렇게도 죽는다. 격심한 슬픔을 견디지 못하고 순간적으로 심장의 모양이 변하는 타코츠보 신드롬takatsubo syndrome이었다. 이는 심한 스트레스 상황에 처했을 때 심장이 기형적(심실 아래쪽이 급작스럽게 수축함으로써 심장 위쪽이 항아리처럼 불룩하게 변형되는 현상으로, 일본에서 문어를 잡을 때 쓰던 항아리와 비슷하게 생겼다고 해서 이런 이름이 붙여졌다.)으로 변하여 경직되는 증상이다.

총알이 심장을 관통하는 것보다 더 확실하게 우리를 죽일 수 있는 것이 바로 기분, 감정인 것이다. 그래서 나는 건강과 장수의 비결을 묻는 이들에게 똑같은 대답만을 한다.

"제발 인생을 유쾌하게 사십시오."

겨울정원의 거인

이민자들의 외로움은 곧잘 병이 된다. 특히 노동계급에 속하는 이민자들의 경우 영어도 서툴고 사회적으로 별로 보호받지 못하는 신분이기 때문에 더욱 큰 박탈감을 느낀다. 하지만 삶은 계속되어야 하고, 이곳은 연약함과 고독을 동정하는 나라가 아니다. '자기 힘으로, 꿋꿋하고 강인하게 일어선' 사람들이 영웅이 되며, 모두의 삶이 마땅히 그래야 한다고 믿는 남성적인 나라다. 노동계급 이민자들은 대부분은 낙천적이고 수용적이며 여성적인 문화를 갖고 있는 개발도상국 출신이기 때문에 호주의 현실을 접하고는 마치 우락부락한 사내와 마주친 산골소녀처럼 움츠러들고 만다. 그들은 매일 아침 일하러 나가기 위해서 스스로를 길들인다. 존재감을 최대한 낮추고, 사람들과 눈 마주치기를 피하는 소심한 방식으로. 스스로 그림자 인간이 되는 것이다. 그러다가 마침내 은퇴를 하고 나면 이제 그들은 외로움을 고집하게 된다. 수십 년간 철저히 스스로를 고립시키고 살아왔던 삶의 방식을 끝까지 밀고 나가려는 것이다. 일을 하지 않고도 연금으로 살아갈 수 있으니 그들의 껍질은 더욱더 단단해진다.

나의 이웃에 살던 한 괴팍한 노인도 그 전형적인 고립을 보여주었다. 마을 사람들은 그를 별명으로 '겨울정원의 거인'이라고 불렀는데 오스카 와일드의 동화 '이기적인 거인The Selfish Giant'에 나오는 괴팍한 거인(자신의 정원에서 뛰어노는 아이들을 문밖으로 쫓아내고 '출입금지' 팻말을 내건 뒤, 그의 정원에는 봄이 찾아오지 않고 얼음 덮인 겨울만 계속되었다는 이야기)처럼 절대로 문밖으로 나오지 않고, 누군가를 집에 초대하는 일도 없이 자신의 정원만을 살뜰히 보살폈기 때문이었다.

노인은 아르헨티나 이민자였다. 키가 컸고 팔다리가 놀랄 만큼 길었는데 정원일로 허리가 늘 구부정하게 굽어 있었다. 그의 집은 2개의 골목이 만나는 길 모퉁이에 있어서 눈에 잘 띄었다. 하지만 무엇보다 우리의 관심을 끌었던 것은 그의 기가 막힌 정원이었다. 이야기 속에 나오는 거인의 정원에는 늘 서리가 끼고 얼음이 얼어 있었지만 그의 정원은 반대로 늘 축복받은 여름처럼 열매들로 가득했다. 정원이라기보다는 텃밭에 가까웠는데 그가 앞마당에 키우는 채소들은 종류를 불문하고 눈이 휘둥그레질 만큼 컸다. 토마토는 멜론만 했고 양배추는 광주리만 했다. 당근도, 오이도,

호박도 누구든 걸음을 멈추고 눈을 비비고 다시 보아야 할 만큼 컸다. 그 노인이 도대체 어떤 방법으로 채소를 그토록 우람하게 가꾸는지 이웃들의 호기심은 커져만 갔지만 좀처럼 집 밖으로 나오지 않으니 그에게 물어볼 방법이 없었다. 게다가 노인은 그 채소들을 단 한 번도 시장에 내다 팔거나 이웃에게 나누어준 적이 없었다. 조그만 앞마당의 수확이니 그 양이 얼마 되진 않겠지만 분명 노인 혼자 먹기에는 넘치는 양이었는데도 말이다. 대신 겨울의 건조한 날씨가 시작되면 호박과 당근 등을 얇게 저미서 처마 밑에 주렁주렁 매달아 말렸다. 오색찬란한 채소와 과일들이 가득 매달려 겨울 볕에 말라가는 모습은 우리 마을에 또 다른 장관을 선사했다.

언젠가 붙임성 좋은 동네 아주머니 몇 명이 그 노인과의 대화를 시도했던 적이 있었다. 인사도 할 겸, 채소 가꾸는 비결도 물을 겸해서였다. 아주머니들은 파이를 구워 들고 그의 집 문을 두드렸다. 하지만 그는 대답조차 하지 않았다고 했다. 분명 안에서 슬리퍼를 끌고 움직이는 소리가 들리는데도 말이다. 아주머니들은 적잖이 실망해서 돌아왔다.

또 언젠가 한번은 객기 어린 10대 소년들이 노인의 정원에서 담력을 시험하기도 했다. '겨울정원'에서 담배 피우기를 시도했던 것이다. 결과는 참담했다. 담배연기를 두 모금도 채 내뿜기 전에 소년들의 머리 위로 날벼락이 떨어졌다. 노인이 2층 창문에서 버르장머리 없는 녀석들을 향해 사정없이 감자(그 멜론만 한)를 내던졌던 것이다. 노인의 괴팍함이 그 정도인지라 서서히 마을 사람들도 그와 대화하기를 포기했고 그는 '겨울정원' 안에서 더욱더 고립되어갔다.

나는 그를 단 두 번 만난 적이 있었다. 7년 전에 한 번, 그리고 3년 전에
또 한 번 정기검진을 받으러 나를 찾아왔을 때였다. 그는 50대 중반에 심
장수술을 받은 경력이 있었다. 보통 그 정도로 큰 수술을 받고 난 뒤에는
몇 개월에 한 번, 최소한 1년에 한 번씩은 정기검진을 받아야 하는 것이
상식이다. 나는 그 점을 이해시키려 노력했지만 노인은 아직도 영어가 많
이 서툴렀다. 50년 넘게 호주에서 살았다고 해서 유창한 영어를 기대할 수
는 없었다. 젊은 시절에는 건설현장에서 일했기 때문에 긴 문장을 말하거
나 이해할 필요가 없었고 은퇴한 뒤에는 일체 사람들과 접촉하지 않고 지
냈으니 당연한 일인지도 몰랐다. 그의 건강상태는 좋지 않았다. 약을 제대
로 먹지도 않았다. 그리고 무엇보다 다른 이들과의 애정 어린 접촉이 전
혀 없는 상태라는 점이 가장 위험했다.

돌봄과 손길이 필요한 것은 신생아뿐만이 아니다. 유명한 해리 할로우Harry
Harlow의 원숭이 실험을 보아도 우리가 얼마나 타인과의 접촉을 갈구하는
존재인가를 알 수 있다. 위스콘신대학에서 행해진 이 실험에서 해리는 갓
태어난 새끼 원숭이를 어미로부터 격리시킨 뒤 그의 우리 안에 2개의 어
미 원숭이 모형을 넣어주었다. 한쪽은 차가운 철사로 만들어진 모형으로
우유병이 붙어 있었다. 다른 한쪽은 어미 원숭이의 털과 비슷한 촉감의 벨
벳으로 만들어진 모형이었지만 우유는 공급되지 않았다. 새끼 원숭이는
연구진의 예상을 깨고 '벨벳 엄마' 쪽에 매달려 대부분의 시간을 보냈다.
1950년대까지는 아이가 엄마를 찾고 매달리는 이유가 오로지 엄마가 먹

"마흔 살의 여자란 없는 거야."

을 것을 주고 기저귀를 갈아주는 등 생존에 필요한 편의를 제공하기 때문이라는 '찬장이론'이 지배적이었다. 하지만 해리 할로우의 실험이 세계적인 이슈로 떠오르면서 우리는 우유로만 사는 존재가 아니라는 점을 확인하게 되었다. 강아지건, 새끼 원숭이건, 사람이건 '접촉위안'을 주는 상대에게 매달리게 되어 있는 것이다. 피부는 단지 신체 장기를 감싸고 있는 포장지가 아니라 밖으로 돌출된 뇌다. 발생학적으로 보자면 수정란이 내배엽, 중배엽, 외배엽으로 분열하여 각각의 장기로 성장할 때 외배엽은 신경과 피부가 된다. 그래서 스트레스를 받으면 가장 먼저 피부가 까칠해지는 것이다. 뇌심리학자들은 애정 어린 피부접촉이 뇌시상하부에서 엔도르핀을, 뇌하수체에서는 옥시토신을 분비시킨다는 사실을 밝혀냈다. 엔도르핀과 옥시토신은 '사랑과 젊음의 묘약'으로 불리는 호르몬이다. 엄마 품에 안겨 있거나, 사랑하는 연인의 손길을 느낄 때 행복감과 안도감을 느끼는 이유가 거기에 있다.

아무리 영양상태가 좋아도 '피부접촉이 가능한 친밀한 관계'라는 영양소를 섭취하지 못하는 인간은 면역력이 급격히 떨어지고 골밀도까지 감소한다. 다시 한 번 강조하지만 '다 큰 어른도' 똑같다.

그는 기본적으로 타인을 신뢰하지 못했다. 슈퍼마켓에 나온 채소들과 먹거리들도 믿을 수 없었기 때문에 오래전부터 직접 과일이며 채소를 가꿔왔던 것이다. 그리고 스스로 깐깐하게 키운 채소를 매 끼니 먹고 있으니 건강에 아무런 문제가 없다고 굳게 믿는 듯했다. 철사 엄마에게 매달려 있는 새끼 원숭이처럼. 하지만 유기농 채소 일곱 접시보다 건강에 더 좋은 것은 한 번의 포옹이다. 특히 지금의 그에게는.

나는 최대한 쉬운 영어로 노인에게 그 점을 설명하기 위해 애썼지만 곧 포기하고 말았다. 설령 그를 납득시킨다 한들 갑자기 누군가가 나타나서 그에게 애정 어린 포옹을 해줄 리 만무하지 않은가? '하루에 포옹 3번'을 약국에서 살 수만 있다면 나는 망설임 없이 그에게 처방전을 써주었을 것이다. 하지만 새로운 관계를 시작하고 애정을 싹틔우기엔 그는 사회성이 너무 결여되어 있었다. 연애는커녕 식료품점 점원에게 돈을 건네고 거스름돈을 받는 소소한 사교생활이나마 제대로 해낼 수 있을지 걱정스러운 시경이었다.

관계처방은 어쩔 수 없다 쳐도 최소한 심장수술 후의 약물관리는 무척 중요한 일이었기 때문에 다음 달에 꼭 다시 찾아오시라고 몇 번씩 신신당부를 했지만 그는 그 후로 4년 동안이나 나를 찾아오지 않았었다.

완전한 고립과 은둔이란 없었다

노년기에 자신을 고립시키는 부류는 이민자뿐만이 아니다. 슬픔을 극복하지 못하고 과거로 침잠하는 이들도 있다. 슬픔의 유효기간은 얼마나 될까? '시간이 해결해준다.'는 믿음은 너무나 단순하다는 걸 나는 안다. 슬픔은 먼 친척과 같아서, 언제 찾아와서 얼마나 길게 머물다 갈지 아무도 알 수가 없다. 우리는 저마다의 모래시계를 품고 살아간다. 많은 경우, 가족의 죽음이나 치명적인 사고 같은 충격에서 벗어나는 데는 8개월에서 1년의

"마흔 살의 여자란 없는 거야."

시간이 걸린다고 한다.

하지만 통계만큼 불확실한 것도 없다. 무시할 수 없는 숫자의 사람들이 시간이 흐를수록 깊어지는 상처에 괴로워하는 것이다. 장례식장에서 대성통곡을 하던 사람이 몇 달 만에 말끔히 극복하고 웃으며 일상생활을 하는가하면, 장례식장에서는 담담하게 눈물조차 보이지 않던 이가 10년이 지난뒤, 점점 깊어지는 슬픔을 감당하지 못해 스스로 목숨을 끊기도 한다.

60대 후반에 남편을 잃은 헬렌도 우리 동네의 '은둔자'였다. 그녀는 남편이 죽고 장례식이 끝나고 나자 자신의 삶도 함께 끝내기로 작정한 듯했다. 언제나 장례식 때 입었던 검은 옷만 입었으며 밤에도 집 안에 불을 켜는법이 없었다. 활발하고 친구도 많았던 그녀였지만 남편의 죽음과 동시에 일체의 접촉을 끊고 집에 틀어박혔다. 남편을 애도하는 일 외에는 어떠한 일도 하기를 거부한 채, 그렇게 혼자만의 장례식을 20년간 치러오고 있었다. 어쩌다 가끔씩 약국에 들르거나 일요일에 교회에 나올 때도 검은 상복 차림으로 누구와도 이야기를 나누지 않고 그림자처럼 돌아가곤 했기때문에 그녀도 점점 사람들의 기억에서 지워져가고 있었다.

다행히 남아 있는 유일한 가족이었던 그녀의 딸이 세 블록쯤 떨어진 곳에살고 있었다. 어머니의 상태가 걱정이 되었던 그녀는 내게 정기적으로 어머니를 방문해줄 것을 부탁했다. 나는 넉 달에 한 번씩 왕진 가방을 챙겨서 헬렌의 집 문을 두드렸다. 그녀는 진료를 거부하지는 않았다. 그러나나의 물음에 제대로 된 답을 하지 않았을 뿐만 아니라 나와 눈도 맞추지않았다.

다행히 그녀는 혈압도 정상이었고 당뇨 증상도 없고 피부도 맑게 빛났다. 건강관리를 잘하고 있다는 점이 놀라웠지만 그녀의 알맹이는 이미 다른 어딘가로 쏙 빠져버리고 껍데기만 나를 상대하고 있는 느낌이었다. 그 정도면 심각한 우울증이었다. 우울증 치료를 위해서는 상담이 필수적인데 헬렌의 경우는 의식의 초점이 현실에 맞추어지지 않으니 속수무책이었다. "요새는 몇 시쯤 잠자리에 드시나요?"라고 물으면 "네, 죄송합니다….."라고 대답하거나 "혈압을 잴 텐데 팔을 좀 들어 올려주세요."라고 말하면 "아니오….."라고 하는 식이었다.

아무튼 '겨울정원의 거인'과 '검은 미망인 헬렌'은 눈에는 띄지 않았지만 20여 년간 우리의 이웃이었다. 어느 날 헬렌이 내 진료실을 찾아와 눈물을 쏟기 전까지. 그녀가 제 발로 누군가를 방문했다는 사실에 나는 너무나 놀라서 자리에서 일어섰다. 그녀는 처음으로 눈의 초점을 나와 맞추더니 바닥에 털썩 주저앉아 엉엉 울기 시작했다.

"그 사람이 죽었어요, 그 사람이요….."

나는 '그 사람'이란 당연히 20년 전에 죽은 남편을 말하는 줄 알았다. 하지만 아니었다. 그 사람은 겨울정원의 노인이었다. 남편이 죽고 헬렌이 은둔을 시작한 그 해 겨울부터 겨울정원의 노인은 그녀에게 채소를 가져다주었다고 했다.

"커다란 종이봉투가 찢어지도록 감자며 양상추며 가지를 가득 담아서 가져다줘요. 내가 이렇게 많이 필요 없다고 말하면 손가락으로 자기 가슴을 가리키면서 '채소 스프, 마음에 좋아요. 그러니까…. 먹어요.' 하고는 돌아가버려요."

나는 그 노인이 누군가에게 선물을 건네고 그렇게 자상한 설명까지 덧붙였다는 사실이 그저 놀라울 따름이었다.

"20년 동안이나, 한 번도 거르지 않고 일요일 새벽이면 우리 집 문 앞에 채소를 놓고 갔답니다. 처음에는 누가 놓고 가는지도 몰랐어요. 아무도 안 다니는 깜깜한 새벽에 도둑처럼 왔다 갔으니…. 나는 그저 하느님이 불쌍한 과부의 문전에 다녀가셨다고만 생각했어요. 그렇게 크고 아름다운 채소는 처음 봤으니까요. 그래서 일요일 새벽예배만은 빠지지 않고 교회에 가서 감사기도를 올렸죠. 그러다가 잠이 오지 않던 어느 날 밤, 꼬박 샌 눈으로 창밖을 바라보는데 희끄무레한 사람 그림자가 와서 살그머니 봉투를 두고 가는 걸 봤어요. 큰 키며 구부정한 어깨며 영락없이 그 사람이었지요."

그녀는 그렇게 '마음에 좋은' 채소들로 수프를 끓여 먹으며 고독의 세월을 견뎠다. 무려 20년이었다. 그녀의 건강한 혈관과 깨끗한 피부를 지켜준 것은 겨울정원의 채소들이었던 것이다. 그리고 이틀 전, 그 채소를 가꾸던 거인은 심장발작으로 숨을 거두었다. 긴 세월 한 번도 거른 적 없던 일요일의 채소 배달이 끊긴 그다음 날, 헬렌은 걱정스런 마음을 가눌 길이 없어서 검은 상복을 입은 채로 모퉁이 집을 찾았다. 어디서 그런 용기가 났는지 잠긴 대문 옆의 나무 울타리를 뜯어 열고 집 안으로 들어갔다고 했다. 키가 큰 노인은 2층 복도에 쓰러진 채 숨이 끊어져 있었다. 그녀는 어떻게 해야 좋을지 몰라 딸에게 연락을 했고 딸이 경찰과 병원에 연락을 했다. 그리고 헬렌은 다시 집으로 돌아와 늘 앉던 자리에 남편의 영정을 마주하고 앉았지만 뜨거운 눈물이 가슴에 솟구쳐 그대로 앉아 있을 수가 없었다. 그래서 나를 찾아왔던 것이다.

나는 그녀의 눈물 속에서 보았다. 완전한 고립과 은둔이란 없었다. 애초에 우리는 그렇게 살아갈 수 있는 존재가 아니었다. 헬렌과 그 노인은 그 엄연한 사실을 다시 한 번 가르쳐주었을 뿐이다. 우리는 반도다. 모두가, 어딘가 한 군데엔 마음을 붙이고 살아간다. 어린아이가 엄마에게 뺨을 맞대듯, 온기가 흐르는 누군가의 마음에, 새벽 도둑처럼 채소가 든 봉투를 건네며, 남모르게 살짝이라도 기대어야 우리는 살아지는 것이다.

☙ 살든지 죽든지 뜻대로 하소서

80세의 팔팔한 노신사 폴은 단번에 나를 사로잡았다. 단언컨대 그는 내가 만나본 중 가장 생기 넘치는 환자였다. 나와의 상담이 끝나면 당장이라도 농구공을 튕기며 코트로 뛰어나갈 기세였다. 하지만 가장 인상적이었던 것은 그의 활기가 아니라 오른쪽 손등의 흉터였다. 아주 오래 전에 생긴 흉터인 듯했지만 너무나 크고 뚜렷해서 마치 늙고 커다란 거미가 웅크리

"마흔 살의 여자란 없는 거야."

고 있는 것 같았다. 정작 본인은 그 흉터를 전혀 의식하지 않는 듯했다. 긴 소매 옷으로 가리거나 장갑을 끼지 않는 것은 물론 거리낌 없이 탁자 위에 올려놓고 손깍지를 끼었고, 하품을 할 땐 오른손으로 입을 가렸다. 그래서 나도 굳이 이 명랑하고 활기찬 노인에게 그 흉터에 관해 묻지 않았다.

그렇게 건강한 노인이 날 찾은 이유는 건망증 때문이었다. 80세에 건망증 때문에 걱정한다는 게 조금 우습게 들렸지만(그보다도 한참 젊은 나조차 건망증으로 곤란을 겪고 있는데) 그의 증상은 조금 특이했다. 그는 자신의 건망증이 언제 발동할지 알 수 있었다. 관절염 환자들이 '비가 오려나….' 하고 무릎을 두드리는 것처럼 '아, 지금부터 일어나는 일은 내가 기억할 수 없겠구나.' 하고 느끼게 하는 전조증상이 있었던 것이다.

"오른 손등이 쑤시는 게 그 신호라오."

나는 새삼 그의 흉터를 다시 바라보았다.

"완전히 까맣게 잊어버리는 건 아니에요. 꼭 곤드레가 되도록 술을 마신 다음 날 아침의 기억처럼 흐릿하게 윤곽만 남는다니까요. 그런데 그게 꼭 뭔가 중요한 일이 일어나기 전에 신호가 온단 말이오. 얼마 전에 네덜란드에 살고 있는 손자가 약혼녀를 내게 인사시키려고 호주까지 데려온 적이 있었소. 가장 귀여워하던 손자였기 때문에 그 녀석 와이프 될 사람은 꼭 보고 죽고 싶다고 내가 고집을 부렸거든.

그런데 아니나 다를까 손자가 공항에 도착하기로 한 시간이 가까워오자 이놈의 상처가 쿡쿡 쑤시기 시작하는 거요. 나는 절망에 빠졌소. 궁여지책으로 함께 밥 먹는 사진을 한 장 찍자고 해서 증거를 남겨뒀기에 망정이지 하마터면 그 아가씨 얼굴도 기억 못할 뻔했어요. 공항에서 만나서 차를 탔고, 우리 집에 왔고, 또 돌아가는 날 바래다준 것 정도는 어렴풋이 기억이 나요. 그래도 엉성한 윤곽만 남았을 뿐 즐겁게 식사를 하면서 3시간이나 나눴다는 이야기들이 하나도 기억나지 않으니 아까워서 잠도 안 올 지경이오."

그때까지 건망증에 대해 별로 신경 쓰지 않았지만 그 사건을 계기로 폴은 치료를 결심했다고 했다.

"보다시피 나는 잎으로 살날이 얼마 남지 않았습니다. 먹고살기 위한 고생도 다 끝났고요. 아름답고, 좋은 것들만 하고 살 텐데 번번이 이런 식으로 잊어버리고 싶지 않아요. 무슨 방법이 없겠습니까?"

나는 미궁에 빠진 형사가 된 기분이었다. 그래서 눈에 보이는 증거부터 차근차근 풀어가기로 했다.

"그 손등의 상처가 신호를 보낸다고 하셨죠? 그 상처가 왜 생긴 건지 말씀해주실 수 있나요?"

놀랍게도 폴은 내 질문에 충격을 받은 것처럼 보였다. 그토록 자연스럽게, 의식하지 않고 살아가는 듯 보였던 상처였지만, 정작 그것에 대해 설명하려 하자 움찔 하고 몸이 경련을 일으키며 무언가에 저항했던 것이다. 나는 말없이 기다렸다.

"꽃을 좋아하시오?"

잠시 후 여느 때의 모습으로 돌아온 폴이 내게 물었다. 내가 고개를 끄덕

"마흔 살의 여자란 없는 거야."

이자 그는 흡족한 미소를 지었다.

"나는 네덜란드에서 나고 자란 사람이오."

노인은 침착하게 이야기를 시작했다.

꽃밭에서는 우울해하거나 화를 내어서는 안 된다

"부모님이 작은 꽃 농장을 하셨지. 스프링클러가 돌아가는 대형농장과 달라서 사람이 일일이 물을 뿌려주고 풀을 솎아내야 하는 곳이었기 때문에 나도 걸음마를 떼기도 전에 꽃에 조리개로 물을 주며 놀았다오. 그러다가 내가 열여덟 살이 되던 무렵 2차 세계대전이 일어났지. 그리고 어느 날 갑자기 세상은 나치 천하가 되었소. 나와 내 가족들, 친구들은 그 어떤 것도 납득할 수가 없었지. 우리에겐 한마디 상의도, 예고도 없이 일어난 일이었으니까. 그래서 우리는 도망가야 한다는 것도 몰랐고 대피할 수 있다고도 생각하지 않았소. '우리는 꽃을 키우는 사람들이야. 꽃은 세상을 아름답게 하지. 꽃을 키우는 사람들에겐 잘못이 없어. 누구도 우릴 해치지 못해.' 지금 생각해보면 참 순진했지. 하지만 우리 마을에 자식 같은 꽃밭을 두고 도망갈 수 있는 사람은 없었소. 우리 가족은 딱 적당하게 가난했다오. 그래서 모두가 방울새처럼 부지런하고 명랑했어. 귀가 들리지 않던 부모님들도, 나도, 두 여동생들도…. 꽃은 하루만 돌보아주지 않아도 시들어버린다는 걸 아시오? 그리고 꽃밭에선 화를 내면 안 된다는 것도 아시오? 우리는 꽃들을 위해서 매일 아침 일찍 일어나 물을 긷고 명랑한 기분으로 꽃밭에 들어가 일을 시작했소.

부모님은 귀가 들리지 않아 사람들의 말은 듣지 못하셨지만 꽃들이 하는 말은 누구보다 잘 알아들으셨지. 나와 두 여동생들에게 수화로 늘 말씀하시길, 꽃밭에서는 우울해하거나 화를 내면 안 된다고 하셨어. '화를 내면 꽃잎에 생기가 없어진다. 물 주는 사람이 우울해하면 꽃 색깔도 칙칙하게 변한다.'

가족들과 뿔뿔이 흩어져 기차의 짐칸 같은 곳에 태워질 때만 해도 나는 내게 일어난 일을 실감할 수가 없었다오. 끝없이 달리는 기차 안에서도 '너무 멀리 가면 안 되는데…. 오늘 안에 집으로 돌아가지 못하면, 내일 아침에 꽃에 물을 줄 수 없는데….' 하는 생각뿐이었지. 그러다가 도착한 곳은 공장 건물처럼 지어진 강제 수용소였소. 꽃 한 송이, 풀 한 포기 없는 곳에 도착하고 나서야 내게 무언가 비참한 일이 일어났다는 것을, 지금껏 내가 살아온 것과는 다른 세상에 내동댕이쳐졌다는 사실을 깨달았지."

그의 수용소 생활에 대한 언급은 그것으로 끝났기 때문에 나는 몹시 놀랐다. 포로수용소 생활을 겪었던 다른 상담환자들은 대부분 그렇게 하지 않는다. 고막을 찢어 놓는 고함소리, 버둥거리는 팔과 다리, 서로를 증오하며 그러쥔 앙상한 주먹, 깡통에 모으던 의미 없는 잡동사니들, 입술을 깨물어 뺨에 핏물을 칠하던 여자들, 나부끼던 깃발들, 연기들, 마침내 해가 지고 지친 몸을 누이던 차디찬 시멘트 바닥과, 담배꽁초가 떠다니는 감자 스프와, 심장까지 짓누르던 허기에 관해 신음하듯 토해내는 것이다.

사람들은 고통스러운 기억에 매달린다. 그들의 기억은 반복을 거듭하면서 점점 더 힘이 세어지고 노련해진다. 이야기는 팽창한다. 여섯 달쯤 상담을 계속하다 보면 그들의 언어는 세밀화 붓처럼 꼼꼼해져서 비참했던 어느 한 조각도 놓치지 않으려 탐욕스러워진다. 이리저리 기억의 풍경을 덧칠하며 그들은 아직도 하루의 절반쯤은 수용소에 마음을 담고 살아간다. 그렇게 악몽은 오래도록 그들 곁을 떠나지 않는다.

하지만 꽃집 아들 폴의 마음은 그늘진 곳에 오래 머무르지 않았다. 꽃 한 송이 없는 곳. 어쩌면 그것이 그가 표현할 수 있는 가장 비참한 상태였는지도 모른다.

그가 포로수용소에서 탈출을 감행했다는 이야기는 나를 또 한 번 놀라게 했다. 그는 견딜 수 없는 것을 견디는 청년이 아니었다. 매일 아침 꽃 앞에서 웃기 위해 물을 길으며 명랑한 마음을 채워 넣던 18년의 세월이 차곡차곡 쌓여 그에게 힘을 주었으리라. 우리는 언제나 익숙한 쪽에 몸을 맡기게 되어 있다. 감정적 습관은 육체적 습관처럼 근육으로 굳는다. 기어이 바위틈을 가르고 햇빛을 받고야 마는 어린 풀꽃의 힘을 나는 그의 탈출기에서 보았다.

오른쪽 열차와 왼쪽 열차

그가 수용소 담장을 넘어 얼마 가지 않았을 때 감시병의 레이더망에 걸렸다. 그를 향해 발사된 수많은 총알들 중 하나가 그의 오른 손등을 관통했지만 지혈할 새도 없이 그대로 달려야 했다.

"100킬로미터쯤 그렇게 뛰다가 걷다가 했던 것 같소."

그 길고 긴, 영원과도 같았을 여정을 폴이 또다시 이렇게 대수롭지 않은 한마디로 끝내버리는 것을 들었을 때, 나는 조금 미심쩍은 느낌이 들었다. 이 사람은 스스로의 고통을 지나치게 무시하고 있는 것이 아닐까? 심리학 용어로 '억압repression' 기제가 작용했을지도 몰랐다. 우리의 의식은 감당하기 어려운 기억이나 인정하고 싶지 않은 기억은 억지로 무의식의 세계로 끌어내려 다시 떠오르지 않도록 돌로 눌러놓는다. 그래서 깨어 있는 동안에는 감쪽같이 그런 일 따위는 겪지 않은 사람 행세를 할 수 있다.

이러한 방어기제는 성폭행을 당한 어린아이에게서 자주 발견된다. 아직 그 사건이 무엇을 의미하는지, 자신에게 무슨 일이 일어났던 것인지조차 판단하기 어려운 시기에 겪은 일이기 때문에(사춘기가 지나고 나서야 자신이 유년기에 당한 것이 '성폭행'이었다는 사실을 깨닫는 예도 적지 않다.) 아이는 주변 어른들의 반응에 더욱 상처를 입는다. 부모들은 울부짖고 낯선 이들이 질문을 퍼부어댄다. 내가 뭘 잘못한 것일까? 이 난리법석이 언제까지 계속될까? 아이의 의식은 혼란과 충격에 빠지고 아직 이성적 사고능력이 장착되지 못한 어린 뇌에는 '처리불능' 램프에 불이 들어온다. 곤란한 산업 폐기물을 땅에 묻어버리듯이 아이는 혼란에서 벗어나기 위해 그 사건을 망각해버린다.

폴의 경우도 그와 비슷하지 않았을까? 수용소에 징집되기 전 그의 세계는 너무나 단순하고 조용하고 아름다운 곳이었다. 유년기의 기억처럼. 그러다가 순식간에 상상도 못할 폭력에 노출된다. 그것을 어떻게 비판해야 하는지, 어디서부터 분노해야 하는지 도무지 알 수 없었던 폴의 의식이 그

"마흔 살의 여자란 없는 거야."

것을 장난감 사이즈로 축소해버린 것은 아닐까? 하지만 아니었다. 우리의 마음이 하는 일은 그렇게 단순하지 않다. 노련한 영화감독처럼 카메라를 자유자재로 다루며 클로즈업을 하고 아웃포커싱을 한다.

이윽고 새벽 어스름 속에 그의 목적지였던 기차역이 보였다. 그리고 마침 2대의 기차가 막 떠나려는 참이었다. 레일에 나란히 선 채 서로 반대방향을 향한 기차들이었다.

"어쨌든 2대 중 1대에 올라타야 했소. 내 몰골은 누가 봐도 수상하기 짝이 없었지. 포로수용소에서 도망친 사람으로 보일 게 확실했어. 게다가 셔츠와 바지는 피로 흠뻑 젖어 있었지. 날이 더 밝기 전에, 되도록 빨리, 누구의 눈에도 띄지 않게 타야 했는데, 어느 쪽이 독일 국경을 넘는 기차인지 분간할 수가 없었소. 나의 네덜란드 억양이 단번에 드러날 테니 누군가에게 물어볼 수조차 없었지."

피에 젖은 옷을 입은 채 어찌할 줄 모르는 청년을 가운데 두고 2대의 기차는 출발을 알리는 경적소리와 함께 연기를 뿜어 올렸다. 차장들은 요란하게 방울소리를 울려댔다. 1대는 그가 탈출한 수용소가 있는 내륙 쪽으로, 다른 1대는 독일 국경을 넘어 자유의 땅으로 달려갈 것이었다. 폴은 고개를 푹 숙이고 무작정 2대의 기차 사이를 달렸다. 조금 앞으로 나가면 행선지를 표시한 표지판을 발견할 수 있을 거라는 희망을 품고.

"숨을 한 번 쉴 때마다 사방은 무섭게 밝아지기 시작했어. 사람들이 날 부랑자나 짐꾼으로 봐주기만을 기도하며 필사적으로 뛰었지. 그러다가 누

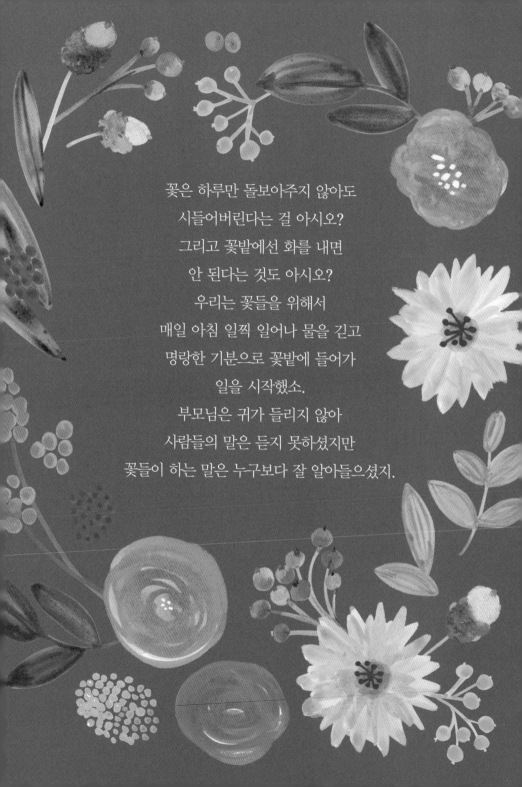

꽃은 하루만 돌보아주지 않아도
시들어버린다는 걸 아시오?
그리고 꽃밭에선 화를 내면
안 된다는 것도 아시오?
우리는 꽃들을 위해서
매일 아침 일찍 일어나 물을 긷고
명랑한 기분으로 꽃밭에 들어가
일을 시작했소.
부모님은 귀가 들리지 않아
사람들의 말은 듣지 못하셨지만
꽃들이 하는 말은 누구보다 잘 알아들으셨지.

군가와 부딪혀 나동그라졌소. 그리고 내 앞에 함께 나동그라진 사람이 독일군이라는 걸 안 순간, 나는 그 모든 것을 놓아버렸소."

아홉 달의 수용소 생활, 부상당한 몸으로 100킬로미터를 달렸던 수난을 수천 피트 상공에서 내려다본 풍경처럼 자그맣게 관조하던 폴의 시선이, 그 30초 남짓했던 순간에 이르자 돌연 무서운 속도로 땅을 향해 낙하하며 점점 확대되기 시작했다. 그리고 들쥐를 낚아채는 매처럼 그 짧은 순간을 움켜쥐었고, 노려보았으며, 마침내 숨통을 끊어놓았다. '숨을 한 번 쉴 때마다' 밝아졌던 빛의 농담을 기억하고 있었으며, 머릿속을 스쳐 지나갔던 상념들, 공포와 체념과 불안의 씨줄과 날줄을 섬세하게 기억해내는 것을 들으며 나는 마음의 놀라운 기억력에 탄복했다.

포로수용소에서 갓 탈출한 네덜란드 청년과 부딪친 독일군 청년의 제복 어깨에는 검은 나치마크가 선명했다.

"수용소에서 우리들끼리 '검은 독거미'라고 부르던 마크였지. 그 군인은 날 힐끗 살펴보더군. 피 묻은 포로복을 입고 있는 남자를. 그리고 독거미와 함께 천천히 일어나 입가에 옅은 웃음을 띤 채 내게 다가왔소. 그 소름 끼치는 여유로움! 수용소 안에서도 종종 목격한 적이 있지. 가장 잔인한 짓을 하기 위해 가장 약한 자에게 다가설 때만 그들은 그렇게 우아해졌소. 역겨움이 날 미치게 했어. 다시 뛰어 달아나야 했지만 나는 그렇게 하지 않았어. 대신 시커먼 위액을 토해내고 말았소. 무너져버리고 싶은 유혹이 너무 강했기 때문이오. 더 이상 견딜 수가 없었어. 포기해버리면 모든 것이 끝날 테니까. 차라리 그의 발아래 짓이겨지고 싶은 거요. 절망 속에서라도 좋으니 이제 그만 웅크리고 쉴 수만 있다면…. 희망을 갖는 것처럼 고된 일은 없어. 의사 양반, 잔인한 희망에 오랫동안 시달리다 보면 사람은 결정적인 순간에 그렇게 된다오."

하지만 그의 휴식은 그렇게 간단히 찾아오지 않았다. 젊은 군인은 그의 곁을 그냥 스쳐 지나갔던 것이다! 앞이 보이지 않는 장님인가? 하지만 스쳐 지나가던 순간, 군인은 손가락을 들어 왼쪽 열차를 조용히 가리켰다. 양쪽의 기차 2대는 이미 선로 위를 미끄러지기 시작했고 폴은 몸을 날려 기차의 짐칸에 매달렸다.

그의 이야기를 들으면서 나는 마음속으로 스스로에게 묻고 있었다.

'너라면 어느 쪽 열차에 매달렸겠는가?'

망설일 수 있었을 뿐, 끝내 답을 할 수 없었다. 하지만 열여덟 살의 폴은 대답 대신 왼쪽 열차의 끄트머리에 매달려 화물 사이에 몸을 숨겼다.

"나무 상자들 틈에서 비로소 잠이 왔소. 나흘 만의 잠이었소. 여전히 열차의 행선지는 알 수가 없었지만 어릴 적 아버지께 배웠던 밤 기도가 떠올랐지. '주여, 당신이 지은 한 인간이 오늘도 안간힘을 다하고 당신의 품안에서 잠드옵니다. 그러니 살든지 죽든지 뜻대로 하소서.' 그리고 정수리부터 증발하듯 잠에 빨려 들어갔어. 어차피 목적지에 도착하면 사람들이 짐을 끌어내릴 테고 그 틈에서 잠든 나를 발견할 테지. 그곳이 독일이라면 멱살을 잡혀 끌려 나간 후 총살을 당할 테고, 만약 네덜란드 국경 도시의 간이

"마흔 살의 여자란 없는 거야."

역이라면 짐꾼이 내 어깨를 치며 꺼지라고 말하겠지. 그러니까 내가 깨어서 할 수 있는 일이 하나도 없었던 거요. '살든지 죽든지 뜻대로 하소서.'"

독일군의 손가락이 가리킨 방향으로 기차는 하루를 꼬박 달렸고 다음 날 새벽, 그의 어깨를 두드린 것은 텁수룩한 수염의 짐꾼이었다.

"어이, 애송이! 여긴 여관이 아니야."

잠을 자고 났더니 새로 태어난 것처럼 가뿐했다. 폴은 몸을 일으켜 걸으려다가 휘청 다리가 꺾였다. 그 모양을 본 짐꾼은 마른 치즈 한 덩이를 던지며 말했다.

"어지간히 굶은 모양이구먼. 일단 이걸 먹고 기운을 차려. 그러고 나서 내가 짐 내리는 걸 도와주면 식당에서 제대로 호밀빵과 커피를 사주지."

네덜란드 억양이 따뜻한 우유처럼 그의 온몸을 적셨다.

🌿 마음시중 들어드립니다

내가 자주 쓰는 '마음시중'이라는 말이 있다. 몸에 병이 났을 때 병시중을 받듯이 마음이 아플 때 마음수발을 받는 것을 의미한다. 병원에서 일하다 보면 입원 환자들에게 보호자가 음식을 한 숟가락씩 떠서 먹여주는 것을 자주 본다. 환자가 팔이 부러지거나 숟가락도 들 힘이 없어서가 아니다. 그저 사랑하는 이가 병든 모습이 안쓰러워서 아기처럼 돌보아주고 싶은 마음에 그렇게 하는 것이다. 그런데 마음의 뼈가 부러지고 피가 흐를 때 돌봄을 받기가 왜 이렇게 힘든 것일까? 누군가 죽을 떠먹이듯이 인내를 갖고 마음시중을 들어주면 금방 나을 병인데….

마음시중의 기본은 말을 받아주는 것이다. 그저 건성으로 "응, 응." 하는 것이 아니라 정성껏 듣고 깊이 공감하면서 "그렇구나." 하면서 한 마디 한 마디를 받아서 내려놓아 주는 것이다. 대안을 제시하려 하거나 "그건 네가 잘못 생각한 거야." 하고 지적해서는 안 된다. 어른이 되어서도 이런 마음수발을 받을 만큼 운이 좋은 사람은 많지 않다. 보통은 어머니들이(우리에게 꼬치꼬치 대안을 제시하려 한다는 점이 문제이긴 하지만) 이 역할을 수행하는 유일한 사람이 된다. 그래서 우리는 어머니에게만은 안심하고 무례하게 굴고 짜증을 부릴 수 있는 것이다.

그나마 부모세대를 잃어버린 노년층은 병원과 법원의 단골손님이 된다. 아주 열악하게나마 마음시중 서비스를 받을 수 있는 곳이기 때문이다. 만약 당신 옆집에 노인 혼자 살고 있다면 정원 울타리에 빨래를 널어놓거나 애완견을 풀어놓지 않는 편이 좋을 것이다. 그는 조그마한 민사재판이라도 기꺼이 연루되길 원한다. 자신의 말 한 마디 한 마디가 증거로서 경청되는 소중한 경험을 놓치려 하지 않기 때문이다.

어릴 때 영국으로 유학 갔던 내 친구 중 한 명이 아르바이트로 '이야기 들어주기'를 한 적이 있다고 했다. 구인광고 신문을 뒤적이던 중에 '이야기 들어주실 분을 구합니다. 하루에 1시간씩, 차와 간식 제공'이라는 광고를 보고는 누가 장난친 게 아닐까 생각했지만 잘 살펴보니 그와 비슷한 광고

"마흔 살의 여자란 없는 거야."

들이 몇 개나 눈에 띄어 깜짝 놀랐다는 것이다. 생각보다 많은 사람들이 돈을 주고서라도 누군가에게 자기 이야기를 하고 싶어 했다. 덕분에 그는 용돈을 벌어가며 공부를 마칠 수 있었지만 이야기를 들어준다는 것이 생각하는 것만큼 수월하지는 않았다고 했다.

"일단 돈을 받고 들어주는 거니까 대충 들을 수가 없잖아. 열심히 맞장구도 치고 감동적인 부분에서는 감격도 하면서 들어줘야 해. 게다가 기억력이 깜박깜박 하는 할아버지, 할머니들은 종종 '내가 어디까지 얘기했지?'라고 물어보시기 때문에 이야기 중간에 딴 생각을 할 수도 없어. 그리고 오늘 들은 얘기는 내일 기억하고 있어야 이야기의 맥이 끊기지 않으니까 기억력도 좋아야 해."

그는 그 아르바이트를 하면서 심리치료사들이나 상담사들을 존경하게 되었다고 했다.

"그게 보통 체력을 요하는 일이 아니더라고. 햄버거 가게에서 3시간씩 서서 감자를 튀기는 거랑은 또 다르게 힘이 들어. 똑같이 말을 듣는 일이지만 친구들이랑 얘기할 때는 공통 관심사에 대해서 이야기하는 거니까 물 흐르듯이 힘들이지 않고 들을 수가 있잖아? 대충 들어도 무슨 소리를 하는지 너도 알고 나도 아는 거야. 그런데 그분들이 하시는 얘기는 우리랑 세대도 한참 다르고 가치관도 다르던 시절의 이야기라서 제대로 알아듣고 흐름을 따라가려면 집중하고, 상상하고, 정리해가면서 들어야 해. 전공수업 듣는 것만큼 힘들더라."

그는 처음엔 그 아르바이트를 만만히 보고 1주일에 세 군데를 돌며 이야기를 들어주었는데 두 달도 못 가서 한 군데로 줄여야 했다. 진이 빠져서 학교생활에 무리가 올 지경이었기 때문이었다.

"앞으로 사람들이 좀 더 외로워지게 되면 '경청 도우미' 같은 직업이 분명 생길 거야. 모르긴 몰라도 미래 최고 소득 전문직이 되지 않을까?"

그 친구의 이야기를 들을 땐 나도 어렸기 때문에 가볍게 웃고 넘겼지만 그로부터 30년이 지난 지금 생각해보면 그 친구의 예언이 빠르게 현실화되어 가는 것 같다. 사람들은 점점 더 외로워지고 노년은 점점 더 길어지고 있다. 그리고 병원의 의료행위도 치료보다 예방과 상담 쪽에 더 많은 비중을 두는 추세다.

나를 찾아오는 환자들도 언제부터인가 주사를 한 대 놓아주는 것보다 이야기를 들어주는 것을 더 기뻐하게 되었다. 의사는 단지 '저는 당신의 몸과 마음의 상태에 관심이 있으며 그 이야기를 끝까지, 느긋하게 들어줄 용의가 있습니다.'라는 메시지를 전달하기만 하면 된다. 나는 보통 청진기를 벗어서 한쪽으로 치우고 검진차트를 뒤집어놓은 뒤 환자 쪽으로 몸을 기울이는 것으로 그 메시지를 전달한다.

"저는 심리상담사가 아닙니다. 환자분 관절염 진료에 도움이 될까 하고 여쭤보는 거니까 그냥 편안하게 말씀해주시면 됩니다. 요즘 어떻게 지내세요?"

환자는 이야기를 시작하고 나는 간간이 한 번씩 고개를 끄덕인다. 꽤 말하기 어려웠을 텐데 용케 말해주었구나 싶은 구절에서는 고개를 두어 번

깊게 끄덕임으로써 감사를 표한다. 마음시중을 들어주는 것이다. 시중드는 데 전문지식이 필요한 것은 아니다. 시중드는 사람이 이래라 저래라 명령할 수 없듯이, 나는 그저 들을 뿐이다. 그들의 이야기를 분석할 재주도 없거니와 해결책을 제시할 능력은 더더욱 없다.

하지만 나는 되도록 환자들의 이야기를 많이 들으려고 노력한다. 그 길만이 내게 삶을 허락해준 행운에 보답하는 길이라고 믿기 때문이다. 그리고 맹세컨대 의료기계는 아직 인간의 상태를 정확하게 진단해줄 정도로 발달하지 않았다. 수많은 오진들은 그래서 생긴다. 결국은 사람이 사람의 이야기를 듣는 것이 치료다. 일단 환자가 들어오면 나는 청진기를 내려놓고 "어떻게 지내세요?"라고 묻는다. 그들이 무슨 이야기를 하건 나는 듣는다. 아무리 엉뚱한 것 같아도 병의 증세와 상관없는 이야기를 하는 환자는 없다. 서두르지 않고 고개를 끄덕이며 가만히 듣고 있으면 환자도 나도 자연스레 무엇이 문제였는지 알게 되는 경우가 많다. 그래서 많은 환자들이 이야기를 하기 위해 나를 찾아오는지도 모르겠다.

비밀의 정원에서 마시는 맥주맛을 아시오?

그레이엄은 나의 오랜 환자였다. 은퇴한 물리 선생님으로, 늘 이성적이고 반듯한 판단을 내리는 노신사였다. 별다른 이상이 없다 하더라도 치과, 내과, 스트레스 클리닉에 정기적으로 들르는 것을 평생의 철칙으로 여기며 살아온 그런 사람. 그와 이야기를 나누면 반듯반듯 네 귀퉁이를 맞춘 서류더미를 마주하는 느낌이었다. 그래서 10년이 넘게 3개월에 한 번씩 그가 나를 찾아오는 날이 오면 나는 차를 한 잔 끓이고 기다리기만 하면 되었다. 교통사고 수준의 사건이 일어나지 않는 이상 그가 진료 약속시간을 어기는 법이 없었기 때문에 차가 식을 염려도 없었다. 보통 내 진료실에 오기 전에 치과에서 스케일링을 받는 것이 그의 고정 스케줄이었다. 그래서 늘 상쾌한 표정으로 흰 치아를 가지런히 드러내며 문을 열었다.

"오랜만입니다, 선생."

그는 겸허한 태도로 조심스럽게 자리에 앉았다. 그레이엄이 흥분하거나 감정에 북받치는 일은 없었다. 수업시간에 하듯이 말을 골라가며(적당한 단어가 떠오르지 않을 때 노인들이 흔히 하듯 "아, 그거 있잖소, 그거." 하며 얼버무리는 대신 침착하게 머릿속의 사전을 펼쳐가며) 일목요연하게 지난 석 달 동안의 이야기들을 들려주었다. 그는 세상에 반듯한 선을 하나 긋기 위해 태어난 사람 같았다. 우리는 차를 마시면서 일상적인 이야기를 나누고, 서로의 안부를 묻고, 오히려 그가 내 이야기를 들어주는 경우도 있었다. 정해진 시간인 30분이 지나면 그는 의자방석에 진동 알람을 맞춰 놓은 것처럼 사뿐히 떨치고 일어났다.

"어떻습니까? 이 늙은이한테 무슨 문제라도 발견되었나요?"

그때 웃으며 고개를 가로젓는 것이 내가 그를 위해 베푸는 유일한 의료행위였다.

그는 그 개의 이름도 알지 못했다. 세 집 건너 이웃에 사는 개라는 것 외엔 아는 것이 없었다. 그 개의 주인 부부는 차이나타운에서 레스토랑을 경영하고 있었기 때문에 늘 새벽같이 픽업트럭을 타고 나갔다가 밤늦게야 돌아왔다. 그레이엄은 보통 오전시간은 2층에 있는 그의 서재에서 책을 읽거나 신문을 스크랩하며 보내고 점심을 먹은 후에는 현관 앞 작은 마당에 기다란 의자를 내놓고 그 위에 앉아 햇빛을 쬐곤 했다. 그러던 어느 날 오후에 그 뚱뚱한 비글이 그의 앞마당에 걸어 들어왔던 게 모든 것의 시작이었다.

"개가 주인 없이 혼자 돌아다니는 것은 이 나라에서 흔치 않은 일이라(사실 불법이다.) 난 깜짝 놀랐어요. 그런데 내 마당에 들어와서 그 녀석이 살찐 엉덩이를 흔들며 어슬렁거리는 폼이나 표정이 어찌나 천연덕스러운지 웃음이 다 나오더군요. 주말에 주인이 산책시키는 것을 몇 번이나 보았던 낯익은 개라 안심이 되는 것도 있었고요. 개가 낮 동안에 집 안에서 자유롭게 돌아다니도록 목줄을 채우지 않았던 게지요. 그런데 그 영리한 놈이 현관문 여는 법을 어떻게 알아낸 게 틀림없어요. 개를 데리고 그 집에 가보았댔자 아무도 없다는 걸 알기 때문에 나는 녀석이 하는 양을 지켜보기로 했지요."

개는 마치 제 집인 양 그레이엄의 앞마당을 천천히 돌며 풀이며 꽃들을 킁킁거리고, 장식용으로 세워 둔 정원석 모퉁이에 한쪽 다리를 척 들고 오줌을 누어 영역표시를 했다. 혼자 지내는 외로움에 익숙해진 듯, 개는 의자에 누워 있는 늙은 남자에겐 그다지 관심을 보이지 않았다.

무료해진 그레이엄이 냉장고에서 캔맥주 하나를 꺼내 들고 다시 의자에 눕자 그제야 개는 그에게 어슬렁거리며 다가와서 아는 척을 했다.

"또 웃음이 터져 나오더군요. 너털웃음을 웃어본 게 얼마 만이던지…. '한 모금 할래?' 하고 물었더니 꼬리를 흔드는 거예요!"

그레이엄은 주방에서 넓적한 그릇을 하나 갖고 나와 캔맥주를 조금 부어 주었다. 비글은 게눈 감추듯 맥주를 핥아먹고는 '어이, 한 잔 더!' 하는 표정으로 그레이엄을 올려다보았다. 그는 이번에는 아예 캔맥주의 반을 그릇이 넘치도록 부어주었고 꿀꺽꿀꺽 홀짝홀짝 남자와 개는 천년지기처럼 맥주 한 캔을 신나게 해치웠다.

"낮에 사내 둘이 맥주를 마시고 나서 할 일이 뭐 따로 있나요. 녀석과 나는 그늘에 늘어져서 잠을 청했습니다."

다음 날도, 그다음 날도 오후 2시만 되면 개는 그레이엄을 찾아왔다. 배불뚝이 개의 술실력은 보통이 아니어서 다음 날은 2캔, 그다음 날은 3캔을 나눠 마시고도 흡족해하지 않았다. 주인이 식당 문을 닫는 화요일만 빼고 개는 그레이엄의 마당에 매일 방문했다. 그래서 그도 매주 목요일로 정해져 있던 쇼핑 스케줄을 화요일로 바꿨다. 친구가 오지 않는 날 오후시간을 이용해서 1주일치 채소와 반찬, 빵, 그리고 평소의 3배의 캔맥주를 사다가 비축해놓기 위해서였다. 당연히 쓰레기 수거장에 내어놓는 맥주캔의 수도 2~3배로 늘어났다. 쓰레기 수거장에서 간간히 마주치곤 하는 이웃집 여자가 "그레이엄 선생님, 요즘 주량이 부쩍 느셨네요. 맥주를 그렇게 드시면 배가 나온답니다, 호호…." 하고 말을 걸어와 곤란할 정도였다. 언젠가 그레이엄이 슈퍼마켓에서 장을 보다가 개사료 코너에서 꽤 맛있어

"마흔 살의 여자란 없는 거야."

보이는 신제품이 있어 사온 적이 있다고 했다.

"애완견용 그릇도 샀죠. 빨간색에 예쁜 걸로요. 내 딴에는 마음을 쓴 거였어요. 그때까진 슈퍼마켓에 개 전용 코너가 있는 줄도 몰랐으니까요."

하지만 다음 날 비글은 특별히 준비한 그릇에 담긴 비싼 사료를 거들떠보지도 않았다. '이봐, 이제 와서 날 개 취급하겠다는 거야?'라는 표정이 역력했다고 그레이엄은 회상했다.

"농담이 아니에요. 모욕당한 듯한 표정이 스치기에 얼른 빨간 개밥그릇을 치우고 예전에 마시던 사기그릇에 차가워진 맥주를 대접했어요. 왠지 미안하더군요. 그날 녀석은 어지간히 상처를 받았던지 혼자서 3캔이나 해치웠어요."

그 비밀스런 '오후의 맥주타임'은 3년 넘게 이어졌다.

"아무도 모르는 일이었지요. 슈퍼마켓이나 신문 가판대에서 그 개의 주인 부부를 만나는 일도 있었지만 그저 가벼운 인사를 나눌 뿐이었어요. 뭐 꼭 숨기려고 했다기보다는 굳이 말할 필요를 못 느꼈으니까요. 개에게도 사생활이라는 게 있지 않겠습니까? 그리고 3년 넘게 이름도 모르는 이웃집 개와 맥주를 나눠 마시고 나란히 서서 오줌을 누고 낮잠을 자면서 오후시간을 보냈다는 사실을 누가 믿겠습니까? 그것은 그 개와 나만 아는 비밀의 정원 같은 시간이었어요."

나는 그때 내 고양이를 생각했다. 그 고양이도 엄밀히 말하면 '내 소유의 고양이'는 아니었다. 열 살 무렵, 우리가 살던 집은 작은 뒷마당 하나를 옆집과 공유하게 되어 있는 구조였다. 들장미와 잡초들이 우거져 있던 그 작은 공터를 향해서 내 방 창문이 나 있었다. 그 커다란 수고양이는 늦은 밤이면 그 마당을 가로질러 내 방 창문 앞에 서 있곤 했다. 나는 침대에 누워 책을 읽고 있다가 고양이가 보이면 들창을 조금 들어 올려주었다.

고양이와 내가 딱히 뭘 한 기억은 없다. 우리는 그저 함께 있었다. 나는 고양이가 원할 때 언제라도 돌아갈 수 있도록 창문을 열어놓은 채 침대에 옆으로 누워 읽던 책을 계속 읽었고 고양이는 내 등에 자신의 등을 맞대고 누워 가만히 갸릉갸릉 했다. 고양이가 숨을 내쉴 때마다 그 다정한 진동이 내 야윈 등으로 전해져왔다. 갸릉갸릉⋯. 그것은 엄마의 자장가 소리처럼 내 마음을 간지럽혔다. 고양이와 등을 붙이고 있으면 난 금세 마음이 편안해져 잠이 들었고 고양이는 내가 모르는 새 조용히 돌아갔다.

지금 같으면 분명 고양이를 위해서 무언가를 준비했을 것이다. 참치캔이나 멸치, 하다못해 우유 같은 것이라도. 하지만 철없고 둔감한 사내아이였던 나는 고등학교를 졸업할 때까지 7년 가까이 신세를 진 그 고양이에게 뭔가 대접할 생각을 미처 못한 채 고등학교를 졸업했고, 히피가 되어 떠돌기 위해 그 집을 떠났다. 그레이엄처럼 맥주를 함께 마실 순 없었겠지만 우유 정도는 충분히 나눌 만한 사이였는데⋯.

하지만 고양이는 나보다 훨씬 속이 깊었다. 인간의 나이로 치면 그때 벌써 30대였을 테니 그때의 내겐 삼촌뻘이었던 셈이다. 그 속 깊은 고양이는 옆집의 외톨이 소년이 안쓰러웠는지도 모른다. 사춘기에 들어선 형들은 이제 막 시작된 '남자들의 세계'에서 모험을 하느라 너무 바빴다. 어머

"마흔 살의 여자란 없는 거야."

니와 아버지는 얌전하고 속 썩이지 않는 막내아들을 천만다행으로 여기며 눈코 뜰 새 없이 지내셨다.

"그런데, 그 개가…. 지난주에…. 죽었어요."

그레이엄은 그 한 문장을 소리 내어 말하기가 몹시 힘겨운 듯 숨을 헐떡여가며 간신히 말했다. 그런데, 나의, 그 고양이는, 언제, 죽었을까? 마음속으로 물어보며 나는 깊숙이 고개를 끄덕였다. 그 개가, 죽은 것이다.

"이틀 연속 날 찾아오지 않더군요. 술친구가 없으니 한낮에 맥주를 마시는 일이 너무나 부질없는 짓처럼 느껴졌어요. 물론 혼자서 마셔봤지만 무슨 맛이 있었겠습니까? 그 친구가 날 찾아오지 않은 지 3일째 되던 날, 더 이상 참을 수가 없어서 낮에 그의 집으로 가봤어요. 혹시 줄에 묶여 있거나 하면 입이 닿는 곳에 놓아줄 양으로 차가운 맥주와 늘 마시던 그릇을 챙겨서요. 담이 낮아서 안이 훤히 들여다보이는 집이었지요. 집 마당을 살펴보는데 구석의 나무 옆에 조그만 십자가가 눈에 띄더군요. '프라이데이, 여기 잠들다.'라는 푯말과 함께요. 그 친구 이름이, 프라이데이였어요."

그레이엄은 낮은 담을 타고 넘어가 오랜 술친구의 무덤 앞에 그릇을 놓고 캔맥주를 가득 따른 뒤, 나머지 절반을 그 곁에 주저앉아 마셨다. 눈물은 나지 않았다고 했다. 그냥 가슴에 옅은 멍 자국이 난 것처럼 욱신욱신했을 뿐이었다고 했다. 그리고 돌아와 여느 때와 똑같이 아침에 일찍 일어나고, 책을 읽고, 집을 청소하고, 운동을 하고, 치과와 내과와 스트레스 클리닉에 들르는 생활을 했다. 아무도 모르는, 오직 그만 아는 '오후 2시의 술꾼' 프라이데이는 그렇게 감쪽같이 사라져버렸다.

그런데 바로 그게 문제였다. 그는 그의 슬픔을 누구와도 나눌 수 없었던 것이다. 가슴에 욱신거리는 멍 자국은 시간이 갈수록 옅어지기는커녕 점점 깊어져 최근에는 피해망상까지 생기게 되었다.

"결혼해서 살고 있는 아들 내외가 가끔 찾아옵니다. 2주에 한 번씩 같은 학교에서 가르쳤던 교사 친구들과 저녁식사 모임도 갖고요. 하지만 대체 누구에게, 뭐라고 하소연할 수 있겠습니까? 이름도 모르던 이웃집 개가 죽은 것 때문에 요즘 제정신이 아니고 견딜 수가 없다고? 그 개랑 지난 3년간 나눠마셨던 캔맥주가 1,000개도 넘는다고? 공연히 이야기해봤자 비웃음만 사겠지요. '지금 농담하고 있는 거야? 은퇴하고 한가해지더니 정신이 조금 이상해졌나보군. 빈민가에 있는 학교에서 자원봉사라도 시작하는 게 어떻겠나?'라고 충고할 겁니다. 아들 녀석은 재혼 이야기를 다시 꺼내겠지요."

그레이엄은 머리를 세차게 흔들었다.

"틀려요, 틀려. 그런 게 아니라구요!"

그는 보통 사랑하는 이를 잃은 사람들이 겪게 되는 5가지 슬픔의 단계stage of grief 중 처음의 4단계를 착실히 보여주었다. 부정denial, 분노anger, 협상gargaining, 우울depression. 그는 아직 우울의 단계에 머물러 있었다. 마지막 단계인 받아들임acceptance으로 가기까지는 시간이 조금 더 필요한 듯했다. 서구 사회의 문화적 성향상 우리는 자신의 슬픔을 요란스럽게 표출하거나 나누기가 힘이 든다. 모든 것을 '스스로, 알아서' 처리하는 것

"마흔 살의 여자란 없는 거야."

이 성숙한 인간의 조건이기 때문이다. 고등학교만 졸업하면 능력이 있건 없건 조그만 가방 하나를 꾸려서 부모의 집을 나서야 하는 문화인 것이다.

그 마음 내가 알지, 아이고 아이고...

언젠가 나를 찾아왔던 아프리카 잠비아 출신의 한 이민자가 떠올랐다. 그녀는 한눈에 보기에도 굉장히 살이 쪄 있었다.

"안녕하세요, 부인. 어떻게 지내세요?"

나는 늘 하던 대로 그녀 쪽으로 상체를 숙이며 말을 건넸다. 그러자 토막난 영어가 쏟아져 나왔다.

"딱 한 번만 올 거예요. 병원에, 알았죠? 병원, 비싸니까. 한 번. 나, 참았다가, 딱 한 번 온 거라고요. 그러니까, 당신, 오늘 하는 내 말, 똑바로 들어야 해요, 내일 오고, 모레 다시 오는 거, 나는 안 해요."

그녀는 검지를 치켜세운 채 둥그런 눈을 부릅뜨고 내게 거듭 강조했다. 추측하건대 보통 병원치료가 한 번에 끝나지 않고 몇 번씩 방문해야 하는 점이 늘 불만이었던 듯했다. 물론 방문할 때마다 진료비를 물어야 하는 점이 더더욱 마음에 들지 않았으리라. 하지만 증세가 호전될 때까지 환자의 경과를 보아야 하는 것은 현대의학에서 당연한 일이었기 때문에 나는 어찌 대답해야 좋을지 몰라 어정쩡하게 웃을 수밖에 없었다. 우선 어떤 증세인지 알아야 할 것 같았다.

"잠이 안 와요. 가슴이, 답답해서."

그녀는 검은 망치 같은 주먹으로 가슴 한복판을 꽝꽝 쳤다. 스트레스성 질환의 가장 대표적인 증상이다. 요즘 나를 찾아오는 환자들의 절반 이상이 불면증과 호흡곤란, 가슴 통증을 이야기한다. 나는 고개를 끄덕였다.

"잠비아에 살 때, 잠 잘 잤어요. 매일매일. 호주 시드니, 잠이 안 와요. 10년 됐어요. 약 먹었는데, 잠 안와요."

이민자들의 스트레스는 생각보다 심각하다. 더군다나 그녀처럼 생활리듬이 느슨한 곳에서 나고 자란 사람이 갑자기 백인 중심의 대도시에 뛰어들어 일을 하다 보면 생전 처음 겪는 일들과 무수히 마주치게 된다. 가치관도 판이하게 달라서 깜짝 놀라는 경우가 한두 번이 아니다. 예를 들어, 간밤에 아주 흉한 꿈을 꾸면 아프리카인들은 일을 하러 가지 않는 것이 상식이다. 눈병에 걸린 사람이 출근하면 안 되는 것과 같다. 그대로 일터로 나갔다가는 함께 일하는 사람들에게도 병균 같은 나쁜 액운을 퍼트리기 때문이다. 아니면 최소한 그 꿈을 씻어낼 수 있는 의식을 치르고서야 문밖을 나설 수 있기 때문에 출근시간이 많이 늦어진다. 하지만 서양인 고용주가 그 사실을 이해할 턱이 없다. 흔히 불같이 화를 내며 수당에서 그날 치 임금을 삭감해버린다.

그들은 놀라고 절망해서 어찌할 줄 모르지만 그 감정을 함께 공감하고 나눌 이가 없기 때문에 마음의 병이 된다. 환기를 시킬 창문에 없는 방 안의 공기가 점점 탁해지는 것과 마찬가지다. 그녀는 대형 슈퍼마켓에서 창고를 정리하는 일을 하고 있었다. 그래서 새벽에 출근해야 하는 날이 많았는데 잠을 잘 수가 없으니 힘이 들었던 것이다.

그녀는 떠나온 마을 공동체를 마음 깊숙이 그리워하고 있었다. 그곳에서

"마흔 살의 여자란 없는 거야."

라면 가슴이 답답한 병쯤은 단번에 고칠 수 있었다. 번거롭게 병원까지 몇 번씩 오가지 않고도, 비싼 돈을 지불하지 않고도. 그것은 '의식'을 통해서 였다. 마을에서 누군가가 죽거나, 다치거나, 슬픈 일을 당하면 마을 사람들 전체가 그 소식을 공유하고 그 사람의 집에 모인다. 손에 손에 위로거리가 될 만한 것들을 들고. 불을 피울 장작이나 음악을 연주할 북, 술, 간단한 음식들이 대부분이다. 그리고 다 함께 마당에 불을 피워놓고 밤새 통곡하고, 울부짖고, 입을 모아 노래를 부른다.

슬픈 일을 당한 사람은 그때 어떤 행동을 해도 보호받고 이해받는다. 땅 바닥을 구르며 아우성을 칠 수도 있고 벽지를 죄다 뜯어내며 미친 사람처럼 날뛰어도 누구 하나 '진정하라.'고 팔을 붙잡지 않는다. 오히려 그가 머쓱해지지 않도록, 외롭지 않도록, 다함께 수위를 높여 더 크게 울부짖어준다. '오죽하면 저럴까! 그러게, 저 마음을 내가 알지. 아이고, 아이고.' 말하자면 마음 다친 이의 응석을 받아주는 것이다. 가슴에 맺힌 응어리가 다 풀어질 때까지 몇 날 며칠이고 의식은 계속되고 모두가 탈진할 때 즈음 슬픔은 한결 옅어져 있다. 그리고 공동체의 모두가 그 사람이 당한 일을 알고 있으므로 한동안 특별히 마음을 써주고 그 사람은 여러 면에서 배려를 받게 된다.

그런데 이곳에선 그걸 못하니 살 수가 없었다. 아무런 예고 없이 슈퍼마켓에서 해고를 당하던 날에도, 지하철에서 백인 꼬맹이가 그녀의 옷에 침을 뱉고 달아나던 날에도 그녀는 혼자였다. '그런 못된 것들이 다 있나!

도시인의 삶이란 인도양에 뜬 섬과 같다.
또 다른 섬에 사는 누군가와 접촉을 한 번 하려면
큰맘을 먹어야 한다.
시간을 들여 번거롭게 준비해야 할 것들이 많고,
또 한 번 만나자고 말을 꺼낼 용기가 필요하다.

그걸 알기 때문에 '귀찮아서'
우리는 그냥 혼자 술병을 들고 방문을 잠근다.
귀에 이어폰을 꽂고 음악을 켠다.
다함께 아우성을 치며 땅바닥을 굴러야 할 때.

그 마음 내가 알지, 아이고, 아이고.' 하며 함께 울부짖어줄 이가 없었다. 그래서 그녀는 슈퍼마켓 창고 구석에 숨어 유통기한이 지난 빵과 햄을 우걱우걱 씹어 먹었다. 위가 팽창하고, 그마저 꽉 차서 숨 쉬기가 힘들어질 때까지 먹고 나면 조금 덜 외로웠기 때문이다. 아니, 외로움을 느끼기보다는 뚱뚱한 몸을 걱정하는 편이 덜 비참했기 때문이다.

"호주, 끔찍한 나라예요. 일해서 돈 많이 받아도, 잠 안 와요."

말 한 마디 한 마디에 내가 고개를 끄덕여주자(그게 내 일이다.) 그녀는 놀라워했다. 그리고 기쁨에 겨워 온몸으로 이야기를 풀어냈다. 긴 이민생활 중 처음 경험하는 '경청'과 '존중'이었으리라. 나는 가슴께가 울컥했다. 할 수만 있다면 잠비아의 이웃들처럼 그녀를 위해 '아이고, 아이고.' 하며 진찰실 바닥을 함께 뒹굴어주고 싶었다. 그러면 깨끗이 나을 병이었다.

도시인의 삶이란 인도양에 뜬 섬과 같다. 또 다른 섬에 사는 누군가와 (오프라인으로) 접촉을 한 번 하려면 큰맘을 먹어야 한다. 시간을 들여 번거롭게 준비해야 할 것들이 많고, 또 한 번 만나자고 말을 꺼낼 용기가 필요하다. 그걸 알기 때문에 '귀찮아서' 우리는 그냥 혼자 술병을 들고 방문을 잠근다. 귀에 이어폰을 꽂고 음악을 켠다. 다함께 아우성을 치며 땅바닥을 굴러야 할 때.

나는 지금 그레이엄에게 필요한 것이 바로 이런 질펀한 나눔이 아닐까 생각했다. 사람들이 모여줄 수 있다면 좋을 텐데. 저마다 비밀스런 술친구를 잃어버린 경험을 가진 이들이 모여 하룻밤 떠들 수만 있다면. 지금은 세상에 없는 서로의 친구 이야기를 나누며 그 고통을 알아주지 않는 '비정한 가족들'을 앞다투어 헐뜯을 수 있다면, 창고에 쌓인 수천 개의 맥주캔을 보여줄 수 있다면 마음속의 응어리가 쑥 내려갈 텐데. 그런 시스템이 없는 사회에 살고 있는 우리들이 더할 나위 없이 가엾게 느껴졌다.

나눌 이 없는 고독이 깊어져 병원에 찾아올 지경이 되어서야 비로소 그들은 '들어줄 사람'을 만나게 된다. 그것도 예약을 하고 돈을 지불하고 나서.

"마흔 살의 여자란 없는 거야."

관록의 신데렐라
새언니가 말하길

화창한 어느 여름의 일요일 아침, 선데이 마켓이 열리는 곳에 그녀가 있었다. 신데렐라 복장을 하고. 아니, 나중에 그녀로부터 설명들은 바에 따르면 그건 '신데렐라의 새언니' 복장이었다고 한다.

"나 신데렐라 별로 안 좋아해. 제 힘으로 할 줄 아는 게 하나도 없잖아. 누가 안 도와주면 평생 마룻바닥이나 닦고 지냈을 타입 아냐? 새언니들 쪽이 훨씬 섹시하지. 솔직하고, 야망 있고, 질투할 줄도 알고. 유리구두가 좀 작아도 있는 힘껏 밀어 넣어 신고야 마는, 진짜 여자."

아무튼 그 신데렐라의 새언니는 일요 시장에서 쿠키를 구워 팔고 있었다. 패치 코트를 입어 풍선처럼 부푼 드레스에, 한껏 틀어올린 머리, 한 손에 부채까지 들고 한 봉지에 4달러짜리 버터쿠키를 굽고 있는 모습은 묘하게 사람을 끌어당기는 매력이 있었다.

클루디 아줌마처럼 섹시한 여자는 아무 데도 없다. 어찌나 섹시한지 남자들은 말할 것도 없고 아이들도, 강아지들도, 심지어 나처럼 어리바리한 여자들까지 그녀의 매력에 사로잡혀 놓여나질 못할 정도다. 섹시함이란 종합예술이라는 걸 나는 그녀를 통해 배웠다.

그녀가 내게 전수해준, '여자가 몇 살이 되건 투명인간이 되지 않고 남자들이 두 번 바라보게 만드는 법'을 간략히 요약해보자면 다음과 같다. 첫 인상부터 상대방을 휘어잡기 위해서는 풍만한 몸집으로 일단 시각적인 볼륨을 줘야 한다. 그리고 스스로를 치장하되, 남 눈치 보지 않고 가고 싶은 데까지 가는 것이 중요하다. 목걸이를 했는데 귀걸이까지 큰 걸 달면 촌스러워 보이려나? 루비 반지 옆에 큐빅 반지까지 끼면 집에 있는 반지 다 끼고 나온 것처럼 보이려나? 핑크 블라우스에 보라색 스커트를 입으면 정신 나간 도라지꽃처럼 보이려나? 하는 것들은 다 쓸데없는 자기 참견일 뿐이다. 내 마음에 흡족할 때까지 주렁주렁 달고 칠하고 반짝이를 뿌려야 당신은 단장이 끝난 것이다.

몸 단장이 끝났으면 밖으로 나가야 한다. 보여주지 않으면 의미가 없으니까. 다 자기만족 아니냐고? 여자는 그렇게 이기적인 존재가 아니다. 좋은 건 갖고 나가 나누어야지. 걸음을 걸을 땐 금붕어가 꼬리로 헤엄치듯이 유유하게, 리듬을 타고 한 발짝씩, 걷는다기보다는 흔든다는 느낌으로. 그렇게 걷다가 누군가와 눈이 마주치면 아주 활짝 웃어줄 것.

"자신감, 결국은 다 자신감의 문제니까."

그녀는 시범을 보이듯 활짝 웃으며 말했다.

"먼저 웃고 먼저 인사를 건넨다는 건 자신 있다는 뜻이야. '지금 네 기분이 어떻건, 네가 날 어떻게 생각하건, 난 지금 걱정 없이 유쾌하고 인생이 만족스럽다.'는 뜻이거든."

"나도 어릴 땐 별 볼일 없었어. 꾸준히 노력해서 이제야 겨우 좀 볼 만해진 거지. 여자가 충분히 섹시하려면 시간이 필요해."라고 그녀가 말했을 때 모두가 진심으로 고개를 끄덕일 수밖에 없었다. 만약 다른 중년의 여인이 그런 말을 했다면 속으로 꽤나 비웃었을 것이다. 그런데 나는 슬며시 스스로가 걱정되기 시작했다.

"조금 일찍 가르쳐주지 그랬어요. 난 이미 마흔도 넘었는데 어느 세월에 경력을 쌓아서 섹시해진다는 거예요?"

"마흔 살의 여자란 없어. 20년 경력의 스무 살 여자가 있을 뿐이지!"

그녀가 그렇게 말했을 때 난 그녀의 목에 매달릴 뻔했다. 바로 그거예요. 내 말이 그 말이라고요. 내가 어딜 봐서 마흔 살로 보인다는 건지…. 20년 경력의 스무 살 여자, 사람들이 왜 그걸 못 알아보는지 몰라!

"그러게 말이야. 넌 딱 봐도 베테랑 스무 살짜린데."

20년 넘게 갈고 닦아서 칠이 좀 벗겨지고 닳은 모퉁이가 있어서 그렇지, 여자는 스무 살의 거울 앞에서 한 발짝도 움직이지 못하는 존재가 맞는 것 같다.

스무 살인 채 나이 먹어줘서 땡큐.

"너, 괜찮은 게
아니야."

건강은 전염되지 않지만 병은 전염된다.
인간은 그다지 강한 존재가 아니다.
그래서 어쩔 수 없이 의사도 생겼다.
자기도 병에 걸리고, 옮고, 옮기는 주제에.

미국이나 영국, 캐나나, 호주 등지에는 유독 아시아계 의사들이 많다. 어느 병원을 가든지 중국계, 한국계, 일본계 의사들은 쉽게 눈에 띈다. 물론 모국에서부터 의사로 활동하다가 국외 의사 자격증을 취득해서 온 사람들도 드물게 있지만 그들 중 대부분은 이민 2, 3세대들이다. 공부 잘하기로 유명한 아시아계 학생들이 초등학교 때부터 최고 성적군을 형성하고 그 상당수가 법대, 의대로 진학하기 때문인데(그래서 서구권 명문학교에서는 'A학점은 Asian이란 뜻이고, C학점은 Can not be Asian이라는 뜻'라는 농담이 떠다닐 정도라고 한다.) 그들의 뒤에는 일명 '타이거 맘Tiger Mom'으로 불리는 아시아계 엄마들이 버티고 있다. 이민 1, 2세대인 타이거 맘들은 주로 식당 일이나 청소 등 고된 노동도 마다하지 않으며 자녀를 가장 비싼 사립학교에 보낸다. 그녀들에게 있어서 자녀의 성적표는 곧 자기 인생의 성적표를 의미하기 때문에 보통 서양 엄마들과는 본질적으로 태도가 다르다.

시드니에서 유행하던 독감에 걸렸을 때 나를 진료해주었던 의사도 동양계 호주인이었다. 내 친구의 소개로 찾아갔던 의사였는데, '컴퓨터 스크린에서 눈을 떼고 환자의 안색을 살피는, 시드니에 몇 안 되는 의사'라고 했다. 닥터 루이. 홍콩 이민 3세로 호주에서 나고 자란 사람이지만 단정하게 가르마를 타서 빗어 넘긴 머리, 안경을 쓰고 셔츠의 맨 윗단추까지 고지식하게 잠근 모습이 우리나라 동네병원 의사 같아서 나는 왠지 마음이 놓였다. 아침마다 '공부 열심히 하라.'고 당부하며 아들의 옷매무새를 꼭꼭 다듬어주었을, 이웃집 아주머니 같은 그 어머니의 모습도 함께 떠오르는 것 같았다.

"안녕하세요? 어떻게 도와드릴까요?"

그가 완벽한 치아를 드러내며 활짝 웃었다. 그리고 바퀴 달린 의자를 끌어당겨 내 쪽으로 다가와 앉았다.

"어제 오후부터 목이 아프고, 열이 나고, 아직 콧물은 나오지 않지만 가끔씩 숨쉬기가 힘이 들어요."

그는 내가 한 마디 할 때마다 무언가를 해주었다. '아, 그렇군요!' 하며 안쓰러움 가득한 얼굴로 고개를 끄덕여주었고, '이런 이런….' 하며 부은 목에 손가락을 살짝 갖다 대주었고, '열도 있단 말이죠.' 하며 이마를 짚어주었기 때문에 나는 그에게 무언가를 더 이야기하고 싶어 안달이 났다. 호소할 증상이 별로 없는 게 아쉬울 지경이었다.

"너, 괜찮은 게 아니야."

우리는 그 삶의 무늬를 '운명'이라고 부른다

그는 GP(일반의)였다. 서양의 의료 시스템은 증상을 불문하고 모든 종류의 환자들이 일단 GP를 거치게 되어 있다. 말하자면 진료의 1차 관문 같은 것인데, 응급환자를 제외하고는 일반의와 상담을 거쳐 그의 판단에 따라(GP가 작성한 진단서와 소견서를 가지고) 필요한 전문의를 찾아가게끔 되어 있는 것이다. 그래서 GP들은 특히 판단력이 뛰어나야 한다. 사람들이 병원을 찾는 이유는 시리얼의 종류만큼이나 다양하기 때문이다.

게다가 환자들은 자신의 증상을 종종 오해한다. 머리가 깨질듯이 아프다며 내과처방을 내려달라고 하는 환자를 진단해보면 어깨를 움츠리고 목을 쭉 내미는 '거북목 증후군'이 문제인 경우가 많다. 호흡곤란을 겪는 환자들도 보통 심혈관계 질환일 거라 지레짐작하지만 정밀검사와 상담을 거친 뒤 불안조절 클리닉을 처방받는 경우가 흔하다. 무작정 환자의 요구대로 처방전을 써주기보다는 대화를 통해서 환자의 식습관, 스트레스 강도, 평소 생활패턴 등을 파악하고 과거의 병력 등을 종합적으로 고려해서 판단을 내려야 하는 것이다. 그래서 경험 많은 선배 GP들 중에는 점쟁이 뺨치는 사람들이 많다고 그는 말했다.

"아픈 사람들만 GP를 찾는 게 아니거든요. 충격을 받은 사람, 폭행을 당한 사람, 외로운 사람, 화가 나서 참을 수 없는 사람, 꾀병을 부리는 사람뿐만 아니라 거짓말쟁이들도 병원의 단골손님이지요. 특히 마약중독자들은 그 거짓말의 수준이 거의 예술의 경지예요. 아카데미 심사위원들이 봤다면 두말없이 그들에게 남우주연상, 여우주연상을 안겨줬을 겁니다. 지독한 고통을 연기함으로써 진통제로 쓰이는 마약을 구걸하는 거죠."

마약중독뿐만 아니다. 우울이나 분노도 중독성이 아주 강한 감정이다. 주위를 보면 금방 알 수 있다. 화를 잘 내는 사람은 늘 화를 낸다. 우울한 사람은 어떻게든 우울할 구실을 찾아 방에 틀어박힌다. 맛있다고 우리가 어디 단맛에만 중독이 되던가? 매운맛, 떫은맛에 중독된 사람들도 부지기수다.

화를 내고, 분노를 표출할 때 뇌에서는 아드레날린이 뿜어져 나온다. 그것은 기쁨과는 또 다른 쾌감중추를 건드린다. 붓고 흔들리는 이빨을 혀로 자꾸만 건드렸던 기억이 없는가? 고통조차 중독되는 것이다.

"그래서 나는 우울증이라는 말을 그다지 신뢰하지 않아요."

닥터 루이는 말했다. 우울증이라는 말이 종종 우울한 상태에서 벗어나오기 귀찮은 사람들의 변명거리로 사용되는 것을 보았기 때문이다. 무력감이나 자괴감, 비관에 빠져 있는 것은 편안하다. 홈리스들에게 집과 일터를 제공해줘도 번번이 길 위로 돌아가는 것과 비슷한 심리다. 더 이상 잃을 것이 없다는 자유로움, 그리고 권태가 주는 평화. 행복이나 즐거움은 위태롭다. 달콤한 순간은 조만간 곧 끝날 것이고 작은 사건으로도 깨져버릴 것을 알기 때문에 행복에 목숨 거는 사람들은 늘 조마조마하다. 그리고 행복한 상태를 유지하기 위해서, 최소한 더 자주 맛보기 위해서는 엄청난 에너지를 쏟아야 한다. 하지만 불행이나 우울 같은 감정은 '이변이 없는 한' 우리를 떠나지 않는다. 그래서 한 번 길을 들여놓으면 안정적인 생활을 누릴 수 있다.

"너, 괜찮은 게 아니야."

어쩌다 한 번 우발적으로 저지른 행위가 반복되면 습관이 되고 습관은 행동의 패턴을 형성한다. 그리고 한 번 만들어진 패턴은 끝없이 반복된다. 우리는 그 삶의 무늬를 '운명'이라고 부른다.

환자의 증상을 묻고 주의 깊게 그들의 이야기를 듣는 의사들은 아직도 많이 있다. 하지만 닥터 루이가 들어주는 방식은 감명 깊었다. 무엇이 그를 그토록 환자 쪽으로 바싹 다가앉게 만들었을까? 무엇이 '병' 대신 '사람'과 먼저 인사 나누고 대화하는 법을 가르쳐줬을까? 그는 그의 인생을 바꿔놓았던 경험을 이야기해주었다.

 엄마를 기다리던 아이는 앰뷸런스에 실려 가고

내가 좋아하는 중국 작가인 샤오 춘 레이가 눈에 관해 이렇게 쓴 적이 있다. '우리의 눈은 인생에서 가장 중요한 3가지를 제외한 모든 것을 본다. 그 3가지란 자신의 얼굴, 타인의 마음, 그리고 진리이다.'
이 말은 의사라는 직업에도 고스란히 적용될 듯하다. '의사는 인생에서 가장 중요한 3가지를 제외한 모든 병을 돌본다. 자기 자신의 병, 가족의 병, 그리고 외로움.'
홍콩의 종합병원에서 일하던 2002년 늦가을, 나는 바쁜 여름을 보내고 늦은 휴가를 위해 호주 시드니의 집에 돌아와 있었다. 그런데 시드니로 돌아온 지 며칠 지나지 않아 홍콩에 치명적인 전염병이 돌고 있다는 뉴스가 방송을 뒤덮었다. 아직 사스SARS라는 이름도 붙여지기 전이었다. 그 당시에 알려진 것이라고는 독감과 비슷한 증상을 일으키는 초위험군 바이러스라는 정도뿐이었다. 호주에서 홍콩으로 여행하거나 홍콩에서 호주로 들어오는 항공편도 일시적으로 운행이 정지되었다. 가족들과 친구들은 나를 염려하며 홍콩으로 돌아가지 말 것을 권했지만 그때의 나는 여유 있게 웃어 보였다. 캐나다, 미국, 일본에서 온 의사 동료들도 모두 휴가를 끝내고 이미 홍콩 병원으로 돌아와 있었고, 감염성 바이러스쯤을 두려워한다면 병원에서 일힐 수 없노라고 모누를 안심시켰다.

하지만 2주 뒤, 홍콩 공항에 내리던 순간부터 나는 심상치 않은 예감을 느껴야 했다. 공기 중에 떠도는 불안과 공포가 눈에 보일 지경이었다. 병원 풍경도 180도 바뀌어 있었다. 의료진과 스태프들은 물론 문병 온 사람들까지 하얀 누에고치 같은 차림을 하고 있었다. 온몸을 방호복으로 감싸고, 신발에도 살균 커버를 씌우고, 2겹의 장갑을 끼고, 스키고글을 쓰고 마스크를 하고 있으니 누가 누군지 알아보는 것조차 어려웠다.

그뿐이 아니었다. 하루 일과가 끝나고 나면 원장부터 접수계 직원까지 줄을 서서 완벽하게 온몸을 씻고 나서야 병원 문밖으로 나갈 수 있었다. 그때까지 병원은 목욕을 하는 곳이 아니었으므로 1층 화장실 옆에 붙은 간이 샤워실 하나가 모두의 위생을 책임지는 곳이 되었다. 두 달 후, 사스용으로 제작된 '제대로 된' 전신 방호복이 도착했을 때 우리 모두는 환호했다. 우스꽝스러운 우주복 같은 디자인에도 누구 하나 불평하는 이 없었다.

"너, 괜찮은 게 아니야."

집에 가기 전, 샤워를 하기 위해 몇 시간이고 줄을 서지 않아도 된다는 사실만이 기뻤던 것이다. 처음 사스 환자가 생겼을 때 의사들도 그것이 얼마나 전염성이 강한지 알 수 없었기 때문에 많은 의사들이 감염으로 죽었다. 나의 친구였던 여의사가 첫 번째 희생자였다. 그리고 나도 그 죽음의 문턱까지 다녀오는 경험을 해야 했다.

증상이 시작되던 날, 나는 야간 근무조였다. 아침부터 유난히 피곤하게 느껴져서 늘 가던 산책도 나가지 않고 오전 내내 침대에 누워 있어야 했다. 오후가 되자 피곤함은 바윗덩이처럼 무겁고 단단해지더니 나를 본격적으로 짓누르기 시작했다. 일단 출근을 하면 좋아지겠지. 이마에 식은땀을 훔치며 옷을 갈아입고 면도를 한 뒤 운전대 앞에 앉으니 예상대로 상태가 훨씬 나아진 것 같았다. 병원에 도착하고 나서도 조금 피곤한 느낌이 있을 뿐이어서 평소대로 진료를 시작했다. 모든 것이 정상이었다. 한 환자의 차트를 찾으러 진료실 반대편의 캐비닛 쪽으로 걸어가던 중 바닥이 푹 꺼지기 전까지는.

휘청하는 순간 정신이 번쩍 났다. 나는 괜찮은 게 아니었다. 환자에게 양해를 구하고 나서, 나는 발을 질질 끌며 원장실로 갔다. 빨리 걸을 수가 없었다. 한 발자국 뗄 때마다 병원 복도의 중력이 갑자기 사라졌다가 또 갑자기 100배로 늘어나 돌아오길 반복했기 때문이다. 원장은 내 얼굴을 보더니 황급히 달려와 부축했다.

"태어나서 이렇게 아픈 적은 처음입니다."

내 말에 원장은 대꾸했다.

"나도 태어나서 이렇게 시퍼런 낯빛은 처음 보네."

그는 그 자리에서 간단한 검사를 하고 흉부 엑스레이를 찍었다. 그리고 일단 집에 가서 쉬는 것이 좋겠다는 원장의 권고에 따라 택시를 타고 집에 돌아왔다. 그런데 집에 돌아와 물을 마시고 침대에 눕자 또 말짱하게 열이 내리고 바닥의 중력도 정상으로 느껴지는 게 아닌가? 몸이 완전히 좋아질 때까지 출근하지 않아도 된다는 허락이 있었던 터라 책도 읽고 산책도 하면서 이틀 정도 쉬었다. 간간이 열이 오르고 기침이 나오는 등 가벼운 감기 증상만 있을 뿐 별다른 이상이 없었다.

3일째 되는 날, 나는 말쑥한 차림으로 출근할 수 있었다. 하지만 진료를 시작하기 전에 만약의 경우에 대비해 엑스레이를 다시 찍고 피검사도 했다. 원장이 검사를 하는 김에 CT촬영도 해보자고 하기에 두말없이 응했다. 상태가 너무나 멀쩡했기 때문에 검사를 하는 쪽도 받는 쪽도 모두들 가벼운 기분이었다. 검사를 마치고 동료의사와 휴게실에서 커피를 한 잔 마시면서 결과를 기다렸다.

한참 동안 잡담을 나누던 중 어느 순간, 이상한 예감이 온몸을 훑었다. 예상보다 시간이 오래 걸린다. 병원에서 결과가 늦게 나온다는 것은 언제나 나쁜 소식이다. 무언가가 잘못되었고 의사들이 지금 그것에 관해 논의하고 있다는 뜻이다.

그 순간을 잊을 수가 없다. 검사실에서 나온 동료의사 둘이 애써 담담한

"너, 괜찮은 게 아니야."

표정으로 내게 다가와 "급히 치료가 필요할 것 같은데."라고 말하던 순간을. 나는 그 말이 무엇을 의미하는지 알고 있었다. 말을 하며 이미 한 명은 내 겨드랑이 아래로, 다른 한 명은 무릎 뒤편으로 팔을 넣고 있었다. 다음 순간 내 몸은 부웅 떠올라 미리 대기시켜놓은 바퀴 달린 침대 위에 눕혀졌다. 침대를 있는 힘껏 밀고 가며 다른 동료가 말을 이었다.

"빠를수록 좋다는 건 자네도 알 거야. 우리를 믿게."

내가 미처 반응할 새도 없이 모든 것이 순식간이었다. 나는 난생 처음 그 바퀴 달린 침대 위에 누워 아우토반 위를 달리는 속도로 병원 복도를 가로질렀다. 내가 수천 번 밀고 갔던 그 희고 요란한 소리가 나는 침대 위에 정작 누워보니 그곳은 깜짝 놀랄 만큼 낯선 세계였다. 늘 보던 것들이 다른 각도에서, 다른 의미로 다가왔다. 병원 형광등 불빛이 너무 밝아서 눈을 찌른다는 것도 처음 알았다. 환자들을 위해 눈가리개를 준비하지 못했던 것을, 그리고 좀 더 조심스럽게(특히 엘리베이터 앞의 작은 턱을 넘을 때) 침대를 밀지 못했던 것을, 환자에게 다정하게 말 걸어주지 않았던 것을 후회했다.

그 위에 누워 흔들리고 있으니 발가벗은 채 삶과 죽음의 국경을 넘는 보트에 타고 있는 것 같았다. 그것은 용기, 신념, 의지 같은 것들은 흔적도 없이 사라지게 하는 보트였다. 한없이 겁에 질린 채 기댈 곳을 찾아 눈을 두리번거리는 지푸라기 인간으로 만들어버리는 보트였다. 그 위에서 흔들리고 있는 인간이 복수를 결심한다거나 신년 계획을 짠다거나 사업상 전화를 거는 것은 불가능하다.

엘리베이터가 1층에 멎었고 병원 후문에 대기하고 있는 앰뷸런스가 보였다. 30분 전까지만 해도 직접 차를 운전하고, 병원 계단을 뛰어 올라왔던 내가 갑자기 이 침대에서 저 침대로 들어 날라지는 신세가 되었다는 것을 실감하며 나는 고개를 주억거렸다. '모든 것은 순간이다.' 정말로 그렇군.

앰뷸런스 안은 형편없었다. 차라리 좀 전까지 타고 있던 바퀴 침대 쪽이 안락했다. 비좁고 컴컴했으며 먼지 냄새와 땀 냄새가 뒤섞여 콧속으로 들어왔다. 그런데 불현듯 그 냄새가 몹시 친숙하다는 것을 깨달았다. 낡은 내 기억의 한 모퉁이에 고집스레 웅크리고 있던 냄새였던 것이다. 내 의식은 맹렬히 기억의 창고를 뒤져 그것과 똑같은 냄새가 나던 곳을 찾아냈다. 탈의실. 그 앰뷸런스 안에선 겨울의 테니스부 탈의실 냄새가 났다.

"엄마가 금방 데리러 가마. 오늘은 늦지 않을 거야."
초등학교 때부터 나는 학교의 테니스부원이었다. 내가 특별히 그 운동을 좋아해서라기보다는 엄마의 스케줄에 맞추기 위해서 가장 늦게까지 남아서 연습을 하는 특별활동을 선택했던 것뿐이었다. 엄마란, '아이들을 평생 태우고 다니는 사람(열 달 동안은 뱃속에, 나머지 평생 동안은 차에)'이라는 말이 있다. 호주에선 그 말이 딱 맞았다. 부모가(대부분은 엄마가) 아침에 차에 태워 학교에 내려주고, 수업에 끝날 때쯤 데리러 와야 한다. 담당자가 부모의 얼굴을 확인하지 않고서는 절대 아이를 학교 밖으로 내보내지 않기 때문이다.

"너, 괜찮은 게 아니야."

그 뒤 방과 후 활동을 위한 독서클럽이나 스포츠클럽, 음악학원 등에 태우고 가야 하는 것은 물론이다. 그나마 아이가 한 명이라면 그쯤에서 운전수 임무가 끝나겠지만 아이가 두셋씩 되는 집은, 특히 아이들의 연령대가 달라서 각기 다른 학교, 다른 특별활동을 하는 경우엔 그야말로 엄마의 스케줄은 초토화된다. 지금처럼 아이건 어른이건 핸드폰을 갖고 있는 시절이 아니었기 때문에 교통정체라도 있는 날엔 한쪽은 무작정 기다리고 다른 한쪽은 꽉 막힌 도로에서 발을 동동 구를 수밖에 없었다.

그 시절에 가엾은 우리 엄마는 고만고만한 다섯 남매를 키워야 했다. 거인 나라의 도토리 여인. 어린 눈으로 보기에도 참 작은 엄마였다. 150센티미터도 채 되지 않는 키에 팔도 다리도 몽당연필 같은 동양 아줌마가 큼직큼직한 백인들의 체형에 맞춰 출고된 차를 몰고 거의 하루 종일을 다람쥐처럼 달렸다. 그때 엄마가 몰았던 차는 붉은 벽돌색 캐딜락이었다. 아버지가 몰던 낡고 거대한 구식 차였는데 아버지는 다섯 아이들을 태우고 다니느라 분주한 작은 아내에게 작고 날렵한 신형차를 사줄 생각을 미처 하지 못하는 사람이었다. 운전석에 앉은 채로는 브레이크에 발이 닿지 않았기 때문에 엄마는 멈춰야 할 때마다 이를 앙다물고 핸들을 꽉 쥔 채 머나먼 브레이크를 향해 온몸으로 내려가야 했다. 그러고 있으면 밖에서 운전자가 보이지 않아 신호대기 중에 깜짝 놀란 교통경찰이 달려온 적도 한두 번이 아니었다. 그들은 경고했다.

"부인, 운전 중에 차 밑으로 숨으시면 안 됩니다."

내 위로 누나 넷은 영리하고 욕심 많은 학생들이었기 때문에 방과 후 활동이 한둘이 아니었다. 발레를 배우고, 체스클럽에 참여하고, 피아노를 치고, 치어리더 연습을 하는 등 빼곡한 스케줄이 엄마의 캐딜락을 기다리고 있었다. 엄마가 막내인 나를 데리러 올 수 있는 시간은 늘 네 누나들의 활동이 끝나고 난, 가장 마지막이었다. 그래서 나는 되도록 오래 시간을 들여 샤워하는 법을 배웠다.

어린 시절 아버지와 함께했던 기억은 거의 없다. 시내에서 레스토랑을 운영하던 아버지는 늘 바빴고 어쩌다 집에 있는 시간에도 전화로 무언가를 주문하거나 신문을 읽느라 바빴다. 그 대신 엄마가 우리를 태우고 주말이면 영화관과 버거킹에 데리고 갔다. 아버지로부터 다정한 말을 들은 기억도 없다. 대신 가끔씩 나와 마주칠 때면 늘 이 말씀만을 반복하셨다.

"너는 우리 집의 유일한 아들이다. 그러니까 엄마를 힘들게 해서는 안 돼."

언젠가 내가 럭비공에 맞아 코뼈가 부러졌을 때에도, 학교 기말시험에서 전 과목 A를 받은 성적표를 내밀어도 아버지는 그저 힐끗 쳐다보고는 말씀하셨다.

"엄마를 힘들게 하지 말아라."

그 말은 주사액처럼 내 혈관으로 파고들었다.

내가 학교에 입학할 무렵, 엄마의 가장 큰 걱정은 물론 배차시간이었다. 초등학교 저학년들은 일찍 파하기 때문에 나를 데리러 우리 학교로 먼저 오게 되면 시내 반대편에 있는 둘째 누나의 학교에 가는 게 늦어지게 된다. 둘째 누나는 과학 신동이었고 과학실험클럽의 리더였다. 리더가 모임에 늦을 수는 없는 일이었다. 그녀를 클럽에 데려다주고 나서는 셋째 누나를 발

"너, 괜찮은 게 아니야."

레스쿨에 태워다 주어야 했다. 발레스쿨은 그때의 우리 형편에 굉장히 비싼 수업료를 내는 곳이었으므로 절대 늦을 수 없었다. 나는 본능처럼 엄마의 고민을 읽었고, 학교에 되도록 늦게까지 남아서 할 수 있는 특별활동을 선택함으로써 '아들 노릇'을 했다. 엄마는 어린 아들의 마음 씀씀이가 기특하면서도 가여웠던지 아침마다 내 머리를 쓰다듬으며 말씀하셨다.

"엄마가 금방 데리러 가마. 오늘은 늦지 않을 거야."

하지만 엄마는 언제나 늦었다. 그것도 많이 늦었다. 첫째 누나와 넷째 누나의 과외활동 시간이 나와 엇비슷했기 때문이다.

테니스부 연습이 끝나고 나면 땀범벅이 된 아이들이 탈의실로 와자하게 몰려가 몸을 씻었다. 사내아이들이라 꼼꼼하게 씻는 것이 아니라 대충 물만 끼얹는 수준이었으므로 3분도 채 걸리지 않았다. 나는 늘 다른 아이들이 먼저 샤워꼭지를 차지할 수 있도록 양보하고는 벤치에 앉아 책을 읽었다. 대부분의 엄마들은 아이들의 젖은 머리가 채 마르기도 전에 데리러 왔다. 나는 언제나 가장 마지막까지 남겨진 아이였다. 친구들이 다 돌아가고 텅 빈 샤워실에서 최대한 꼼꼼히 시간을 들여 귀 뒤와 발가락 사이사이까지 씻고 타월로 젖은 머리를 다 말려도 엄마는 오지 않았다.

해가 진 뒤의 샤워실은 금세 추워졌다. 나는 마지막까지 남겨진 아이라는 사실을 선생님들이나 다른 학생들에게 들키기 싫어서 눈에 띄지 않는 구석에 숨어서 무릎을 껴안고는 오들오들 떨며 엄마가 부르는 소리가 나기만을 기다렸다. 종종 울었던 것 같다. 하지만 짧은 다리가 자갈 위를 허둥지둥 달려오는 발소리와 "아이반!" 하고 부르는 목소리가 들리면 얼른 눈물을 닦았다. 엄마를 힘들게 해서는 안 된다. 집안의 유일한 사내아이가 울보라는 것을 알면 가여운 엄마가 분명 마음 아프실 테니까.

그 앰뷸런스 안에서 나던 냄새는 순식간에 엄마를 기다리던 테니스부 탈의실 구석으로 나를 데려갔고 축축한 먼지 냄새를 맡으며 나는 다시 엄마를 기다리는 마지막 아이가 되었다. 하지만 이번에는 바지 주머니에 핸드폰이 들어 있었다.

"엄마, 나에요."

엄마는 나의 갑작스런 전화에 조금 놀란 듯했다.

"무슨 일이 있니?"

"음…. 지난 3일간 몸이 몹시 안 좋았어요."

"오, 그랬구나. 이젠 괜찮은 거야?"

나는 얼른 눈물을 닦았다. 엄마를 힘들게 해서는 안 된다.

"네, 그럼요. 괜찮아요."

어머니는 한동안 잠자코 계시더니 말씀하셨다.

"너, 울었구나."

도대체 엄마에게 뭘 숨길 수 있단 말인가!

"너, 괜찮은 게 아니야. 그렇지?"

나는 기어이 울음을 터뜨렸다. 일곱 살 때도 들키지 않았던 울음이었는데 마흔 둘에 들키고야 말다니.

"맞아요, 엄마. 엉엉…. 사실은 지금 나 앰뷸런스에 실려 가고 있어요. 엉

"너, 괜찮은 게 아니야."

엉엉…. 사스…. 치료를 받아야 한대요."

일곱 살 1학년 아이의 가슴으로 울먹울먹하면서 나는 언제나 한마디를 간절하게 기다렸던 것 같다. 하지만 이미 너무 늙어서 더 이상 캐딜락을 몰수 없게 된 엄마는 눈물을 흘릴 뿐 끝내 내가 기다리던 그 말은 해주지 못하셨다.

"엄마가 곧 데리러 가마."

내가 지금껏 좋은 일을 한 적이 있던가?

홍콩에 몇 안 되는 사스 치료병원 중 하나였던 세인트 웨일즈에 도착하자마자 모든 검사가 처음부터 다시 시작되었다. 나는 그날 아침에 출근을 했을 정도로 상태가 좋았으므로 응급병동이 아닌 일반병동으로 안내되었다. 그곳은 보통 알고 있는 2~3인용의 아담한 병실이 아니었다. 체육관처럼 천장이 높고 휑한 방에 30개 정도의 침대들이 벽을 따라 주욱 놓여 있었다. 어쩌면 이전에는 정말로 병원의 체육관으로 썼던 곳인지도 몰랐다. 아무튼 일반인들과의 접촉이 금지된 사스 환자들을 격리수용하기 위해 급조된 병실에 틀림없었다.

벽과 천장, 침대 모두 티끌 하나 없이 희었고 그 외의 가구는 아무것도 없었다. 하지만 천장부터 바닥까지 통유리로 된 길쭉한 창문들이 사방으로 시원시원하게 뚫려 있었고 그 밖으로 다른 세상의 풍경 같은 나무와 하늘이 보였다. 그 병실의 모습이 너무나 비현실적이어서 나는 안심했다. 세상의 것에는 아무 관심이 없는 러시아의 귀족이 눈 내리는 어느 날 설계한 기차역의 대합실 같았다. '잠시 여기 누워 있다가 당신 기차가 오면 타고 떠나시오. 굳이 떠나지 않아도 상관은 없소. 나는 관심 없소.' 하고 그 무표정한 방은 말하는 것 같았다.

눈을 밖으로 돌릴 수밖에 없었다. 아직도 그 방의 풍경을 종이 위에 그릴 수 있다. 19일 동안 그 방은 나의 온 세상이었다. 그리고 그 방만큼이나 나의 삶은 급속도로 단조로워졌다. 커다란 솥 안에서 한꺼번에 끓고 있던 죽을 한 스푼만 똑 떠서 희고 서늘한 냉각실에 넣고 식히는 것 같은 격리였다. 우리는 함께 아우성치고 부글거리던 모든 것들로부터 일시에 떨어져 나왔다. 그리고 다른 시각을 갖게 되었다.

우스울 만큼 아무것도 신경 쓸 것이 없었다. 삶이 원래 이렇게 단순한 것이었나? 지나간 일들의 기억도, 다가올 일들의 걱정도 날 귀찮게 하지 않았다. 그 대신 창밖의 나뭇잎을 보고 바람의 방향이 바뀌는 것을 목격했다. 바람도 자는 날에는 하늘을 보면 되었다. 하늘은 항상 변화무쌍하게 무언가를 보여주었다. 나는 그때까지 내 인생에서 단 한 번도 이런 시간을 가져본 적이 없었다는 것을 깨닫고는 많이 놀랐다.

아, 비! 아, 노을! 아, 저기 코끼리 모양의 구름…. 요가나 마음챙김 전문가들이 강조하는 '지금, 여기'에 집중하기에 세인트 웨일즈 사스 병동은 최적의 장소였다. 애써 무언가를 생각해보려고 할 때마다 단 하나의 질문만이 떠올랐다. 내가 지금껏 좋은 일을 한 적이 있던가?

특별한 치료법이 있었던 것도 아니었으므로 우리는 그저 병원의 스케줄에 따라 기숙사의 학생들처럼 고분고분 지냈다. 매일 아침 6시면 병실의 불이 켜졌다. 모두가 한 방에서 지냈으므로 프라이버시라는 것은 없었다. 모두 함께 침대에서 일어나 공동 샤워실에서 모두 함께 샤워를 했지만 누구도 서로의 몸을 훔쳐보는 일은 없었다. 허벅지의 굵기와 뱃살을 비교하기엔 우리가 삶에서 너무 멀찍이 떨어져 나온 느낌이었달까. 몸이란 그저 아직 살아 있음의 증거로서 거기에 존재할 뿐, 그 모양이나 탄력 따위는 의미를 잃었다.

샤워가 끝나면 지급되는 새 환자복으로 갈아입고 나선 함께 앉아 스피커를 통해서 아침 뉴스방송을 들었다. 나와 같은 병원에서 함께 일하던 여의사가 끝내 사스로 숨졌다는 소식을 들은 것도 그 뉴스를 통해서였다. 불같은 성격의 괄괄한 처녀의사였다. 환자들이 지시를 어기고 몰래 담배를 피우거나 할 땐 온 병원이 울리도록 소리를 질러대며 혼을 냈다. "제정신이 아니군요! 누굴 살인자로 만들 셈이에요? 그 담배 들고 나가세요! 당장 다른 병원을 알아보시라구요!" 하지만 평소엔 유머감각이 풍부해서 휴식시간에 함께 도넛을 먹으며 잡담을 나누던 좋은 친구였는데. 그녀도 세인트 웨일즈 병원의 여자병동으로 옮겨졌다가 1주일 만에 죽었다. 나처럼 흰 천장을 바라보고, 6시에 일어나서 몸을 씻고 아침뉴스를 듣다가. 그녀도 나뭇잎과 바람을 보았을까?

뉴스 청취가 끝나고 나면 아침식사가 배달되었다. 그것은 병원식이라고는 믿어지지 않을 만큼 훌륭한 식사였다. 사스 바이러스 치료를 위해 우리가 복용하던 약 중에 스테로이드 성분이 포함된 것이 있었는데 그 약의 가장 심각한 부작용이 식욕증가였다. 우리는 환자답지 않게 맹렬한 식욕을 느꼈다. 특히 불량식품, 온갖 기름지고 달콤한 음식들이 눈앞에 아른거렸다. 외부와의 접촉이 일체 금지된 대신 우리는 원하는 것은 무엇이든 먹을 수 있게 허용되었다. 담당자에게 주문만 하면 다음 식사 때 그 음식이 배달되어 왔다. 크림치즈를 듬뿍 올린 감자, 소 안심 스테이크, 튀긴 굴요리는 물론이고 맥도널드 햄버거나 프렌치프라이, 피자, 프라이드치킨 등도 주문할 수 있었다. 평균 연령 50세인 스무 명의 남자들은 푸짐하게 놓인 '악마의 메뉴'들을 둘러싸고 유치원생들처럼 기뻐했다.

이곳에선 금지된 음식이 없었다. 몸이 원하는 것은 무조건 약으로 간주되었기 때문에 먹고 싶은 것을 빠짐없이 요구하고 먹는 것도 치료의 일부였다. 밖에선 모두들 나름 '올바른' 식생활을 위해 애써왔던 이들이었다. 어릴 땐 "케이크는 하루에 한 조각 이상 안 돼."라고 말하는 엄마 밑에서 자랐으며, 어른이 되어서는 살찌는 것과 당뇨가 세상에서 가장 끔찍한 일이라고 세뇌당했다. 그래서 칼로리표를 달달 외우고 오랜만에 레스토랑에 가서도 디저트는 생략하고 스테이크를 먹고 싶은 날에도 꾹 누르고 레몬을 뿌린 생선구이를 주문하며 살아온 바른 인생들인 것이다.

이 딴 세상 같은 병원에서 또다시 내 생에 처음으로 무언가를 누리게 되었는데, 그것은 '무엇이든, 얼마든지 먹는' 자유였다. 우리의 몸통 둘레는 금세 바나나머핀처럼 통통해졌지만 그런 것은 더 이상 우리의 걱정거리가 아니었다.

길고 푸짐한 아침식사가 끝나면 모두 함께 화장실에 다녀온 뒤 피검사를

"너, 괜찮은 게 아니야."

받고 엑스레이를 찍었다. 나는 복도 쪽으로 난 창문을 통해 건너편의 진료실에서 의사들이 나의 엑스레이를 들고 두런두런 상의하는 것을 엿보았다. 검사가 끝나고 나면 산책시간이었다. 여기서 산책이란 바퀴 달린 침대들을 밀어서 가운데로 모아 놓고 벽 둘레를 따라 방 안을 몇 바퀴고 빙빙도는 것을 말했다. 우리는 그 방 밖으로는 한 발짝도 산책 나갈 수 없었으니까. 그래도 그때 참 열심히 걸었던 것 같다. 발치의 돌부리를 살필 필요도, 차나 오토바이에 주의할 필요도 없었으므로 오로지 걷는다는 행위에 집중해서 걸을 수 있었다. 그중 한 환자가 혼잣말처럼 중얼거렸다. "기적, 이건 기적이에요. 2,000년 전에 예수가 물 위를 걸은 게 기적이 아니라, 지금 우리가 살아서 땅 위를 걷고 있는 게 기적이에요." 우리는 모두 마음속으로 고개를 끄덕이며 걸었다.

점심식사 후 오후에는 낮잠을 잤다. 1시부터 2시까지. 스페인에 가지 않아도 시에스타를 즐길 수 있었다. 낮잠에서 일어나는 시간은 제각각이었지만 저녁시간까지 자유롭게 책을 읽거나 가족들에게 전화를 할 수 있었다. 그때만큼 핸드폰이라는 문명의 이기에 감사한 적이 없다. 핸드폰은 나와 가족들을 연결해주는 유일한 통로였다. 생명의 끈과 같았다. 그들은 나를 문병하러 올 수도 없었고 서로의 손을 잡을 수도 없었기 때문이다.

그 방에서 함께 생활했던 20명의 환자들은 모두가 서로 매우 사이좋게 지냈다. 특히 내겐 3명의 친한 친구들이 생겨서 자유시간이 날 때마다 많은 이야기를 나누었다. 그중 2명은 60대 초반이었고 1명은 20대 후반으로 매우 젊었다. 그때 우리가 나누었던 대화의 주된 주제는 '여기서 나가면 뭘 할 것인가?'였다. 보다 정확히 말하자면 '다시 한 번 삶을 얻는다면 무엇을 할 것인가?'에 관한 이야기였다. 60대건 20대건 병원에서 나가면 하고 싶은 일이란 게 크게 다르지 않았다. 우선 단골술집에 가서 술을 한잔 마시고, 마음에 드는 아가씨와 연애를 하고, 가족들과 여행을 떠나고, 돈에 얽매이지 않고 하고 싶던 일을 하는 것.

지금 생각하면 놀랍게도 우리의 과거에 대해서는 거의 대화를 나누지 않았던 것 같다. 매일 24시간 얼굴을 맞대고 수많은 이야기들을 나눴음에도 그들이 입원하기 전에 무슨 일을 했었는지, 가족은 몇 명인시, 어느 곳에서 살고 있었는지 등에 대해 묻거나 들은 기억이 전혀 없는 것을 보면 말이다. 그저 눈만 마주치면 빙긋이 웃고는 "나가면 젤 먼저 뭘 하고 싶어?" 하고 묻는 것이 인사였다.

그 병실에선 세대차이 같은 것도 존재하지 않았다. 누가 먼저 태어났는가는 더 이상 중요하지 않았다. 그곳은 누가 먼저 떠나가느냐의 세계였다. 바로 전날까지도 함께 이야기하고 산책하고 샤워하던 누군가가 하룻밤 사이에 증세가 악화되어 아침에 눈을 뜨지 못하고 실려 나간다. 사체를 운반하기 위해 들어온 스태프들은 흰 방호복으로 온몸을 무장하고 들어와 최대한 신속하고 사무적으로 우리의 친구였던 그를 들것에 실어 나간다. 그들이 일을 하는 동안 되도록 우리와 눈을 마주치지 않으려 애쓰는 것이 느껴졌다. 내가 입원하고 나서 이틀 후 1명이, 2주일 후 또 1명이 죽어서 그렇게 실려 나갔다.

"너, 괜찮은 게 아니야."

그런 날이면 우리는 더욱 큰 목소리로, 떠나간 친구의 몫까지 떠들어야 한다는 듯 치열하게 서로를 붙잡고 물어댔다. "나가면 뭘 하고 싶어, 응? 우리 꼭 다시 만나서 네가 말했던 그 레스토랑에도 가고, 내 친구가 바텐더로 일하는 그 술집에도 꼭 가자! 내가 살게…." "무슨 소리! 내가 살게. 이곳에서 나가면 자네들이랑 거하게 한잔하려고 숨겨놓은 비상금이 있어." "우리 마누라가 만드는 돼지고기 안주를 따라갈 술집은 세상 어디에도 없어. 일단 우리 집에 가서 한잔하고 나서 생각하자고!"

부모들이 외출해서 집을 보던 아이들이 해질 무렵 문득 무서워져서 큰 소리로 노래를 부르는 것 같았다.

아무리 애를 써도 슬픔밖엔 느껴지지 않는 순간들

사스 1단계는 독감 같은 증상으로 열이 나고 기침을 한다. 바이러스가 폐에 침투한 상태다. 2단계로 발전하면 폐는 거의 망가진 상태가 되고 온몸이 바이러스에 감염되게 된다. 그리고 3단계. 신체의 조직들이 바이러스에 맞서 싸울 힘을 모두 잃고 결국 목숨을 내어주는 단계다.

1단계는 아직 잠복기이기 때문에 건강한 사람이라면 이 단계에서 회복되는 경우가 많다. 하지만 2단계로의 전이는 순식간에 일어나며 3단계가 언제 덮칠지는 아무도 알 수 없었다. 나와 친하게 지내던 60대 환자 1명이 우리의 병을 이렇게 표현한 적이 있었다.

"밤마다 침대에 누우면, 호랑이 한 마리가 내 옆에 같이 눕는 것이 느껴져. 그 호랑이가 지금은 잠을 자고 있지만 언제 깨어나서 내 목을 물어뜯을지 알 수 없지. 그래서 자다가 돌아눕기도 겁이 나."

입원한 지 나흘째 되던 밤, 나는 내 인생 최악의 밤을 맞았다. 그 밤 자정
이 가까울 무렵, 갑자기 2단계 증상이 나를 덮쳤다. 우리 병실에서 잠을
자고 있던 그 호랑이가 하필 나를 먹잇감으로 선택한 것이었다. 그 비유
는 참으로 적절해서, 무겁고 뜨거운 무언가가 온몸을 덮치고, 숨통을 끊어
버릴 듯 폐가 오그라드는 느낌이 꼭 호랑이에게 짓눌리고 있는 것 같았다.
지금까지 살면서 느꼈던 공포와 절망은 그 밤의 경험에 비하면 아무것도
아니었다. 소리를 지를 공기가 폐에 남아 있지 않았으므로 한 손으로 필
사적으로 비상벨을 찾았다. 하지만 패닉상태에 빠진 내 손은 엉뚱한 곳만
더듬었다. 벌써 수천 번 확인하고 연습해두었던 그 벨의 스위치는 정작 필
요한 순간에 감쪽같이 사라져버린 것 같았다.

아아, 젠장! 나는 손에 잡히지 않는 비상벨을 저주했고 고통에 몸부림쳤
다. 소심하게 살아온 내가 평생 입에 담아본 적도 없는 험한 욕설이 가슴
속에 들끓었다.

나는 사랑하는 이들의 가슴속에 영원히 살기보다는 내 아파트에서 맥주를
마시며 80세까지 살고 싶었다.

인정한다. 그 경험이 날 키웠다는 걸. 우리는 생과 사의 간이역에 서면 사
춘기 아이들처럼 성장한다. 불치의 병을 얻어 격리되었던 그 몇 달간, 나
는 예전에는 상상할 수도 없을 만큼 많은 생각을 하게 되었고 감사하는 법
을 비롯해, 수만 가지 영롱한 깨달음들을 얻었다. 하지만 병에 걸리기 전
의 무지하고 건강한 상태로 되돌아갈 수만 있다면 그 모든 지혜, 1초의 망

"너, 괜찮은 게 아니야."

설임도 없이 반납했으리라. 병원에서의 나날들이 아름답기는 했지만 그만큼 힘들었다. 아무리 애를 써도 슬픔밖엔 느껴지지 않는 순간들이 너무 많기 때문에.

예나 지금이나 병원에는 많은 종교인들의 방문이 이어진다. 특히 휴게실에 앉아 차를 마시거나 텔레비전을 보고 있을 때 친근하게 다가와 말을 거는 이들 중 상당수가 이 '전도사들'이다. 어느 날 한 전도사가 나를 포함해 서너 명이 카드 게임을 하고 있던 테이블로 다가왔다. 그는 내 맞은편에 앉아 있던 덩치 큰 사내에게 사탕이 담긴 바구니를 내밀며 대화를 시도했다. "오늘 기분이 어떠세요?" 사내는 사탕 한 움큼을 집어내며 성의 없이 대꾸했다. "뭐 아직 죽을 만큼은 아니오." 전도사는 자비로운 미소를 잃지 않은 채 말했다. "그것 참 다행이군요. 하지만 설령 죽을 위험에 처한다 하더라도 주님이 늘 함께하신다는 걸 기억하시기 바랍니다. 사자굴에 던져진 사람도 주의 은총으로 살아나왔다는 사실을요!" 남자는 사탕을 입안 가득 우물거리며 큰 목소리로 외쳤다.
"하느님 맙소사! 사자굴에 던져진 뒤에야 구해주는 신이라고요? 만약 내가 신이라면 내 사랑하는 신도가 애초에 사자굴에 던져질 일이 없도록 미리미리 손을 쓰겠소. 왜 처음부터 병이 생기지 않게 해주는 신은 없는 거요? 난 이미 3년 넘게 이 빌어먹을 암 때문에 온갖 고통을 다 당했다오. 이렇게 질질 끌다가 내가 딱 죽게 생겼을 때 신이 나타나서는 목숨은 건져준다, 그것 참 고맙겠구려!"

그 밤이 오기 전엔 나도 매일 밤, 침대에 누워 스스로에게 최면을 걸었다. 병실의 무심한 표정을 감상하며 센티멘털한 기분에 빠져 내 삶을 되돌아보기도 했고 내 몸 안의 면역력들이 몹쓸 병균들을 태워 없애는 상상도 했다. 하지만 그런 것들도 다 아직 살 만할 때의 이야기였다. 인간은 고통 앞에서 얼마나 무력해지는가!

이제 나는 환자들의 심정을 아주 잘 안다고 감히 말할 수 있다. 그들이 병원에서 피검사를 하고 약을 먹고 엑스레이를 찍으며 지내는 하루하루가 어떻게 흘러가는지를 나는 지금 안다. 그들이 어떤 말늘을 가장 듣고 싶어 하는지, 가장 두려워하는 것은 무엇인지, 담당 의사를 볼 때마다 얼마나 많은 것들을 물어보고 싶은지…. 공포와 희망이 놀리듯이 엇갈려 손을 잡는 그 24시간을 아는 것이다. 벽지를 꿰매어 만든 것 같은 환자복을 입고 며칠만 지내보면 개인적인 취향이나 패션감각 등은 증발해버린다.

그리고 그 거슬리는 병원의 수천 가지 소음들. 의사 가운을 입고 있을 때는 있는지조차 몰랐던 소리들이 환자복을 입고 있으니 뚜렷하게 들렸다. 특히 종합병원은 단 한 순간의 고요도 없다. 무언가가, 누군가가 반드시 어떤 소리든 내고 있다. 살아 있다는 것은 아직 소리를 내고 있다는 의미라는 듯.

각종 기계들이 삐빅거리며 작동하는 소리, 휠체어 바퀴가 덜컹거리는 소리, 쉴 새 없이 누군가를 호출하는 안내방송, 환자와 보호자들의 이야기 소리, 자동판매기에 동전이 들어가고 콜라가 굴러 떨어지는 소리, 급박하

"너, 괜찮은 게 아니야."

게 뛰어가는 발소리, 슬리퍼를 끌고 지나다니는 소리, 침대 스프링의 끽끽 거리는 소리, 링거병들이 부딪혀 달각거리는 소리, 토하는 소리, 신음소리, 기계로 무언가를 빨아들이는 소리, 텔레비전 소리, 울음소리….

퇴원을 앞두고 있던 어느 날, 나를 담당했던 간호사에게 그 소음에 대해 살짝 불만을 토로한 적이 있었다.

"병원이 이렇게 시끄러운 곳인 줄은 미처 몰랐어요. 참, 잠시도 조용하게 쉴 수가 없으니…."

그녀는 웃으며 이렇게 말해주었다.

"많이 좋아지신 모양이네요. 그런 소리들이 귀에 들어오기 시작했다는 건 그만큼 살 만하고 여유가 있다는 뜻이에요. 중환자들은 절대로 그런 불평을 안 한답니다."

이것이 병원의 패러독스다. 몸의 상태가 안 좋을수록 병원은 지낼 만한 곳이 된다. 하지만 상태를 회복할수록 병원은 견딜 수 없는 곳이 되는 것이다. 사느라 너무 바빠서 사생활을 돌볼 겨를이 없다고 말하는 환자들에게 나는 항상 이야기해준다. 인생은 언제든 끝날 수 있다는 것을. 이것은 예견할 수가 없는 게임이다. 한 번 모서리가 어긋나면 걷잡을 수가 없다. 쓰러진 병에서 우유가 쏟아지듯이, 터진 모래주머니에서 모래가 쏟아지듯이 미처 어떻게 해볼 도리가 없는 순간이 오고, 우리는 망연자실한다. 그 순간에 생각해보면 일이나 회의 등은 그다지 중요하지 않으니 오늘 소풍을 가고 아이들과 더 놀아주어야 한다.

사느라 너무 바쁘다고 말하는 환자들에게
나는 항상 이야기해준다.
인생은 언제든 끝날 수 있다는 것을.
이것은 예견할 수가 없는 게임이다.
한 번 모서리가 어긋나면 걷잡을 수가 없다.
쓰러진 병에서 우유가 쏟아지듯이,
터진 모래주머니에서 모래가 쏟아지듯이
미처 어떻게 해볼 도리가 없는 순간이 오고,
우리는 망연자실한다.
그 순간에 생각해보면 일이나 회의 등은
그다지 중요하지 않으니
오늘 소풍을 가고 아이들과 더 놀아주자.

골드코스트에 살면서 진료를 볼 때의 일이다. 같은 스포츠클럽에 다니면서 나와 친해진 노부부가 있었다. 둘 다 70대 중반으로, 부부가 함께 조그만 아이스크림 가게를 운영하고 있었다. 공장에서 만들어진 아이스크림을 받아다가 파는 가게가 아니라 주인이 직접 우유와 설탕, 과일과 크림을 배합해서 만드는 진짜 수제 아이스크림 가게였다. 큰돈을 버는 장사는 아니었지만 점심시간엔 사람들이 줄을 설 만큼 인기가 있었고 아이스크림의 품질과 맛에 관한 한 부부의 자부심은 대단했다. 물론 나도 하루가 멀다 하고 신선한 우유가 듬뿍 들어간 아이스크림을 먹기 위해 가게 앞에 줄을 섰다. 가게 문을 열기 전, 아침 일찍 스포츠클럽에서 만나면 우리는 즐겁게 수다를 떨었다. 남편도, 부인도 이야기하는 것을 즐겼다. 누구라도 그들을 보면 한눈에 아이스크림을 떠올릴 수 있었다. 남매처럼 닮은 그들은 통통하고 하얀 몸집에 늘 볼이 발갛게 물들어 있었기 때문이었다.

그런데 어느 날 아침 러닝머신 위를 뛰고 있는 남편의 안색이 너무 안 좋았다. 나는 반사적으로 그에게 다가가 기계의 '정지' 버튼을 누르고 어깨를 부축했다. 그는 괴로운 숨을 몰아쉬면서도 갑작스런 나의 행동에 조금 놀란 듯했다.

"좀 쉬시는 게 좋겠어요."

나는 그를 부축한 채 휴게실로 데리고 나왔다. 그는 식은땀을 흘리며 말했다.

"오늘따라 피곤하군요. 하지만 이럴 때일수록 운동을 거를 수는 없죠. 그렇잖나요, 의사선생?"

이런. 언제부터인가 운동은 현대인의 종교가 되었고 무수한 미신을 낳았다. 바로 지금처럼. 유난히 피곤하게 느껴진다면 물론 운동을 쉬어야 한다. 그것은 무리하지 말아달라는 몸의 부탁이기 때문이다. 그런데 '이럴 때일수록' 더 열심히 운동해야 한다는 신념은 도대체 어디서 나온 것일까? 올림픽 출전을 앞둔 국가대표 선수가 아닌 이상 피곤하면 쉬는 것이 상식이다. 나는 단호하게 고개를 저었다.

"피곤할 때 운동하시면 안 됩니다. 특히 연세가 있으신 분은요."

나는 그의 손목을 짚어 맥박수를 재어보았다. 맥박에 큰 이상이 있는 것 같진 않았지만 안색이 지나치게 나빴다. 평소의 복숭아 아이스크림 빛이 아니었다. 나는 그들을 설득하여 내 차에 태워 병원으로 함께 출근했다. 그에겐 정밀검사가 시급했다. 그는 별 말 없이 순순히 검사에 응했고, 검사결과에도 담담하게 반응했다. 간암 말기.

"재발했군요, 역시."

그가 5년 전 간암 수술을 받았었다는 걸 나는 그때 처음 알았다. 암은 재발률이 높다. 완치가 되었다 하더라도 잠복기를 거쳐 다시 재발하면 손쓸 새 없이 순식간에 말기로 발전하는 경우가 많다. 부인이 훌쩍훌쩍 울기 시작했다. 남편은 어린아이를 어르듯이 부인을 한쪽 팔로 안고는 무언가를 골똘히 생각하는 듯했다. 의료계 종사자로서 나는 마땅히 재수술을 권해야 한다. 하지만 그 이전에 나는 그들의 친구였다. 망설일 수밖에 없었다.

"너, 괜찮은 게 아니야."

우아하게 놓아버리는 법

인도네시아를 여행하던 중의 일이 생각났다. 그때 우리는 정글탐험을 앞두고 이것저것 주의사항을 듣고 있었다. 가이드는 우리가 열대 우림에서 만날 수 있는 갖가지 위험에 대해 설명했다. 말라리아모기, 독성 풀, 각종 뱀, 진드기 등등. 하지만 그중에서도 우리를 가장 공포스럽게 만든 것은 역시 코브라에 관한 이야기였다. 우리가 탐험할 코스는 관광객들이 많이 다녀 비교적 안전했지만 그래도 가끔씩 코브라가 출몰하기 때문에 완전히 안심할 수는 없다는 것, 그리고 코브라는 공격성이 강하기 때문에 움직이는 생물은 무엇이든 그의 표적이 된다는 것, 코브라의 독은 코끼리도 쓰러뜨릴 만큼 무시무시하다는 것 등을 설명하면서 가이드는 벌써부터 겁에 질려 웅성대는 우리들을 찬찬히 둘러보았다. 50대 중반쯤 되었을까, 연륜 있어 보이는 얼굴 주름이 사려 깊은 인상을 주는 사내였다.

"만약, 물론 그런 일이 없길 바랍니다만, 만약 코브라에 물렸을 때 취할 수 있는 최선의 방법은…."

우리 모두는 마른 침을 꼴깍 삼키며 그의 다음 말을 기다렸다. 그래, 무슨 수가 있겠지.

"일단 땅바닥에 반듯이 눕습니다."

가이드는 그 신뢰감 가는 얼굴로 말했다.

"그리고 인간답게 죽는 것입니다."

심장으로 독이 퍼지기 전에 셔츠를 찢어 허벅지 위쪽을 꽉 졸라 묶는다거나, 입으로 독을 빨아낸다거나, 무언가 날카로운 것으로 상처를 내어 독이

섞인 피를 흘린다거나 하는 것이 아니었다. '고군분투하는 것'은 현대인의
종교다. 하지만 30년 넘게 정글 투어가이드로 잔뼈가 굵은 그 사내는 알고
있었던 것이다. 맹독은 순식간에 퍼지고 인간이 할 수 있는 일은 없다. 발
버둥 치고 셔츠를 찢고 입으로 피를 빨아 뱉어내다가 결국은 온몸이 비틀
린 채 죽어가는 이들을 얼마나 많이 보아왔을까? 어느 순간, 발버둥 치기
를 멈춰야 하는 순간이 있는 것이다. 받아들이고 반듯하게 누워야 하는 순
간이. 삶이 코브라처럼 우리를 물어뜯는 순간이 있다. 그때 우리는 발버둥
질 하라고 배웠다. 하지만 부질없는 짓이라는 걸 알아차리고 우아하게 놓
아버리는 법은 왜 아무도 가르쳐주지 않는 걸까? 안쓰러운 일이다.

"다시 수술을 받진 않겠습니다."
생각 끝에 남편은 입을 열었다.
"내 마지막 날들을 병원에서 보내고 싶지 않아요. 진저리 나는 항암치료
도 다시 받지 않을 겁니다."
울고 있던 아내가 그를 바라보며 고개를 저었다. 그는 아내를 마주 바라
보며 말을 이었다.
"우리 가게와 그동안 저축한 돈은 아내에게 남겨주고 싶어요. 아내는 이
미 나 때문에 많은 것을 잃었습니다."
나라도 같은 선택을 했을 것이다. 고통스럽게 가망 없는 투쟁을 하는 대
신, 사랑하는 사람들 곁에서 평화롭게 남은 시간을 보내는 것. 나는 1주일
에 두 번씩 그의 집을 찾아가 상태를 살피고 진통제를 놓아주겠다고 약속

"너, 괜찮은 게 아니야."

했다. 내가 찾아갈 때마다 부부는 앨범을 펼쳐놓고 함께했던 지난 50년을 나누고 있었다. 부인이 불임증이 있었기 때문에 자식 없이 오로지 둘이서 걸어왔던 길이었다.

두 달 뒤, 그의 아내와 나, 그리고 특별히 친했던 친구들 3명이 그의 집에서 치러진 장례식에 참석했다. 그는 아내의 품 안에서 마지막 순간을 맞았다고 했다. 아내는 그의 관이 놓인 침대 머리맡을 빙 둘러 작은 촛불들을 밝혔다.

"내가 고아였기 때문에 결혼 전부터 우리는 함께 살았어요. 어느 밤, 그이가 침대 머리맡에 촛불을 가득 밝히고는 내게 프러포즈를 했답니다."

아내는 처녀시절로 돌아간 듯 청순한 눈으로 영원히 잠들어 있는 남편을 바라보았다.

떠나는 그를 위해, 우리는 입을 모아 그가 가장 좋아하던 노래 '메기의 추억'을 불러주었다.

'새들은 아직 오지 않은 행복의 날을 노래하네.

메기, 내 사랑.

우리의 꿈은 한 번도 이루어지지 않았지.

하지만 우리는 온힘을 다해 사랑했다네.'

솔직히 대답하셔야 합니다. Are you OK?

힘겨운 일을 겪은 마음은 제대로, 충분히 앓고 비명을 질러야 다시 건강해질 수 있다. 물론 몸도 그렇다. 하지만 'I'm OK병'이 그 적절한 분출을

"만약, 물론 그런 일이 없길 바랍니다만,
만약 코브라에 물렸을 때 취할 수 있는 최선의 방법은….
일단 땅바닥에 반듯이 눕습니다.
그리고 인간답게 죽는 것입니다."

어느 순간, 발버둥 치기를 멈춰야 할 때가 있다.
받아들이고 반듯하게 누워야 하는 순간이.
우아하게 놓아버리는 법은
왜 아무도 가르쳐주지 않는 걸까?

막는다. I'm OK병은 현대 문명사회를 살아가는, 특히 도시인들 대부분이 걸려 있는 병이다.

그 병은 내가 알고 있는 병 중 가장 위험한 부류에 속하는데, 간암처럼 말기에 다다를 때까지 자각증상이 거의 없다는 점이 특징이다. 아니, 그 증상이라는 것이 환자 자신이 무시하려 들면 얼마든지 무시할 수 있다는 점이 특히 위험하다. 참을 만하다고 해서 그 병 자체가 없어지는 것이 아니라 착실하게 한 단계씩 몸 안에서 커나가기 때문이다. 인간이 '견딜 만한' 정도에는 한계가 있다. 그리고 그 한계를 넘어서는 순간에는 이미 걷잡을 수 없는 단계까지 와 있다.

그래서 나는 "어떻게 지내세요?"라고 물을 때 습관적으로 "I'm OK."라고 대답하는 사람들이 걱정스럽다. 정말로 괜찮아서 오케이가 아니라, 괜찮아야만 하기 때문에 오케이인 사람들이 대부분이기 때문이다. 미국의 많은 심리치료원에서 아예 정책적으로 "I'm fine."이란 말을 금지시키고 있다는 사실을 아는가? 상담사나 의사가 "오늘은 좀 어떠세요?"라고 물었을 때 그렇게 애매하게 대답을 해서는 안 된다.

파인Fine? 파인이라고? 그 괜찮다는 범위가 너무 넓어서 도대체 어떤 식으로 괜찮다는 건지 알 수 없다는 게 문제다. 마음은 즐겁고, 몸은 활기에 넘쳐 정말 날아갈 듯한 파인인지, 어제보다 특별히 나빠진 건 없으니 이나마 다행인 수준의 파인인지, 관절이 쑤시고 기분이 엿같지만 아직 죽을 만큼은 아니니 날 그냥 내버려두라는 파인인지.

정확하게 말하고 정확하게 필요한 걸 받는 게 치료다. I'm OK병은 다른 사람들뿐만 아니라 자기 자신도 기만한다. 현대인들에게 가해지는 일종의 집단세뇌다. 괜찮지 않으면 내일 당장 7시에 일어나 지하철을 타고 출근할 수가 없으며, 아이들을 학교에 태워다줄 수가 없고, 자동차 할부금과 치과 치료비를 낼 수가 없기 때문이다. 쉬어서는 안 되고, 아파서도 안 된다. 그렇게 분출을 금지당한 몸과 마음과 신경의 피로가 바로 스트레스다.

스트레스를 받는 사람은 '제대로' 앓을 수도 없다. 왜냐하면 스트레스는 코르티솔을 증가시키는 주범이기 때문이다. 코르티솔은 병이 낫는 데 꼭 필요한 면역체계의 반응을 억제한다. 예를 들어, 감기 바이러스가 들어오면 우리의 면역체계는 체온을 높여 그 바이러스와 싸우게 되어있는데 코르티솔이 다량으로 분출되면 발열이 억제된다. 그래서 한바탕 화끈하게 열이 나면서 끙끙 앓고 나면 수증기처럼 증발해서 나갈 병이, 끓는점까지 가지 못하고 미적지근한 물처럼 고여 있게 된다. 분명 감기 증상처럼 온몸이 쿡쿡 쑤시고 머리가 무거운데도 열이 없으니 대수롭지 않게 생각해 넘어가고 바이러스는 적절한 조치가 취해지지 않은 채 몇 주고 몇 달이고 계속해서 몸 안에 머물게 된다.

늘 앓는 소리를 하면서도 꾸역꾸역 일상생활을 해나가는 사람보다 가끔씩 크게 병이 나서 제대로 드러눕는 사람이 더 건강한 이유가 바로 여기에 있다.

여러 해 동안 아플 수 없었던, 아파서는 안 되었던 사람들이 우울증 병동에서 많이 발견된다. 도와주는 사람 없이 혼자서 아이들은 키워야 했던 어머니나 과중한 프로젝트를 떠맡아야 했던 회사원들이 그 예다. 나는 그들이 안쓰럽다. 아예 사회 극빈층, 불구자, 노년층, 소년소녀가장쯤 되면 도움의 손길이 미친다. 동정도 받고 보호시설도 있다. 하지만 얼핏 보기에 '사지육신 멀쩡한 어른'은 아무도 돌보아주지 않는다. 알지도 못하는 사회 약자들을 위해 세금을 꼬박꼬박 내고 아무런 할인 없이 전철표와 영화입장권을 사는 '젊은 어른'들에 대한 배려는 어디에 있는가? 사회는 그들에게 가혹하리만치 인색하다. 어떤 의미에서는 정신적으로 가장 보호받아야할 계층이 30~40대 고학력 근로자 계층이라고 나는 생각한다.

이것과는 조금 다르지만 '인정받지 못하는 고통의 스트레스'도 있다. 흔히 알려진 '간병인 스트레스'가 이에 속한다. 자원봉사로 독거노인을 돕는 일은 기쁘게 할 수 있지만 병든 시부모의 수발은 그토록 힘든 이유가 여기에 있다. 장기입원 환자들은 대부분 가족 중 한 명이 간병인이 된다. 배우자든 자녀든 친척이든, 간병기간이 길어질수록 그들의 얼굴에선 표정이 사라져간다. 그런데 그와는 대조적으로 돈을 받고 고용된 간병인들이나 자원봉사 간병활동을 하는 봉사자들은 시간이 갈수록 환자와 깊은 유대를 쌓아가고 표정도 밝아지는 것을 본다.

무엇이 그 차이를 만드는 것일까? '인정받음'의 차이다. 누군가 알아주는 고생은 보람이 된다. 급료로 인정받든, 감사의 말로 인정을 받든, 자신이 하고 있는 희생이 타인에게도 가치 있고 소중하게 여겨진다는 것만 알면 우리의 마음은 기쁘게 그 고생을 할 수가 있다.

하지만 가족이나 친지의 병간호를 하는 것은 당연하게 여겨진다. 감사함을 표시하기는커녕 조금만 지친 기색을 내보이거나 소홀히 해도 비난을 받기 일쑤다. 그런 '당연한' 고생을 오랫동안 해온 이들을 보면 침대에서 환자를 밀어내고 그들을 대신 눕히고 싶어진다.

꽃을 심으려거든
남루한 이의 가슴에!

　재작년 앙코르와트를 여행할 때의 일이다. 캄보디아는 사계절이 더운 나라이지만 내가 갔던 6월은 그중에서도 가장 더운 때였고(알았다면 가지 않았을 것이다. 나는 원래 여행을 떠나기 전 사전 검색 같은 건 하지 않기 때문에 일단 도착해보기 전엔 모른다. 그냥 무턱대고 준비 없이 떠나버리는 나 같은 스타일의 여행자들은 그래서 때때로 위험하다.) 앙코르와트는 그늘 한 점 없는 허허벌판에 끝없이 펼쳐진 사원들의 잔해였다(물론 그것도 몰랐다.).

　아침 일찍 야심차게 걸어서 사원 중앙까지 와서야 나는 그 심상치 않은 열기를 감지할 수 있었다. 오전 9시를 넘기자 빠른 속도로 공기의 온도가 체온보다 높아지더니 급기야 '피가 데워진다.'는 섭씨 42도 이상의 경지에까지 이르렀다. 이쯤 되면 땀도 흐르지 않는다. 체액이 땀으로 흐르기도 전에 모공에 맺히자마자 증발해버리는 것이다.

　돌아가자니 걸어온 거리만큼 다시 걸어갈 엄두가 나지 않았다. 모자를 썼지만 두개골이 녹아 뇌도 흐물흐물 익어버렸는지 제대로 생각을 할 수가 없었다. 거대한 나무의 뿌리에 감싸인 붓다의 천년 미소도 오븐처럼 달아오른 열기로부터 날 구원해주지 못했다. 그 대신 바위틈의 손바닥만 한 동굴에 앉아 있던 늙은 수도승이 내게 구원의 손짓을 해주었다.

수도승은 관광객들을 상대로 축복을 파는 장사꾼이었다. 인도와 네팔 어디에나 보이는 이런 부류의 장사치들에 이미 익숙해질 대로 익숙해진 나였지만 햇빛이 닿지 않는 것만으로도 그곳은 천국의 동굴이었기 때문에 나는 냉큼 그 손을 잡았다.

혼자 앉아 있기도 비좁아 보이던 그 동굴은 내가 들어가 앉자 무릎이 서로 맞닿을 지경이었다. 하지만 무슨 상관이랴. 이끼 낀 서늘한 돌 벽에 등을 기대고 나는 신을 찬양했다. 수도승은 성의 없이 엉성하게 경을 외우고 나무 이파리 부채를 몇 번 펄럭펄럭 하더니 내 손목에 흰 실을 꼬아 만든 팔찌를 묶어주고 나서 돈을 기다렸다. 돈을 건네고 나면 동굴 밖으로 쫓겨날 것이 뻔했으므로 나는 일부러 궁금하지도 않은 걸 물어서 시간을 벌었다.

"이 사원이 앙코르와트에서 가장 오래된 사원인가요?"

귀가 어두운 것이 분명한 수도승은 뚝딱거리는 캄보디아식 영어로 답했다.

"내가 몇 살이냐고? 100살도 넘었어. 나는 이 동굴에서 태어난 사람이야. 이 바위틈을 깨고 커다란 알에서 내가 태어났어."

세상에! 주몽 신화와 힌두 신화를 합친 탄생설화를 지닌 인물에게서 축복을 받다니. 내가 놀란 표정을 짓자 그는 신이 나서 길고 긴 그의 인생여정(물론 신들과 노닐며 영험함을 받은 이야기)을 풀어놓았고, 난 즐거이 고개를 끄덕이며 오래도록 시원한 그늘을 즐길 수 있었다.

하지만 알에서 깨어난 이의 축복에도 불구하고 그다음 날 아침, 나는 침대에서 일어날 수가 없었다. 머리가 무겁고 속이 메슥거리는 전형적인 일사병이었다. 방을 청소하러 온 게스트하우스의 직원이 날 보더니 고맙게도 병원에 가자고 말해주었다. 앙코르와트를 보러왔다가 일사병으로 쓰러진 외국인이 한둘이 아닌 게 분명했다. 그의 오토바이 뒷좌석에 매달려 도착한 병원의 대기의자에는 이미 나와 비슷한 안색의 외국인들이 빼곡히 앉아 순서를 기다리고 있었다.

그곳은 근방에서 유일하게 영어가 통하는 병원이라고 했다. 의사도, 간호사도 남아프리카 공화국에서 의료봉사차 온 사람들인데 막상 와서 보니 현지인들을 돕는 것도 시급하지만 풍토병과 일사병으로 쓰러진 외국인들의 사정도 그에 못지않게 딱하다는 걸 알고 여름철에는 이렇게 외국인을 위한 간이진료소를 운영한다고 했다. 나로선 고맙기 짝이 없는 일이었다.

하지만 달랑 의사 한 명, 간호사 한 명이 진료를 보다 보니 대기시간이 한없이 길어졌다. 그리고 그곳에선 명단의 끄트머리에 이름을 올리고 슬레이트 지붕 아래서 하염없이 기다리는 것밖엔 할 수 있는 일이 없었다. 천장에 켜져 있는 텔레비전도 없고, 와이파이도 없다. 이럴 때면 새삼 시간의 덩치가 두려워진다.

의자는 이미 다 차서, 나는 그 뒤로 온 사람들과 함께 대기실 바닥에 앉거니 눕거니 하며 기다렸다. 일사병의 특징은 머리가 멍해지는 것이기 때문에 책을 읽는다거나 옆 사람과 잡담을 하는 등 시간이 금방 가는 '지적인 오락'도 할 수가 없었다. 이따금씩 우리 사이를 오가는 검은 간호사의 움직임을 눈으로 좇는 것만이 유일한 오락거리였으므로 시간은 더운 공기 속에 달팽이처럼 진액을 남기며 꼬물꼬물 움직였다.

나는 그 대기실 바닥에 누워 있던 3시간 동안 유일한 바라볼 거리였던 그 간호사에 대해서 이야기하려고 한다. 키가 크고 우람한 팔과 길쭉길쭉한 다리를 가진 그 간호사는 검은 벨벳으로 감싸인 듯 빈틈없이 검고 윤기가 났다. 흰 간호사복을 터질 듯이 채우고 있던 그 몸은 묵직한 금궤처럼 보는 이를 안심시키는 힘이 있었다. 나이를 가늠하기 힘든 얼굴이었지만 내 짐작에 50대 초반쯤으로 보였다.

그리고 그녀가 쓰는 영어발음으로 보건데 프랑스령이었던 적도지방 출신으로 보였다. 혀가 긴 아프리카인들 특유의 또르르 혀를 굴리는 소리에 프랑스식 콧소리가 섞여 든 퓨전 잉글리시였다. 독특한 발음과 그녀만 아는 방식으로 구사하는 영어가 어찌나 매력적이던지. 예를 들어 "머리가 아픈가요?Do you have head ache?"라고 하는 대신 "아픈 머리가 당신을 차지해버렸나요?Head ache took you over?"라고 묻는다. 의미 전달 면에서는 더 이상 확실할 수가 없다. 대답하는 이도 잠시 생각해보고 나서 "아니요, 차지해버릴 정도는 아니고 그냥 툭툭 건드리면서 귀찮게 하는 정도로만 아프군요."라고 대답할 수 있다. 진료실 문이 열리고 그녀가 차트를 들고 나올 때마다 어시장의 물고기들 같던 사람들의 눈빛은 희망으로 타오르며 일제히 그녀의 두툼한 입술을 향했다.

"엘리자베스? 엘리자베스 블라이트!"

이름이 불린 이는 손을 든다. 간호사는 그 환자에게 다가가 손을 잡아 일으켜주며 이렇게 말한다.

"당신 차례에요. 이제 시간이 됐어요It's your turn, your time is up!"

그 말의 묘한 울림 덕에 우리는 기다릴 수 있었다. 짜증 대신 안도를 느꼈다. 검은 천사가 천국의 장부를 들고 하는 듯한 그 말을 듣고 있노라면, 덥고 속이 메슥거릴지라도 삶의 간이역에 숨 쉬며 머무르고 있다는 사실이 다행스럽고 즐겁기조차 했기 때문이다. 아, 내겐 아직 시간이 있어. 그리고 천사의 손에 이끌려 천국의 문으로 향하는 이의 뒷모습을 우리는 아련히 눈으로 배웅했다.

외로워지고, 고독해지고, 시간 속에 몸만 갖고 내동댕이쳐졌을 때 비로소 우리는 자란다. 마음이 성장하고, 몸속의 공간이 제 자리를 찾는다. 그 많던 사람들이 어느새 하나씩 대합실에서의 시간을 다 쓰고 이름이 불렸다. 그녀가 마침내 내게 와서 손을 내밀었을 때 나는 어렴풋이나마 어른이 되었다고 느꼈다.

"세라, 당신 차례에요, 시간이 됐어요."

진료실 안에서 만났던 의사는 아직 애티도 벗지 않은 청년이었다. 간호사의 아들 뻘이나 되었을까? 의과대학을 마치자마자(히포크라테스 선서의 온기가 식기도 전에) 뭔가 의미 있는 일을 찾아 이 땅에 온 것이리라. 그는 끊임없이 밀려드는 환자들과 파리, 모기와 싸우느라 우리 못지않게 지쳐 있었다. 헝클어진 머리카락, 충혈된 눈. 그와 무슨 이야기를 나누었는지는 전혀 기억이 나지 않는다. 다만, 간호사의 검은 손가락과 옅은 핑크빛 손톱을 기억한다. 어린 의사가 마구 휘갈겨 써주었던 처방전과 함께 사흘 치 약을 봉투에 넣어, 내가 혹시 흘릴 새라 봉투 입구를 삼각형으로 꼭꼭 접어서 막아주던 손끝. 그 위에 내 이름을 예쁜 글씨로 쓰고 작은 꽃무늬 스티커를 그 이름 옆에 붙여주던 간호사의 검은 손가락을. 내 이름이 그 황량한 땅에서 꽃으로 피어난 것 같았다. 손톱보다 작은 스티커였다. 초등학교 앞 문구점에서 팔 듯한 조잡한 디자인이었지만 그 하나를 준비하고 붙여준 마음 씀씀이가 너무 융숭해서 나는 뭔가 과분한 것을 받았을 때 하는 내 모국의 인사를 했다.

"이렇게까지 안 해주셔도 되는데…."

그녀는 그게 무슨 말인지 잠깐 생각하는 듯하더니(흔히들 하는 "땡큐!"와 달라서 좀 생소했으리라) 생긋 웃으며 그 꽃봉투를 내게 쥐어주며 말했다.

"마음을 다해서 삶의 작은 것들을 돌보세요. 큰 것들은 다른 분이 돌보시니까요."

이 말을 하는 그녀의 큰 눈망울이 하늘을 향했다. 생의 작은 것들을 성심껏 돌보기로 한 그 간호사는 언제 다시 만날지 모르는 남루하고 지친 여행자들 이름 옆에 꽃을 한 송이씩 심고 있었다. 누구의 마음에도 꽃을 달아준 기억이 없는 나는 목이 메어 꾸벅 고개만 숙여 인사를 한 뒤 진료실을 나섰다. 땀에 젖은 내 등 뒤에 그녀의 목소리가 피운 꽃을 또 한 송이 달고.

"Have a nice life!(좋은 인생 되기를!)"

나를 붙잡아준 여섯 번째 말

"아가야,
불행을 조심하렴!"

그때 그렇게 방황하기를,
몇 밤을 새워 울기를,
그렇게 길을 잃기를 정말 잘했어.
한가로이 차나 마시길 잘했어.

모두가 말리던 그 길 가길 잘했어.
진실한 미소에 속아서 사기당하길 잘했어.
복수하지 않고 숨죽여 지내길 잘했어.
살아 있길 잘했어.

닥터 마츠모토는 정신과 의사다. 나는 그를 작은 명상모임에서 만났는데 그 모임에 참석한 이들 중 동양인은 나와 그 둘뿐이었다. 그 때문이었을까? 둘씩 짝을 지어 이야기를 나누는 시간이 되었을 때 자연스레 우리는 팀을 이뤘고 그는 꽝장히 수줍어하면서 나와 대화를 시도했다.

"명상을 할 때 주로 무엇에 집중하세요?"

나는 잠시 생각해본 뒤 대답했다.

"마음접시에 담긴 잔잔한 물을 바라보려고 노력해요. 잘되진 않지만⋯. 선생님은요?"

그는 여전히 수줍은 얼굴로 대답했다.

"저는 제 안에 있는 거인을 보려고 노력해요. 그것도 잘되진 않지만⋯."

유난히 키가 작고 말라서 소년처럼 보이는 닥터 마츠모토는 언젠가 그의 안에서 일어섰던 거인에 관해 이야기해주었다.

조그맣다, 겁이 많다, 수줍음을 탄다, 내성적이다, 약하다…. 애초에 이런 말들이 나를 규정하도록 내버려둔 것이 잘못이었다. '어떤 나쁜 자식도 널 좌절시키게 내버려두지 마라.'라는 말을 이 나라에선 흔히 쓰는데, 내 경우는 그 나쁜 자식이 바로 나였다. 체구가 작은 동양인 외모만 보고 백인들이 멋대로 날 판단하게 내버려뒀을 뿐만 아니라 그들의 기대에 얌전히 부응하도록 스스로를 길들이기까지 했던 것이다! 그것도 25년 동안이나. 비겁하기 짝이 없는 노릇이었다.

학교에 입학하던 순간부터 내 이름은 '작은 아이little fellow'였다. 내 이름은 몰라도 '작은 아이'는 모두가 알았다. 1978년까지 시행되었던 백호주의 정책 때문에 동양인 이민자가 거의 없었던 나라에서 동양인 중에서도 체구가 작은 편에 속했던 나는 너무 작아서 눈에 띌 정도였다. 급우들에게 놀림을 받거나 괴롭힘을 당한 기억은 없다. 오히려 어른이건 아이이건 내게 부자연스러울 정도로 신경을 써주는 바람에 쑥스러울 때가 많았다. "가방이 너무 커서 무겁지 않니? 내가 들어줄게." 하며 친구들이 내 야구가방을 어깨에 쓱 둘러매는 일은 예사였으며 열 살이 넘도록 횡단보도를 혼자 건너고 있으면 손을 잡고 함께 건너주는 아저씨가 있을 정도였다.

백인 아이들은 청소년기에 무섭게 성장한다. 열대여섯 살만 되면 거의 성인처럼 떡 벌어진 어깨에 큰 키, 거뭇거뭇한 수염을 가진 '사내'가 된다. 또래의 여자아이들마저 키와 덩치가 나보다 커서 어린 동생을 대하듯이 나를 굽어보며 묻곤 했다.

"너, 정말 고등학생인 게 맞니?"

레지던트 시절, 스물다섯 살의 나는 시드니에 있는 한 종합병원 정신과에서 수련의 생활을 하고 있었다. 내가 야간 당직을 서고 있던 어느 밤, 자정이 가까운 무렵에 정신병동의 비상벨이 울렸다. 나는 황급히 당직실 벽에 걸려 있던 가운을 움켜쥐고 응급실로 달려갔다. 중년의 한 백인사내가 응급실 바닥을 구르며 알 수 없는 말들을 웅얼대고 있었다. 그를 데리고 온, 그의 부인으로 보이는 뚱뚱한 여성이 내가 뛰어 들어오는것을 보자 물었다.

"도대체 의사는 언제 오는 거예요?"

나는 가쁜 숨을 고르며 대답했다.

"제가 의사입니다."

순간, 부인의 얼굴에 짙은 당혹감이 스쳤다.

"다른…, 의사는 없나요?"

"오늘은 제가 당직입니다만…."

그녀는 답답하다는 듯 머리를 흔들더니 고쳐 말했다.

"그러니까, 백인 의사는 없느냐고요!"

나는 심호흡을 했다. '너, 정말 고등학생인 게 맞니?', '그 큰 가방 내가 들어줄게.'

부인은 안절부절못하며 내 곁으로 다가와 낮게 속삭였다.

"남편은 동양인을 혐오해요. 아니, 두려워해요. 월남전에서 끔찍한 일을 겪었거든요. 그때 일이 생각날 때마다 저렇게 발작을 일으키는걸요. 지금은 저이의 눈에 띄지 않는 게 좋아요."

그렇다고 해서 내가 그날의 당직의사라는 사실이 바뀌는 않는다. 아니나 다를까, 바닥을 구르던 사내는 잠깐 정신이 들었는지 응급실 안을 두리번거리더니 나를 발견하고는 쥐덫에 걸린 듯 비명을 지르기 시작했다.

"으⋯. 으악, 베트콩! 빌어먹을 베트콩! 날 죽이러 온 거지? 오늘은 내가 먼저 널 죽여버리겠어!"

그의 부인과 간호사들이 사내의 양팔과 두 다리에 매달리시 않았더라면 충분히 내 목을 조르고도 남았을 기세였다. 그래서 정신과의사들은 넥타이를 매지 않는 것이 상식이다. 멀쩡하게 상담에 임하던 환자라 할지라도 언제 달려들어 넥타이를 잡아채고 목을 조를지 모르기 때문이다. 의사가 자신의 마음에 들지 않는 단어를 사용하거나 자신이 요구하는 마약류를 처방해주지 않을 때도 그런 일은 빈번하게 발생한다.

"저 사람은 의사에요, 베트콩이 아니에요!"

부인이 그의 귀에 대고 소리를 질렀다.

"당신 의사라고요!"

하지만 나의 동양인 혐오증 환자는 사지를 붙잡혀 버둥대면서도 내게 온갖 욕설과 저주를 퍼붓는 것을 멈추지 않았다.

"의사? 저 애송이 원숭이새끼가 의사라고? 저놈이 내게 무슨 짓을 할 줄 알아? 교활하게 생긴 노란 얼굴을 좀 봐! 저 놈은 내 정맥에 독주사를 놓

"아가야, 불행을 조심하렴!"

을 거야. 그리고 언젠가 우리를 다 찢어발길 거야. 난 저놈들을 잘 알아. 네놈의 아비도, 형제들도, 싹 다 지옥에 떨어져라, 저놈들은 다 악마야!"
그의 악몽 속에 등장하는 것이 틀림없는 '비쩍 마르고 젊은 동양 남자'가 실제로 눈앞에 서 있으니 그의 공포지수가 극에 달하는 것도 무리는 아니었다. 게다가 그 당시의 나는 베트남인들보다 더 가무잡잡하게 햇빛에 그을려 있었다. 중년 사내는 전형적인 정신적 외상 후 스트레스 장애PTSD 증상이었다.

그는 날 죽이고 싶어 했지만 나는 그를 돕고 싶었다. 그리고 환자를 진정으로 도우려면 그의 고통에 동조해서는 안 된다. 환자가 휩쓸려 떠내려가고 있는 물살에, 돕겠고 의사까지 휩쓸려 버려서는 안 되는 것이다. 하지만 나는 때때로 그들이 내민 손을 잡고 함께 떠내려가고 싶은 강한 충동을 느낀다. 의사이기 전에 인간인 것이다. 내 앞에 있는 다른 한 인간이 뭘 간절히 원하는지를 알면서 그것을 해주지 않기란 힘들다. 마음의 병을 앓고 있는 대부분의 환자들은 자신의 불안이나 공포를 이해해주고 함께 떠내려가 줄 누군가를 필사적으로 원한다.
아무리 가냘픈 소녀라 할지라도 일단 물에 빠지면 우람한 구조대원을 힘으로 제압할 수 있다. 그래서 노련한 구조대원들은 즉시 물에 뛰어들어 구하지 않고 기다린다. 물에 빠진 이가 제풀에 지쳐 힘이 빠지기를 기다리는 것이다. 그 길만이 둘 다 살 수 있는 길이다. 정신병동에서 의사로 근무한다는 것은 마음의 바닷가에서 구조대원으로 일하는 것과 같다. 허우

적거리는 환자의 고통에 휩쓸리지 않기 위해선 발가락까지 힘을 주고 안 간힘을 써야 하는 것이다.

가장 눈에 띄지 않고, 아무도 두려워하지 않는

고등학교 시절, 나는 럭비부에 지원함으로써 모두를 놀라게 한 적이 있었다. 성격은 소심했지만 모험심에 불타고 있던 나는 백인 아이들 중에서도 가장 덩치가 크고 힘이 센 아이들로만 구성된 그 세계에 용감한 난쟁이처럼 뛰어들어보고 싶었다. 코치 선생님은 처음엔 좀 난감해하셨지만 '다른 아이들의 밑에 깔리지 않도록 항상 조심한다.'는 조건을 내걸고 팀원으로 받아들여주셨다.

경기를 할 때 내가 맡은 포지션은 풀백full back이었다. 풀백은 기본적으로 수비수다. 그것도 가장 바깥쪽을 맡기 때문에 경기의 흐름에 결정적인 영향을 미치지 않는다. 그래도 나는 내 포지션이 마음에 들었다. 상대편 선수들은 조그만 나를 미처 보지 못했고, 혹은 봤다 하더라도 못 본 척 무시하고 달리기 일쑤였다. 나는 그 점을 역이용했다. 그들은 나를 상대로 인식하지 않기 때문에 내가 갑자기 옆쪽이나 뒤에서 공격해오면 작은 충격에도 휘청거리고 쓰러졌다. 나의 의외의 공격력에 코치 선생님은 기뻐하셨다. 그리고 좀 더 중앙에 가까운, 공격수 포지션을 주겠다고 하셨지만 나는 거절했다. 수비수가 좋았다. 그것도 가장 눈에 띄지 않고 아무도 두려워하지 않는 풀백이 마음에 들었다. 나는 그런 위치에서가 아니면 마음 놓고 실력발휘를 할 수 없는 스타일이다.

눈에 띄지 않고 아무도 날 두려워하지 않는 사람. 어쩌면 그것이 내 꿈이 었는지도 모르겠다. 그런데 알고 보니 그것은 전혀 소박한 꿈이 아니었다. 내가 어릴 때만 해도 호주 내에 드물게 보이던 동양인이었던 나는 어딜 가든 우선 눈에 띄었다. 게다가 부모님들이 외동아들에게 거는 기대가 컸다. "너는 동양인이기 때문에 뭐든지 두 배로 잘해야 한다. 백인들과 똑같이 해선 눈에 띄지도 않아. 키가 작은 만큼 두 배로 뛰어나야 해. 두 배로 공부하고, 두 배로 운동하거라. 아무도 널 무시하지 못하게 해야 한다. 너는 실력으로 이기는 수밖에 없어."

하지만 나는 이기고 싶지 않았다. 이기면 주목을 받게 되고 다른 아이들이 나를 이기기 위해 긴장을 하는 게 싫었다. 그리고 무엇보다, 나는 승자가 되기 위해 태어난 사람이 아니었다. 본능적으로 그걸 알고 있었기 때문에 나는 '무난하고 편한 녀석'이 되려고 무던히 애쓰며 학창시절을 보냈다.

남자는 내가 아무 반응을 보이지 않자 점점 더 광폭하게 날뛰기 시작했다. "난 저놈들이 싫어! 속을 알 수 없는 저 납작한 눈코입이 싫어! 저 태연한 얼굴을 하고 사람을 산 채로 찢어발긴다고! 내가 오늘 내 동생의 원수를 갚겠다. 똑같이 갚아주겠어!"

나는 내가 할 수 있는 가장 차분한 움직임으로 손에 쥐고 있던 흰 가운을 입었다. 왼팔을 소매에 집어넣고, 그다음 오른팔을, 가운의 칼라 깃을 단정히 매만진 뒤 단추를 채웠다. 그리고 조그만 등받이가 달린 진료의자를 끌어당겨 와 그를 마주보고 앉았다.

그의 저주와 폭언은 그 뒤로도 1시간 정도 계속되었다. 그리고 이따금씩 분에 못 이겨 내 목을 조르기 위해 벌떡 일어섰다가 주저앉기를 되풀이했다. 그럴수록 그를 돕고 싶은 마음이 더욱 간절해졌다. 나는 모멸감으로 얼굴을 찡그리지도, 성자 같은 미소를 짓지도 않았다. 하지만 나는 그의 상처가 아팠다. 그의 욕설 속에 얼핏얼핏 끊어진 필름처럼 보이는, 아직 어린 청년이었던 그가 겪어야 했던 참혹한 기억들이 마치 내 것인 양 느껴졌다. 겉으로는 담담한 프로 흉내를 내고 있었지만 환자의 고통을 마주 대한 지 30분도 채 되지 않아 그 아픔을 함께 느껴버린 것이었다. 만약 그렇게 해서 그의 상처를 치유할 수만 있다면 기꺼이 사이코드라마 무대에 서처럼 그 베트콩의 역할을 맡아 사죄라도 하고 싶은 심정이었다. 나는 한숨을 쉬었다. 아무래도 내겐 의사로서의 자질이 부족해. 내 유약한 성격을 잘 아는 한 선배의사가 해준 충고가 떠올랐다.

"좋은 의사란 노련한 웨이터처럼 환자를 대해야 해. 아무리 배가 고파도 웨이터는 나르고 있는 음식을 먹어서는 안 되는 거야. 그리고 아무리 손님과 친해졌다 해도 그 테이블에 함께 앉아서도 안 되고. 핵심은 거리두기에 있어. 마인드 컨트롤을 잘하게."

애석하게도, 나는 노련한 구조대원도, 웨이터도 되기는 틀린 것 같았다. 체념을 하고 나의 무능을 곱씹고 있는데 놀랍게도 그 환자가 내게 한 가닥 희망을 던져주었다. 폭언 끝에 진이 빠졌는지 바닥에 드러누워 눈을 감고 몇 초간 부르르 떨더니 내게 말했던 것이다.

"날 도와주시오, 선생."

"아가야, 불행을 조심하렴!"

상처 입은 동물 같은 눈빛이었다.

순간, 내 안에서 거인이 쑤욱 일어서는 것을 느꼈다. 천천히, 하지만 단호한 태도로 그는 몸을 일으켰다. 커다랗고 강한 남자였다. 내 안에 있는 줄도 몰랐던 그는 분노에 대항하지 않고 고요히 품었다가 내려놓는 강함이 있었다. 울며 발버둥 치는 어린아이는 말없이 끌어안아야 한다고 그는 내게 말해주었다.

내 안에서 일어선 거인은 내가 가야 할 길을 가리켜 보여주었다. 마음에 상처를 입은 사람들과 함께하는 삶. 그들 앞에 온유한 바위처럼 앉아서 이야기를 들어주고 기다려주는 정신과의사의 길이었다.

옛날이나 지금이나 의사가 고칠 수 있는 병은 많지 않다. 불을 피우고 주문을 외우던 시절부터 레이저 칼로 종양을 도려내는 오늘날까지. 그래서 난 의사는 '안심시키는 사람'이라고 믿는다. 환자를 안심시키는 것. 의학 학위를 갖고 있는 누군가가 "괜찮으실 겁니다."라고 말해주는 기능 말이다. 내가 나의 직업에 자부심과 행복을 느끼는 때는 항상 누군가를 안심시키고 편안하게 했다는 느낌이 들 때다. 나는 특히 노인들이나 사춘기 청소년들의 삶에 관심이 많다. 청소년들의 세계에서도 어른 세계의 모든 일들이 일어난다. 폭행과 마약이 있고, 음모와 배신이 일어나고, 소녀들은 낙태를 한다. 노인들의 세계에서 성형 부작용을 비관한 자살이나 치정에 얽힌 살인이 드물지 않은 것처럼.

츠카사는 아버지의 손에 이끌려 진료실을 찾았던 일본인 소년이었다. 그가 들어섰을 때 나는 말로만 듣던 일본의 스모선수가 들어오는 줄 알았다. 열다섯 살이라고 했지만 덩치가 너무 커서 20대 중반이라고 해도 믿을 정도였다. 그의 아버지도, 그도 영어를 잘하지 못했다. 그래서 물어물어 일본인인 나를 찾아온 모양이었다. 하지만 애석하게도 이민 3세대인 나의 일본어 실력도 썩 훌륭한 편이 아니었다. 일상적인 대화라면 그럭저럭 해나갈 수준은 되었지만 병원상담처럼 깊이 있게 들어가야 하는 부분에서는 외국인이나 다를 바 없었다. 다행히 그의 아버지가 만약의 경우를 대비해 들고 온 일영사전이 우리의 대화 간극을 메워주었다.

발음이 어렵거나 긴 단어가 나오면 아예 그 단어에 동그라미를 쳐서 내게 보여줘 가며 아버지가 해준 이야기에 따르면 츠카사가 어릴 때부터 일본의 학교에서 일명 '이지메'를 당했다고 했다. 다른 지역으로 전학을 시켜도 봤지만 인터넷 시대에 '왕따'의 전학소식은 모두에게 공유되었고 귀신보다 빠르게 새 학교에 먼저 도착해 있었다. 그래서 2년 전, 아버지가 아예 호주로 유학을 보내기로 어렵게 결정을 내렸던 것이다.

그의 집안 형편은 그다지 넉넉하지 않았다. 부모가 도쿄에서 맞벌이를 해야만 츠카사의 유학경비를 댈 수 있었기 때문에 그는 숙박비가 가장 저렴한 '홈스테이(일반 가정집에서 외국 유학생에게 방과 음식 등을 제공하고 소정의 금액을 받는 것)'를 하고 있었다. 그는 운이 좋게도 친절하고 화목한 백인가

"아가야, 불행을 조심하렴!"

정 홈스테이를 구할 수 있었다. 츠카사 또래의 아이들이 둘 있었고 대학 강사인 부인과 엔지니어인 남편으로 구성된 흠잡을 데 없는 중산층 가정 이었다. 그 가족은 다른 문화권에서 온 아이를 집 안에 맞이하는 것을 큰 기쁨으로 여겼고, 츠카사를 위해 일본식 나무젓가락까지 따로 준비해둘 정도로 세심하게 마음을 써주었다. 원래 소심한 성격이라 학교에서는 여 전히 겉돌았지만 무리를 지어 츠카사에게 폭력을 휘두르던 아이들이 없어 진 것만으로도 시드니의 학교는 천국 같은 곳이었다. 그런데 이번에는 엉 뚱한 곳에서 문제가 불거져 나왔다.

"유학 보내고 나서 넉 달쯤 뒤에 아이를 보러 호주에 왔더니 세상에, 아이 가 풍선처럼 부풀어 있는 게 아니겠습니까?"

아버지는 아직도 기가 찬다는 듯이 내게 말했다. 이야기를 들어보니 츠카 사가 처음부터 그렇게 뚱뚱했던 것은 아니었다. 일본에 있을 때는 오히려 마른 축에 속했다고 했다.

"호주의 음식이 맛있어서 그런가 보다 하고 처음엔 편하게 생각했어요. 아 이가 혈색도 좋아지고, 식욕이 왕성해졌다는 건 그만큼 마음이 밝아졌다 는 뜻이 아니겠냐면서 아이 엄마는 오히려 기뻐하더군요. 그런데 그 뒤로 올 때마다 부쩍부쩍 살이 쪄 있는 겁니다. 안 되겠다 싶어서 아이 엄마가 일본식 밑반찬을 잔뜩 만들어다가 주고 햄버거는 조금만 먹으라고 당부를 했지만 소용이 없었습니다. 돈벌이를 해야 하기 때문에 아이 곁에서 직접 챙겨주지도 못하는 주제에 먹는 것까지 간섭하는 게 미안하기도 하고, 한 창 예민한 나이에 혼자서 떨어져 지내는 아이가 가엾기도 해서 크게 꾸짖지 못했습니다."

아이를 위해 밤낮없이 일하고도 모자라 넉넉지 못한 살림에 해외유학까지
보내고 있으면서 죄스러워 어찌할 줄 모르는 부모는 세상에 동양인 부모
밖에 없을 것이다. 츠카사의 아버지도 전형적인 일본인 부모였다. 아무 상
관도 없는 내 앞에서까지 정말 큰 죄를 지은 듯이 이야기하면서 머리를 조
아렸다. 이럴 때마다 나는 당황스럽다. 부모를 사로잡고 있는 끔찍한 책임
강박 때문이 아니라 그들의 태도가 아이들에게 미칠 영향 때문이다.

열다섯 살 정도면 자기 문제에 대해 스스로가 책임감을 느끼는 법을 배울
나이다. 자신이 해결할 수 있건 없건 일단 '이건 내 문제다.'라고 느끼는 것
이 중요하다. 무엇이 문제인지, 왜 그 문제가 생겼는지, 어떻게 해야 문제
에서 벗어날 수 있는지 먼저 혼자서 싸안고 궁리하는 단계가 꼭 필요한 것
이다. 해결을 위해 나름대로 노력하다가 부모에게 도움을 요청하거나 상
의할 수도 있다. 하지만 그 또한 닥친 상황을 부모에게 어떻게 전달해야
할지 스스로 요약하고 말로 정리하는 단계를 거친 뒤, 적지 않은 용기를
내어 비로소 도움을 요청하는 것이므로 의미가 있다.

그런데 문제가 터지자마자, 아이가 미처 문제의 본질을 파악하기도 전에,
옆에서 부모가 '내가 뒷바라지를 잘못해서, 내가 자식교육을 잘못해서, 가
엾은 내 자식이 부모를 잘못 만나서….' 등등으로 책임의 화살을 엉뚱한
데로 돌려버리면 아이들은 문제해결 능력을 배울 기회를 빼앗겨버릴 뿐만
아니라 자신에게 닥친 문제를 해결해야 한다는 필요성을 '느끼는' 능력까
지도 상실해버린다. 그저 자신은 상황의 가련한 희생양이 되어 '자식을 이

꼴로 만든 못난' 부모들이 이리 뛰고 저리 뛰면서 뒷수습하는 것을 멍하니 보고만 있으면 된다고 생각한다.

이렇게 어른이 된 아이들의 미래가 어떨지는 생각만 해도 현기증이 난다. 회사 동료들이나 배우자, 아니 사회의 누구 한 사람도 결코 '내가 잘못해서 착한 네가 이지경이 됐구나.'라고 말해주지 않을 것이기 때문이다.

츠카사의 아버지는 계속 죄스러운 목소리로 말했다.

"잘 먹는 건 좋지만 지나치게 몸무게가 불어나니까 아내도 저도 너무 걱정이 됩니다. 혹시 츠카사에게 우리가 모르는 병이 있는 게 아닐까요? 메타볼릭 신드롬이라거나, 당뇨라거나, 아니면 만복감을 느끼는 중추에 이상이 생겼다거나…."

내게 설명을 하기 위해 아버지가 땀까지 뻘뻘 흘려가며 영어사전과 씨름하는 내내 정작 그 당사자인 소년은 소파에 비뚜름하게 앉아 스마트폰으로 게임을 하고 있었다. 나는 일단 츠카사의 건강상태를 체크하기 위해서 혈압과 소변검사를 하도록 간호사에게 지시를 한 뒤 아버지에게 부탁했다.

"다음부터는 츠카사 혼자 병원에 오도록 해주십시오. 정확한 진단을 위해서 꼭 필요합니다."

가장 기본적이고 상식적인 한 가지, 사랑

기특하게도 츠카사는 다음 주, 혼자 병원에 와주었다. 나는 환자들에게 늘 하던 대로 그 아이에게도 물었다.

"요즘 어떻게 지내니?"

아이는 영어교과서에 나오는 대로 "I'm fine."이라고 대답했다. 논술형 답을 기대했던 나는 작전을 바꿨다. 단답형으로 대답할 수 있는 질문을 하기로.

"요새 가장 흥미 있는 게 뭐지?"

츠카사는 국적을 불문하고 세상의 모든 10대들이 가장 즐겨 쓰는 대답을 들려주었다.

"몰라요."

이것도 안 되겠다. 나는 아이에게 말 시키기를 포기하고 내가 말을 하기로 또 작전을 바꿨다.

"난 말이야, 요새 가장 흥미 있는 게 병원 앞 카페의 브런치 세트야. 난 먹는 걸 좋아하거든. 카페 이름이 '블루 자메이카'라고 너도 오다가 봤지? 얼마 전까지는 거기서 연어를 끼운 크루아상을 먹었는데, 하루는 친구가 권해줘서 에그 베네딕트를 한 번 먹어봤어. 세상에, 그렇게 맛있는 게 다 있구나 싶은 게 지금까지 돈 주고 딴 걸 먹었던 게 너무너무 억울해지더라. 특히 계란 위에 얹은 블루치즈 소스가 천국의 맛이야. 진짜 중독성이 강해서 나는 쉬는 날도 에그 베네딕트를 먹으러 30분이나 운전해서 여길 온다니까. 내가 너처럼 젊어진다면 하루에 세 끼를 모두 그걸로 먹고 싶어. 당뇨병이랑 콜레스테롤 걱정만 없다면 말이야. 너도 한 번 먹어봐. 딴 메뉴는 볼 필요도 없어. 그냥 블루치즈 에그 베네딕트를 주문하면 돼."

내가 먼저 이렇게 신나게 떠들어대자 마침내 츠카사가 조그맣게 우물우물 뭐라고 말을 시작했다.

"아가야, 불행을 조심하렴!"

"그거… 나도 먹어봤어요…. 그런데… 거기… 더 맛있는 거 있어요…. 시나몬 프렌치토스트요…. 그건… 테이크아웃 해서 가방에 넣고, 주머니에 넣고, 갖고 다니면서 먹을 수 있어서… 훨씬 좋아요."

나는 고개를 끄덕여주었다. 그렇구나. 나도 다음번엔 시나몬 프렌치토스트를 먹어봐야겠다. 그런데 왜 테이크아웃이 그에게 그렇게 중요할까?

"막 만들어서 따뜻할 때 카페에서 먹지 왜 가방이나 주머니에 넣어서 갖고 가? 식잖아."

내가 묻자 츠카사는 허점을 찔린 것처럼 움찔하더니 멍하게 자기 머릿속을 바라보는 것 같은 표정을 지었다. 그러게. 왜 나는 테이크아웃을 할까? 머릿속을 헤집어 그 답을 열심히 찾는 것 같았다. 그러더니 아주 뜻밖의 이야기를 꺼냈다.

"드니즈가 말을 시키면 먹으려고요…."

그의 아버지도, 어머니도, 소위 프로라는 나도 간과하고 있던 사실이 하나 있었는데, 츠카사가 청년에 가까운 소년이라는 사실이었다. 왕따를 당해서 부모 곁을 떠나 낯선 땅에 홀로 내던져진 '가엾은 어린 것'에만 문제의 초점을 맞추다 보니 가장 기본적이고 상식적인 한 가지를 빠뜨렸던 것이다. 사랑.

츠카사는 우리가 기대했던 대로 이국생활의 외로움을 달래기 위해 먹었던 것도, 폭식증으로 만복중추가 고장 난 것도 아니었다. 테스토스테론이 용솟음치는 그 젊은이가 '드니즈'와 사랑에 빠진 것뿐이었다. 그리고 물론 그것은 짝사랑이었다.

드니즈는 그가 홈스테이를 하고 있는 집의 큰딸이었다. 츠카사보다 두 살 위인 열일곱. 그가 다니고 있는 학교의 상급생이었다. 그녀가 어떻게 생겼는지는 잘 모르겠다. 그녀의 외모를 판단할 객관적인 증거가 거의 없었기 때문이다. 하지만 아무튼 츠카사의 말에 따르자면 '세상에서 제일 예쁘다.'고 했다. 게다가 츠카사는 그녀가 자신을 먼저 좋아했다고 철석같이 믿고 있었다. 그 증거로서 그가 내민 것은 그가 그녀의 집에 도착한 첫날부터 아주 마음에 들어 했으며 심지어 보자마자 뺨에 키스까지 해주었고(!) 저녁식사 때는 제일 큰 소시지를 그의 접시 위에 덜어주었다는 것이었다.

내가 듣기에 드니즈는 사교적이고 따뜻한 아가씨 같았다. 그래서 낯선 땅에 도착한 소년이 안심하고 지내도록 누나처럼 돌보아준 것뿐이었다. 친절. 그것도 서양식의 호들갑스럽게 몸으로 표현하는 친절에 익숙하지 않은 순진한 동양 소년이 그녀가 퍼부어대는 살가움에 넋이 나간 것도 무리는 아닌 듯했다. 물론 착각도 충분히 가능했다.

그런데 문제는 츠카사가 그녀에게 어필할 수 있는 매력이 먹는 것뿐이라는 점이었다. 드니즈는 학교의 최고학년답게 늘 바빴고, 그녀를 만날 수 있는 기회는 아침식사와 저녁식사 때뿐이었다. 드니즈는 처음부터 츠카사가 뭔가를 잘 먹을 때마다 칭찬해주었다. 다분히 모성애적인 반응이었다. 비쩍 마른 동양 소년이 처음 그녀의 집에 도착하던 날, 그녀는 그가 안쓰럽고도 귀여워서 가장 큰 소시지를 그의 접시 위에 올려주었고 츠카사가 그것을 다 먹어치우자(실은 행여나 백인 가족들이 자신에게 말을 시킬까 봐 허겁

"아가야, 불행을 조심하렴!"

지접 소시지를 입에 가득 채워넣은 것뿐이었다.) 손뼉을 치며 기뻐했다.

"와우, 잘 먹네! 호주음식을 못 먹을까 봐 걱정했는데 너무 잘됐다."

그녀가 기뻐하는 모습이 놀랍고도 스스로가 대견했다. 그 뒤부터 드니즈는 매번 식사 때마다 제일 큰 치즈, 제일 큰 스테이크, 제일 많은 크림을 츠카사의 접시 위에 덜어주었고 츠카사는 접시를 깨끗이 비움으로써 그녀를 기쁘게 하는 게 좋았다. '먹는 것'은 굉장히 편리한 도구였다. 무엇보다 쉴 틈 없이 입 안 가득 음식을 넣고 있으면 누가 말을 걸어도 대답할 필요가 없다는 점이 마음 편했다. 서툰 영어로 말해야 하는 것은 언제나 진땀나는 고역이었기 때문이다. 게다가 묵묵히 접시를 비우기만 하면 사랑하는 여자로부터 남자답다는 칭찬까지 받을 수 있으니 일석이조였다.

"츠카사 최고야! 잘 먹으니까 너무 좋다."

대학강사로 일하는 어머니를 대신해서 드니즈가 식사준비를 하는 날이 많았다. 드니즈의 남동생 아담은 츠카사보다 한 살 아래였는데 식성이 까다롭고 얌전한 소년이었다. 그가 깨작깨작 먹는 모습만 보다가 큰 접시를 싹싹 비워내는 츠카사를 보면서 드니즈는 요리하는 보람을 느꼈을 게 틀림없다.

"아담, 츠카사를 좀 봐. 저렇게 씩씩하게 잘 먹으니까 얼마나 좋니? 너도 츠카사처럼 남자답게 먹어봐!"

드니즈가 이렇게 식탁에서 추켜세울 때마다 츠카사는 더 빨리, 더 많이 먹음으로써 자신의 남자다움을 과시하려고 애썼다.

드니즈를 학교에서 마주치는 일도 종종 있었는데 그때마다 인기 있는 그녀는 친구들과 함께였기 때문에 아주 곤란했다. 사춘기 소년이 여자아이들 여럿에게 둘러싸이면 얼마나 당황스럽고 난감한지 여자들은 잘 모른다. 그냥 못 본 척 지나쳐주면 좋으련만 활발한 드니즈는 멀리서도 츠카사를 발견하면 큰 소리로 그를 불러 세워서는 친구들에게 소개하기를 좋아했다.

"우리 집에서 홈스테이 하고 있는 츠카사야. 일본에서 왔어."

그러면 그녀의 친구들은 와글와글 떠들며 이것저것 묻기 시작하는데 가뜩이나 긴장하고 있는 소년의 귀에는 매끌매끌 굴러가는 그녀들의 영어가 무슨 말인지 하나도 들리지 않았다. 그래도 머릿속에서 영어문장을 하나 만들어보려고 끙끙대고 있는데 드니즈가 구원의 손길을 뻗었다.

"참, 나 파이가 하나 있는데…. 먹을래?"

그녀가 가방에서 꺼내어 내민 치킨파이는 모든 문제를 한 방에 해결해주었다. 츠카사는 커다랗게 한 입 파이를 베어 물었고 그 뒤로는 아무도 그의 대답을 기다리지 않았다.

"얘는 정말 잘 먹어. 아무리 많이 줘도 내가 만든 음식을 한 번도 남긴 적이 없어, 굉장하지?"라고 드니즈가 대신 이야기해주었다.

츠카사의 테이크아웃 습관은 그렇게 생겼다. 늘 먹을 것을 갖고 다니다가 면 발치에 드니즈가 보이면 꺼내서 먹기 시작한다. 뭘 먹고만 있으면 그녀의 친구들에게 소개 받아도 겁날 것이 없었다. 그리고 우스꽝스러운 영어로 친구들 앞에서 드니즈를 창피하게 하기는 죽기보다 싫었다. 그런데 한 번 두 번, 영어로 말해야 하는 고비를 파이로 넘기다 보니 그게 습관이 되어버렸다. 학교에서 쉬는 시간에도 다른 아이들이 말을 걸어오는 게 싫어서 카페테리아에서 산 샌드위치나 도넛을 먹었다. 한 입씩 맛있게 먹는 게 아니었다. 볼이 미어터지도록 가득 집어넣고 '나는 지금 말을 할 수 있는 상태가 아니다.'라는 것을 보이는 게 중요했다.

어째서 세상은 남자 아이들의 첫사랑에 이렇게 인색한 걸까? 왜 좀 더 근사하게 경험하게 놔두질 않고 꼭 야비한 대목을 집어넣어서 어디다 하소연도 못하게 만드는가?

츠카사. 나는 마음속으로 소년의 이름을 불렀다. 열다섯 살 무렵의 내 이름을 부르듯이.

세상은 소년들에게 불친절하다, 언제나

'얼음판에서 넘어지면 얼른 털고 일어나라.'고 아버지에게서 배웠다. 안 그러면 바지가 젖는다고. 아아, 츠카사, 미안해. 너는 아무래도 의사를 잘못 찾아온 것 같다. 나는 얼음판에서 넘어지면 엉덩이 밑의 얼음이 다 녹을 때까지 얼굴을 가리고 주저앉아 있는 남자란다.

나는 자신 있는 남자가 아니다. 특히 여자에게 인기 있어 본 적이 한 번도 없기 때문에 연애문제로 찾아오는 환자들에게 늘 미안한 마음을 갖고 있다. 물론 작고 깡마른 남자가 갖고 있는 콤플렉스도 있었겠지만 좀 더 근본적으로 날 여자들 앞에서 움츠러들게 했던 것은 두려움이었다.

형제자매 없이 자란 외동이었고 남학교를 다녔기 때문에 사춘기 시절에 여자친구를 사귈 수 있는 기회는 거의 없었다고 봐도 좋았다. 워낙 눈에 띄지 않는 나 같은 아이는, 하다못해 특출한 운동신경이 있어서 축구부 주장쯤이나 된다면 또 모를까, 여자아이들에게 깨끗이 무시를 당하기 일쑤였다. 거기다 숫기도 없어서 언감생심 아버지 차를 몰고 여학교 학생들과 함께 파티에 간다거나 하는 엄청난 일은 상상조차 할 수 없었다.

그러던 중 내게도 뭔가 특기가 있다는 것을 증명할 기회가 왔는데 시드니 시에 주최하는 청소년 체스대회였다. 체스는 내가 어릴 때부터 즐겨하던 게임이었다. 각 말들이 가지고 있는 정연한 규칙들과 그 규칙들 속에 숨어 있는 예외와 반전이 좋았다. 찬찬히 살펴보면 늘 어딘가에 솟아날 구멍이 있다는 점도 마음에 들었다. 하지만 가장 좋은 점은 혼자서도 흥미진진한 시간을 보낼 수 있다는 거였다. 굳이 상대가 없어도 내가 양쪽편의 말들을 가지고 이쪽저쪽을 오가며 작전을 세우다 보면 몇 시간은 훌쩍 가버리곤 했다. 체스클럽 지도 선생님은 내게 '서두르는 법이 없고 호흡이 차분하다.'고 칭찬해주셨다. 운 좋게도 나는 그 해 시드니 청소년 체스대회에서 우승을 차지하게 되었고 지역신문에 조그맣게 사진과 이름이 실리는 영광도 누렸다. 하지만 그뿐이었다. 내가 내심 기대하고 있던 여자아이들로부터의 데이트 신청 같은 것은 없었다. 하긴 도대체 누가 체스 챔피언 따위와 데이트를 하고 싶어 하겠는가!

그러다가 기적 같은 일이 일어났다. 신문에 기사가 나가고도 한참 뒤, 나의 조촐한 승리가 모두의 기억 속에서 흔적도 없이 사라졌다고 느낄 즈음이었다. 학교 근처의 맥도널드에서 콜라를 마시고 있는데 한 여학생이 내게 다가왔다. 나보다도 자그마한 체구에 깜찍한 얼굴을 한 동양 소녀였다.

"아가야, 불행을 조심하렴!"

그녀는 평판이 좋은 사립 여학교의 교복을 입고 있었다.

"네가 체스대회에서 우승한 아이지?"

나는 깜짝 놀랐지만 짐짓 태연한 척 고개를 끄덕였다.

"우리 엄마가 그러시더라, 대회장에서 널 봤는데 아주 침착하고 영리하더라고. 우리 부모님 두 분 다 체스를 아주 좋아하시거든."

나의 가슴은 자랑스러움으로 터질 것 같았다. 무언가 말을 해야 한다. 나는 내가 낼 수 있는 가장 어른스런 목소리로 그녀에게 묻는 데 성공했다.

"너도 체스를 좋아하니?"

여자아이는 세상에서 제일 귀엽게 방긋 웃었다.

"글쎄. 난 복잡하게 생각하는 건 싫어서…. 하지만 배워보면 재미있겠다고 생각해. 네가 좀 가르쳐줄래?"

오, 하나님. 이것은 너무나 완벽합니다! 물론 나는 그녀에게 체스를 가르쳐줄 용의가 있었다. 언제라도, 언제까지라도. 나는 일단 그 당시 맥도널드에서 가장 비싼 음료였던 밀크셰이크를 사서 그녀에게 바쳤다. 그 효과는 기대 이상이었다. 셰이크를 빨대로 마시며 그녀가 내게 물었던 것이다.

"이번 주 일요일에 우리 집에 놀러오지 않을래? 같이 체스게임도 하고 저녁도 먹자. 우리 부모님들도 네가 오면 좋아하실 거야. 물론 너만 괜찮다면…."

도대체 내가 무슨, 얼마나 엄청난 착한 일을 한 것일까? 그날은 수요일이었고 일요일은 영영 오지 않을 미래처럼 멀어 보였지만 나는 고개를 끄덕였다. 그녀를 내게로 이끌어준 유일한 매력인 '침착하고 영리한' 태도를 잃어버리지 않으려고 애쓰면서.

일요일의 저녁식사는 너무나 즐거웠다. 그녀의 부모님들은 대만 출신인 이민자 2세로 나를 친아들처럼 편안하게 대해주셨고 깜찍한 여학생은 나와 체스를 두는 사이사이, 내가 일부러 져주는 척할 때마다 까르르 웃음을 터뜨리면서 "너, 참 재미있는 아이구나."라고 내가 가장 듣고 싶어 하던 말을 해주었다. 꿈결 같은 시간이 지나고 나를 문밖까지 배웅하며 그녀가 "다음 주 일요일에도 올래?"라고 속삭였을 때, 내가 "응!"이라고 너무 크게 대답하는 바람에 그녀가 또 까르르 웃었다.

우리 어머니도 숫기 없던 아들이 일요일에 여학생의 집에 놀러가게 되었다는 사실이 못내 반가우셨던지 다음 주에 입고 가라며 새 셔츠를 사주시기까지 했다. 가슴이 쫙 펴지고 하루하루가 빛으로 가득 차오르는 것 같았다.

하지만 인간의 욕망은 끝이 없다고 했던가? 이렇게 '일요일의 데이트'가 3주 가량 지속되면서 내 속에서도 조금씩 욕심이 싹트기 시작했다. 왜 우리는 다른 아이들처럼 주중에 자유롭게 만날 수 없는 것일까? 왜 항상 그녀의 집에서 부모님들이 계시는 거실에서 체스나 두지 않으면 안 되는 것일까? 평일에도 학교가 끝나면 그녀와 피자헛에서 콜라도 마시고 싶었고 함께 공원에도 놀러가고 싶었다. 하지만 그녀는 주중엔 항상 공부를 하느라 바쁘다고 했고 일요일 저녁시간도 식사시간을 포함해 두어 시간 정도 내게 할애해주는 것이 고작이었다.

"아가야, 불행을 조심하렴!"

친구들과 걸어서 집으로 돌아가던 중이었다. 그녀가 다니는 여학교의 스쿨버스가 우리를 스치고 지나갔다. 창가에 앉은 여학생들의 얼굴 사이에 나의 그녀가 섞여 있었다. 나는 반가움에 눈이 번쩍 떠졌지만 그녀는 나를 미처 못 보고 지나친 것 같았다. 그때 함께 걸어가던 한 친구가 누구에게랄 것도 없이 물었다.

"방금 지나간 버스에 타고 있던 동양인 여자아이, 봤어? 예쁘지?"

나는 자랑스러움을 숨기고 수줍게 말했다.

"내 여자친구야."

그 친구는 한동안 어이가 없다는 듯한 얼굴로 나를 보더니 곧 딱하다는 표정이 되어 내 어깨를 툭툭 쳤다. 나는 다시 힘주어 말했다.

"정말이야. 벌써 세 번이나 함께 저녁을 먹었는걸."

친구는 내게 말했다.

"네가 뭘 잘못 생각한 모양인데…. 이 부근에서 린을 모르는 아이는 없어. 저 여학교에서도 제일 귀여운 아이이고, 우리 학교 아이스하키부 주장의 여자친구라고. 그것도 2년 넘게!"

그 주 일요일에도 나는 그녀의 집에 초대되어 있었다. 그리고 나는 그녀에게 줄 조그만 머리핀을 사놓았다.

일요일 저녁, 내가 그녀에게 핀을 내밀자 그녀는 언제나처럼 귀엽게 방긋 웃으며 받았다.

"어머, 예쁘다! 고마워!"

나는 그녀가 화를 낼까 봐 두려워하면서 조심스럽게 친구에게서 들었던 이야기를 물었다.

"네게 다른 남자친구가 있다는 게 사실이니?"

그녀는 당황하지도, 망설이지도 않고 순순히 인정했다. 부모님들의 귀에 들리지 않게 그녀는 소곤소곤 말했다.

"실은 우리 부모님이 스캇을 싫어하셔. 성적도 안 좋고 불량스러워 보인다고 처음부터 사귀는 걸 반대하셨거든. 너도 알잖니. 동양인 부모님들이 덩치 큰 백인을 별로 탐탁지 않게 여기신다는 거…."

키가 2미터가 넘고 근육질인 아이스하키부 주장 스캇이라면 나도 잘 알고 있었다. 선배들과 몇 번 몸싸움을 해서 학교에서 징계를 받은 적이 있고, 영화에 나오는 갱스터처럼 굵은 체인 목걸이를 하고 다녔기 때문에 남학생들도 두려움 반, 선망 반으로 우러러보는 존재였다. 그녀의 부모님은 딸이 그런 불량스러워 보이는 남학생과 사귀는 것을 불안해하셨고 그럼에도 그녀가 그와 계속 만나는 것을 알고는 최근 외출 금지령까지 내렸다고 했다. 그래서 그녀가 궁여지책으로 생각해낸 것이 부모님 마음에 드실 만한 가짜 남자친구를 만드는 것이었다. 동양인에, 체스를 잘 두고, '영리하고 침착하게' 공부만 하는 숙맥인 내가 맞춤한 적임자였다. 그래서 일부러 부모님이 보시는 앞에서 나와 어울리는 것으로 눈속임을 해왔던 것이다. 주중에 아무리 늦은 저녁시간이라도 날 만난다고 하면 외출을 허락해주셨다. 물론 그 시간은 스캇과 함께 보냈다. 이야기를 다 듣고 나서 나는 자리에서 일어섰다.

그녀와 부모님들이 여느 때처럼 나를 문 밖까지 배웅해주었다.

"그럼 다음 주 일요일에 또 보자꾸나."

아무것도 모르는 부모님들이 이렇게 말씀하셨지만 나는 넋이 나가서 어떻게 대답을 했는지도 기억이 나지 않는다. 다만 터덜터덜 걸어가고 있는데 그녀가 잽싸게 나를 뒤따라오더니 작은 소리로 물었던 것은 뚜렷이 기억난다.

"일요일에 계속 우리 집에 와줄 수 있지? 부탁이야. 덕분에 요새 부모님이 날 감시하지 않으신단 말이야."

나는 내 셔츠자락을 구겨지도록 움켜잡고 있던 그녀의 손을 가만히 뿌리쳤다. 그건 우리 어머니가 사주신 새 셔츠였다.

지금도 후회하고 있는 것은, 그때 왜 내가 좀 더 또래 사내아이답게 반응하지 못했었나 하는 점이다. 당연히 그 여자아이에게 화를 냈어야 했고, 소심한 복수라도 계획했어야 했고, 하다못해 친구들에게 '못된 계집애'가 날 이용했다고 떠들기라도 했어야 했는데 나는 토끼처럼 그저 깊숙이 숨었다. 숨어서 몸을 웅크리고 생각해보니 모든 것이 내 잘못인 것만 같았다. 내가 어리석어서, 내가 바보 같아서, 내가 주제 파악도 못하고 김칫국부터 마셔서, 내가, 내가, 내가….

'나'를 혼내는 방법을 선택하니 편하긴 했다. 복수를 할 필요도, 번거롭게 사과를 들으러 갈 필요도, 용서하기 위해 애쓸 필요도 없었다. 상황을 바꾸기 위한 고통을 감내하기보다는 그냥 만만한 나 자신의 머리통에 알밤을 몇 대 먹이고 말았더니 모든 것이 조용하게 지나갔다. 그 대신 내 속의 나는 더욱더 주눅 들고 소심해졌다. 그리고 그 후로 10년 동안, 여자아이 근처에도 못 갔다.

우리는 스스로를 과소평가한다. 조그만 말뚝에 묶인 거대한 코끼리처럼. 코끼리 이야기를 아는가? 서커스단에서 처음 아기코끼리를 사오면 장난감처럼 가냘픈 말뚝에 묶어둔다고 한다. 아기코끼리의 힘으론 그 조그만 말뚝도 뽑을 수가 없다. 몇 번 시도하다가 어느 날 코끼리는 말뚝에 순응해버린다.

'나는 이 말뚝을 벗어날 수 없어. 아무리 노력해봐도 아프고 상처만 날 뿐이야. 그냥 이 곁에 머무는 게 좋겠어.'

아기코끼리는 자신이 매일 자라나고 있다는 사실을 모르기 때문에 그다음부터는 더 이상 말뚝을 뽑아보려는 시도조차 하지 않는다. 그래서 지상에서 가장 크고 힘센 동물인 어른코끼리가 되고 난 후에도 아기 시절의 그 말뚝에 묶여 어디에도 가지 못하게 된다. 그저 한 번 슬쩍 당겨만 보아도 쑥 뽑힐 텐데. 서커스단 사람들 입장에선 그렇게 길들여진 코끼리를 관리하기란 아주 쉽다.

하지만 여기서 이야기의 핵심은 코끼리의 어리석음이 아니라 우리의 비열함이다. 당신과 내가 코끼리를 비웃을 수 있는 것은 단지 우리가 서커스단에 팔려온 아기코끼리 시절을 겪어보지 못했기 때문이다. 젖도 떼기 전 엄마 품을 떠나 낯선 곳으로 끌려왔던 경험이, 조그만 다리에 사슬이 채워지고 난생처음 말뚝에 묶였던 그 차가운 밤의 기억이 없는 것이다. 밤

새 울부짖고 발버둥 쳐봐도 말뚝은 꿈쩍도 않고 다리와 발등에 생채기만 가득 남았던 쓰린 기억이 있는가? 벗어나려고 몸부림칠수록 사슬은 점점 깊숙이 파고든다는 것을 배워야만 했던 어린 시절이 없었기 때문에 웃으면서 "그까짓 것, 슬쩍 잡아당기기만 해도 쏙 빠질 텐데…. 코끼리란 정말 단순하군." 하고 말할 수 있는 것이다.

우리에겐 그런 말뚝이 없었던가? 타인의 눈엔 하찮아 보이는 어떤 일에 우리는 불같이 화를 내거나 수치심을 느끼거나 겁에 질린다. 어떤 대상 앞에만 서면 우리는 여전히 아기코끼리로 돌아가기 때문이다. 지금 자신이 몇 살인지, 얼마나 배웠는지, 남 보기에 얼마나 번듯한지는 아무런 상관이 없다. 중요한 것은 기억이다. 우리를 이해하지 못하는 친구나 가족들은 "이성적으로 생각해봐. 이게 그렇게 겁낼 일인지!"라고 말한다. 하지만 언제나 기억은 이성보다 힘이 세다. 누구도 거스를 수 없는 '본능'이라는 것도 따지고 보면 유전자에 새겨진 기억일 뿐이다.

그래서 나는 함부로 환자들에게 '힘내라'는 말을 하지 않는다. '그건 아무것도 아니다'라는 말도. 아무것도 아니긴. 누구보다 내가 더 잘 알고 있다. 그리고 섣불리 힘내려고 하다가 상처만 덧난 경험도 부지기수다. 그러니까 다른 사람들이 모르고 하는 소리에 신경 쓸 필요 없다.

내가 지금 아픈 건 그 말뚝이 대단해서가 아니라 그 말뚝이 나의 대단히 많은 부분을 건드리기 때문이다. 그리고 말뚝에 매인 기억이 대단히 집요하기 때문이다. 다음에 또 그 말뚝이 발목을 잡아채거든 서둘러서 힘내지 말고 조용히 좀 틀어박히길 권한다. 당신의 마음이 '이건 내 상대가 되나는 함부로 환자들에게 '힘내라'는 말을 하지 않는다.
'그건 아무것도 아니다'라는 말도.
아무것도 아니긴. 누구보다 내가 더 잘 알고 있다.
그리고 섣불리 힘내려고 하다가 상처만 덧난다.
그러니까 다른 사람들이 모르고 하는 소리에 신경 쓸 필요 없다.

서둘러서 힘내지 말고 조용히 좀 틀어박히길 권한다.
마음이 '그건 이제 내 상대가 되지 않아.'라고
스스로의 목소리로 말할 때끼지 기다려주어야만
그 장난감 말뚝은 뽑힌다.

지 않아.'라고 스스로의 목소리로 말할 때까지 기다려주어야만 그 장난감 말뚝은 뽑힌다.

소금 알갱이처럼 반짝이던 내 사랑

츠카사는 나보다 영리한 남자였다. 그는 적어도 상황 파악은 하고 있었다. "알고 보니 드니즈가 날 '사랑'하는 건 아니었어요. 그냥 '좋아'하더라고요." 그가 그렇게 말했을 때 소년시절의 나는 열등감에 휩싸였다. 나도 그렇게 쿨하게 알았어야 했는데.

이야기를 끝낸 츠카사가 무언가를 생각하는 듯 목을 움츠리고 잠자코 있는 사이, 나는 카일라를 생각했다. 첫 사랑의 상처가 있고 나서 10년 뒤, 기적처럼 내게 다시 찾아온 사랑이었다. 그녀는 나와 동갑이었다. 미국 조지아에서 나고 자란 그녀는 시드니 교외의 한 학교에서 카운슬링 교사로 일하고 있었다.

그녀는 눈이 아주 컸다. 그것은 커야만 하는 것 같았다. 아기를 키우는 엄마들의 기저귀가방이 아주 큰 것처럼. 그 속에 담아야 할 것들이 너무 많아서, 자신을 위한 것이 아닌 누군가를 돌봐야 하는 공간이 필요한 사람들이 갖는, 그런 종류의 큰 눈이었다. 그리스, 아르헨티나, 독일, 필리핀, 아랍의 피가 섞여 '카일라'라는 칵테일을 만들어냈다. 혼혈 미국인들을 가만히 보고 있노라면 그들을 감싸고 있는 여러 겹의 이야기들이 보인다. 그리스인의 턱선과 아랍인의 피부와 독일인의 콧날과 아르헨티나 여인의 대

담함과 필리핀 여인의 순수한 몸 느낌이 저마다 그녀의 한 부분씩 차지하고 서로 다투지 않고 나의 여자친구를 이루고 있었다.

그녀를 만나기 전까지 나는 카운슬링 교사라는 존재에 대해 상당한 불신을 품고 있었다. 그저 교육 당국이 구색 맞추기 식으로 배정한 상담실과 카운슬러라면 내가 다니던 학교에도 있었다. 하지만 우리들 중 누구도 진짜 고민이 생겼을 때 '상담선생님'을 찾아가지 않았다. 그것은 양호실에서 암치료를 받겠다는 것보다 더 우스운 짓이었다. 중고등학생 또래의 아이들은 무엇보다 어른을 신뢰하지 않는다. 그들이 어떤 뻔한 말을 할지 다 알고 있다. 자신들이 갖고 있는 고뇌는 지금껏 세상에 없던 것이며 누구도 이해할 수 없다고 10대들은 믿는다.

우리가 처음 데이트를 하던 날, 우리는 둘 다 스물세 살이었고 아직 학생이었던 나는 교회의 쥐처럼 가난했다. 우리는 시드니 오페라하우스 안에 있는 공원을 걸어서 두 바퀴(처음엔 서로 조금 떨어져서 한 바퀴, 그다음엔 손을 잡고 한 바퀴) 돌았다. 축축한 바람이 부는 춥고 흐린 오후였다. 그러고는 슈퍼마켓 식품코너에 딸린, 전자레인지에 데워먹는 스낵코너에서 저녁을 먹었다. 나는 피쉬앤칩스를, 그녀는 야채 샌드위치를 샀던 것으로 기억한다. 선 채로 그것들을 먹으면서 이런저런 이야기를 나누는데, 그녀의 손이 불쑥 내 접시 위로 올라오더니 감자튀김을 집어갔다. 두 번, 세 번…. 그녀는 전혀 거리낌이 없었다. 첫 데이트에서 보이는 모습 치고는 너무 자연스럽고 천진스러워서 나는 웃었다. 그제야 그녀는 내 접시 위에 놓인 자신의 손을 발견했는지 어깨까지 빨갛게 물들이며 수줍어했다. 나는 그 순간 그녀를 사랑하게 되고 말았다. 잘 구워진 토스트 빛깔의 팔과 손가락, 그 손가락 끝에 묻어 있는 기름과 소금알갱이가 반짝반짝 빛났다. 흠뻑 빠져버렸다. 그 손가락으로 내 접시에서 무엇을 집어간다 해도 좋을 것 같았다. 그녀는 손을 등 뒤로 숨기더니 조그맣게 말했다.

"어릴 때…. 형제가 아홉 명이나 있었거든…. 내 접시, 네 접시라는 게 따로 없었어."

그녀는 처음부터 카운슬러가 되기 위해 태어난 사람이었다. 10남매 중 둘째로 태어났는데 위로 언니 하나와 아래로 남동생 다섯, 여동생 넷이 있었다. 동생들이 태어나기 전, 한 살 차이밖에 나지 않았던 언니와 둘이 친구처럼 컸던 16년 동안이 그나마 그녀의 인생에서 가장 평화로웠던 날들이었다. 그녀가 열일곱 살이 되던 해에 바로 아래 여동생이 태어났다. 그리고 그다음 해에 셋째, 넷째 남동생들이 쌍둥이로 한꺼번에 등장했을 때 그녀는 이미 대학생이었다.

"아이는 엄마가 낳았지만 자식들이 늘어가는 부담을 느껴야 하는 건 언제나 나였어. 농담이 아니야."

카일라는 말했다.

"엄마는 항상 너무나 불행했기 때문에 누군가를 돌볼 마음의 겨를이 없었어. 누군가 의지할 사람이 필요했기 때문에 날 낳았던 거야, 틀림없이."

큰딸이었던 언니는 어릴 때부터 반항적인 데다 드러내놓고 부모를 미워했고, 걸핏하면 집을 나가기 일쑤여서 전혀 의지가 안 됐다. 소문난 미남이었던 아버지는 전형적인 그리스 남자였다. 주위에 늘 친구들과 애인들이 들끓었고, 남자의 가장 큰 사명인 의리와 낭만에 충실하느라 가정을 돌볼 틈이 없었다. 엄마는 하루에도 수만 번씩, 숨을 들이쉬고 내쉴 때마다 아버지와 헤어지겠노라고 말했지만 결국은 그 불행에 익숙해져서 그 안락한 지옥에서 절대로 벗어나려 하지 않았다. 대신 둘째 딸인 카일라에게 불성실한 남편과 살아야 하는 넋두리를 늘어놓았다. 여덟 살 때부터 엄마, 아버지, 언니의 식사를 챙겨야 하는 것도 그녀였고 그들의 이야기를 듣고 뭔가 해결책을 내놓아야 하는 것도 그녀였다.

어린 형제들이 하나둘씩 불어나고 결국 조그만 이층집이 아이들로 가득 차게 되자 본격적으로 그녀의 카운슬링 업무가 시작되었다. 카일라를 제외한 가족들은 모두 성격이 불같고 기분파였다. 게다가 아버지에게서 물려받은 예술가적 기질 덕분에 자존심과 콧대만 높았다. 어쩌다 기분이 좋아서 화목하게 지낼 때는 텔레비전 드라마에나 등장할 법한 멋진 가족이었지만, 한번 신경전이 시작되면 살쾡이들처럼 서로 물어뜯고 그 상처를 할퀴고 후벼 파야만 끝이 났다. 그래서 그들은 본능적으로 카일라를 사용하는 법을 익혔다. 직접 부딪히기보다 그녀를 통해서 서로 의사 전달을 하고 문제를 해결하는 쪽이 편하다는 것을 알게 된 것이다. 가령, 엄마가 막내 동생에게 잔소리를 하고 싶을 때면 그녀를 불렀다.

"카일라, 션에게 운동화 신고 부엌에 들어오지 말라고 해라. 한 번만 더 그렇게 했다가는 그 운동화에 불을 질러버리겠다고 해."

혹은 일곱째가 넷째가 아끼는 장난감을 망가뜨렸을 때도 방패막이로 그녀를 내세웠다.

"누나, 해리 형에게 이거 누나가 망가뜨렸다고 해줘."

심지어 언니가 집을 나갔다가 붙잡혀 경찰서에서 연락이 와도 아버지는 직접 가서 큰딸을 데려오는 대신 그녀를 불렀다.

"카일라, 경찰서에 가서 언니를 데리고 와라. 벌금을 물라고 하면 절대로 낼 수 없다고 말해."

그녀는 가족들 중 유일하게 정상적인 사람이었다. 길길이 뛰면서 화를 내지도, 끝없이 우울해 하지도 않는 이는 그녀뿐이었다.

"나는 어렸을 때 내 문제로 오래 고민하거나 마음 썼던 기억이 없어. 나는 백화점 고객센터였다고 생각하면 돼. 모두들 문젯거리가 생기면 내게 찾아왔기 때문에 항상 마음이 바빴거든. 그리고 그때는 그것이 너무나 당연하다고 생각했기 때문에 별로 힘들다거나 불행하다고도 느끼지 않았어."

불행해 마세요, 독특하게 평범한 당신

'행복을 선택하기'는 아주 쉽다. '불행을 선택하지 않기'에 비하면. 실제로 불행을 느껴야 할 이유가 충분한 상황에서, 그러니까 '이럴 땐 좌절과 절망과 분노를 느껴야 한다.'고 배운 그런 상황들 앞에서 그걸 느끼지 않는다는 것은, 처음엔 전문적인 지식을 가진 누군가의 도움 없이는 거의 불가능한 일이다. 굶주린 사람에게 눈앞의 빵을 먹지 말라고 하는 것과 같다. 걱정거리가 생겼을 때 우리는 본능적으로 그것에 달려들어 허겁지겁

씹어 삼키고 다른 걱정거리가 생길 때까지 두고두고 곱씹으며 음미하고 싶은 충동에 시달리는 존재이기 때문이다.

하지만 어렵더라도 일단 불행을 선택하지 않아야 한다. 나는 환자들에게 항상 이야기한다. '불행해하는 것만 빼고는 뭐든지 하라.'고. 초콜릿 한 박스를 먹든, 소리를 지르든, 다른 이를 탓하며 욕하든, 다 좋으니까 스스로를 파괴하는 것만 선택하지 말라고. 그러고 나서 그다음 단계를 생각해도 늦지 않다고 말이다. 일단 떨어지는 벽돌은 피해야 한다. 그 벽돌이 어디에서 떨어졌는지, 누가 던졌는지, 어떻게 복수해야 할지는 그다음에 생각해도 되는 일이다.

사실 힘든 일이 닥쳤을 때 우리가 할 수 있는 일은 많지 않다. 하지만 그 순간에 무엇을 느낄 것인가는 나의 선택이다.

'하지 않기'보다 '하기'가 훨씬 쉽다. 신년계획으로 세운 것들 중에도 '운동하기'가 '금연'보다 잘 지켜지고, '책 100권 읽기'가 '컴퓨터게임 하지 않기'보다 훨씬 쉽게 지켜지는 이유다. 이외에도 예는 많다. 우선 '먹기'보단 '먹지 않기'가 힘들다. '말을 하기'보다는 '침묵하기'가, '움직이기'보단 '꼼짝 않고 있기'가 훨씬 힘들며, '걱정하기'보단 '걱정하지 않기'가 100배는 더 힘이 든다.

행복을 느끼는 방법은 여러 가지가 있겠지만 불행을 느끼지 않는 방법은 딱 한 가지밖에 없다. 그걸 선택하지 않는 것. 자기 탓으로 돌리지 않는 것. 그것이 '불행을 조심하는 법'이다.

"아가야, 불행을 조심하렴!"

"우울증은 우리 가족들 사이에선 유행성 감기와 같았어. 늘 누군가는 걸려 있었고 곧 모두에게 감염되었지. 그래서 나는 그 마음의 감기가 얼마나 인생을 깊이 갉아먹을 수 있는지 잘 알아."

카일라가 말했다. 나는 고개를 끄덕였다. 우울증은 의지박약의 문제가 아니다. 혼자만 안전운전을 한다고 해서 불의의 교통사고를 피할 수 없는 것처럼, 우울증도 분명한 실체를 가지고 우리 몸에 와서 부딪힌다. 그때 누군가 곁에 있어주는 것이 무엇보다 중요하다.

특히 사춘기의 어린 학생들이 우울증을 혼자서 겪어야 한다는 것은 너무나 끔찍한 일이다. 그들은 벌거벗은 것과 마찬가지다. 성인들은 최소한 스스로의 증상을 인지할 수 있고 상황을 개선시키기 위해 무언가를 해볼 수가 있다. 하지만 그 또래 아이들은 자아 몰입도가 강하기 때문에 그 바닥이 없는 검은 우울이 자신만의 문제라고 생각하고 환멸에 빠지며 스스로를 쉽게 파괴해버린다. '지금 상황은 네가 느끼는 것처럼 끔찍한 것이 아니며, 너는 스스로 생각하는 것보다 훨씬 가치 있는 사람이다.'라고 누군가 말해주기만 해도 많은 것이 변한다.

"물론 성인들을 상대하는 카운슬러가 되었다면 지금보다 훨씬 벌이가 좋았겠지. 하지만 그건 나 말고도 할 사람들이 많아. 난 늘 내 자리는 10남매가 둘러앉은 식탁 한가운데라고 생각해. 아이들과 상담을 하다 보면 어쩌면 다들 이렇게 비슷비슷할까 하는 생각을 해. 유럽 아이들도, 미국 아이들도, 일본이나 태국 아이들도, 세상에 하나뿐인 고민을 자신이 안고 있다고 똑같이 생각해. 아무도 자신을 도울 수 없다고 생각하는 것도 똑같지. 모두가 평범한 인생의 한 장면들일 뿐인걸, 그저 다들 평범하게 어리석고, 독특하게 평범할 뿐이라는 걸 모르는 거야."

'왜 그랬어!'가 아니라 '잘했어.'

카일라는 내가 소년 시절 린으로부터 받은 상처를 이겨낼 수 있게 해주었다. 친해지고 나서도 한참이 지난 어느 밤, "중고등학교 때 고민이랄까 그런 거 없었어? 여기 상담선생님이 들어줄게. 지금이라도 얘기해 봐."라고 그녀가 부추겼던 것이다. 나는 용기를 내어 린 이야기를 했다. 누군가에게 그 이야기를 하는 것은 정말 처음 있는 일이었다. 내 성격에 그런 민감한 문제를 누구에게 하소연할 수 있었겠는가? 친구들에게? 부모님께?

카일라는 이야기를 듣고 나더니 깔깔 웃었다. "걔가 그렇게 예뻤어?" 뭐 이런 소리나 하면서. 그건 내가 기대했던 반응이 아니라 어이가 없었다. 이야기의 핵심은 그게 아니잖아. 첫사랑에게서 상처받은 이야기를 하고 있다고. 소심한 마음에 어찌나 호되게 당했던지 스물세 살이 될 때까지 여자 근처에도 못 갔어. 내가 뚱하고 있는 것을 알아채고는 그녀가 내 손을 잡아끌었다.

"나쁜 계집애네…. 그건 그거고, 우리 감자튀김이나 먹으러 가자."

카일라는 감자튀김을 정말로 좋아했다. 그리고 나는 그녀가 감자튀김 먹는 것을 보는 게 좋았다. 내 여자친구는 그 시원한 눈으로 싱글벙글 웃으며 뜨거운 감자튀김을 노래하듯 먹어치웠다. 소금을 잔뜩 뿌려서 어린아이처럼 한 입 가득 집어넣고는 도톰한 입술로 씹는 모습을 보고 있노라면

"아가야, 불행을 조심하렴!"

마음이 맑게 개어오는 것 같았다. 그날도 카일라는 즐겁게 감자튀김을 먹었지만 나는 여전히 뚱한 채로 '상담선생님답게' 위로해달라고 그녀를 보챘다.

"그 아이가 아직 생각난다거나, 미련이 남았다거나 그런 게 아니야. 그저 내가 그때 좀 더 '사춘기 소년답게' 반응하지 못했던 게 스스로에게 미안할 뿐이야. 상담 전문교사니까 네가 더 잘 알 것 아니야. 억눌린 감정이 트라우마가 된다는 것."

그녀는 이번에는 웃지 않았다. 하지만 여전히 장난기 가득한 얼굴로 날 들여다보더니 물었다.

"그래서? 지금 같으면 어떻게 반응했을 것 같은데? 10년 전엔 어린애라 그랬다 치고, 지금은 어른이니까 그때만큼 두렵지는 않을 거 아냐. 지금 그 여자아이가 눈앞에 있다면 어떻게 해주고 싶니?"

나는 말문이 막혔다. 카일라는 숨 쉴 틈도 주지 않고 날 밀어붙였다.

"아니, 이렇게 생각해보면 쉽겠지. 만약 내가 널 이용하고 있는 거라면? 내가 지난 3년 넘게 감쪽같이 널 속이고 진짜 남자친구를 따로 만나왔다면 어떻게 할 건데?"

귓속에서 위잉 하는 소리가 났다. 스물여섯 살의 나 역시 어떤 복수도, 어떤 원망도 하지 못할 것을 알았기 때문이다. 기껏해야 내가 사랑했던, 소금알갱이가 묻은 그녀의 손가락을 조심히 뿌리치겠지. 10년 전의 소년은 어디에도 가지 않고 내 안에 있었다. 나는 다시 토끼처럼 숨어서 스스로의 심장을 당근처럼 갉아댈 것이다. 그런 사람이다. 카일라는 투명한 비커

속을 들여다보는 사람처럼 내게 말했다.

"그것 봐. 그때 너는 최선의 선택을 한 거야. 아무도 이용당해도 될 만큼 바보 같지 않아. 네가 조용히 넘긴 것도 네가 너무 어리거나 바보 같아서 가 아니었어. 그저 그게 네겐 가장 자연스러운 방법이었기 때문에 그렇게 한 거야. 넌 원래 다른 사람에게 상처 주는 걸 못하는 거야. 상처를 상처 로 되갚는 스타일이 아닌 거야. 같은 일이 10번 일어난다고 해도 너는 똑 같이 반응할 거고, 그래야만 해. 만약에 네가 네 타고난 성품을 억누르고 억지로 그녀에게 복수를 하거나 험한 소문을 퍼뜨렸거나 했다면 지금과는 비교도 할 수 없을 만큼 큰 상처를 입었을 기야. 횟김에 니 아닌 다른 사 람에게 몸을 내어준 느낌에 평생 시달릴 수도 있어.

세상엔 공격적인 사람도 있고 온순한 사람도 있어. 조용히 자신을 책망하 는 게 뭐가 나쁘지? 평화롭고 온순한 해결책이잖아. 그냥 그 일이 일어났 던 것뿐이고 너는 네 식대로 반응했던 것뿐인데 네가 그걸 인정하기 싫어 서 상처를 낫게 내버려두지 않는 거야. 다를 수 있었다고 스스로 책망하 고 너는 그런 사람이 아니라고 고집을 부리는 거지. 트라우마? 나는 그런 말을 들을 때마다 우스워."

마음을 묶고 있던 밧줄 하나가 스르르 풀리는 것 같았다. 나는 바보같이 이불을 뒤집어쓰고 스스로를 더 작아지도록 학대한 게 아니었다. 조용하 고 평화롭게 갈등을 헤쳐 나가는 타입의 사람일 뿐이었다. 언젠가 그 트 라우마를 극복하고 '남자답고 화끈한' 사람으로 거듭날 필요 따위는 없는 거였다. 자연스러움. 그 느낌이 너무나 아름다워서 눈물이 흐를 것 같았

"아가야, 불행을 조심하렴!"

다. 그리고 카일라가 그 말을 했다.

"잘했어."

그녀가 이 말을 하며 내 뺨에 손가락을 댔을 때, 그 눈물은 흐르고야 말았다. 잘했어, 잘했어. 처음으로 '왜 그랬어!'가 아니라 '잘했어.'였다. 소년은 누군가 그 말을 해주길 간절히 기다리고 있었다. 10년이 넘도록.

"그때 그렇게 한 거, 정말 잘했어. 네 식으로 남자다웠어. 멋있어."

카일라는 내 인생 최고의 말을 해주었다. 이 말을 해준 여자는 날 가질 자격이 있었다. 그녀가 무엇을 원한다 해도 난 그것을 해주리라.

"나는 너의 그 가만가만한 성격이 좋아. 산들바람 같아. 분명 이쪽에서 저쪽으로 불어가지만 아무도 다치게 하지 않잖아. 온유함. 다른 남자아이들과는 그게 달라서 반했어."

나는 존경과 사랑을 담아 카일라의 올리브빛 이마에 키스했다.

나는 츠카사에게 그 '자연스러움'에 관해 이야기해주었다.

"츠카사, 너 아닌 다른 사람이 되려고 해서는 안 돼. 그 사람 앞에서 너를 자연스럽게 드러낼 수 없다면 사랑도 우정도 오래 가지 못하는 법이야. 나도 학창시절에 소심한 성격 때문에 상처도 많이 받고 스스로를 원망도 했지만 누군가가 그 소심함을 '온화함'이라고 불러줬고 바로 그 점 때문에 나를 사랑해줬어. 언젠가 네 있는 그대로의 매력에 반해서 다가오는 사람이 분명 있을 거야. 게다가 너는 나보다 키도 훨씬 크고 남자답게 생겼잖아."

하지만 그때 난 소년에게 거짓말을 했다. 아니, 한 가지를 빼놓고 이야기 했다. 내 환자에겐 들려주고 싶지 않은 부분이었기 때문이다. 영화도 극장 판과 감독판의 결말이 다른 것처럼 내 이야기의 결말은 그렇게 아름답지 않았다. 그 부분은 굳이 소년이 지금 알지 않아도 될 것 같았을 뿐이다.

'여행하는 사람과 연애하는 사람만이 천국에 산다.'라고 어느 철학자가 말 했던가? 여행지건 연인이건 그곳에 정착하는 순간부터 천국의 아름다움 은 사라져버린다는 뜻이겠지. 10년 뒤, 카일라가 내게 보여주었던 천국도 어느 날 연기처럼 증발해버렸다.

3년 간 사귀고, 7년 동안 우리는 집을 얻어 함께 지냈다.

젊은 동갑내기 남녀의 관계가 늘 평화롭기만 한 것은 아니었다. 그녀가 '자연스럽다.'고 추켜세워주었던 나의 소심함이 때로는 그녀를 답답하게 만들었다. 그녀가 소리를 지르며 화를 낼 때마다 나를 '지긋지긋한 겁쟁이' 라고 불렀기 때문이다. 그리고 카일라의 가족력을 지배하고 있던 우울증 은 잠복기를 거쳐 이따금씩 그녀에게도 나타났다.

사귄지 4년째 되던 해, 나는 처음으로 병적으로 우울해하는 그녀를 보았 고 깜짝 놀랄 만큼 딴사람으로 변한 모습에 충격을 받았다. 하지만 나는 그럴 때마다 그녀를 보호해주려고 애썼다. 평소보다 많이 웃고 더 조용하 게 이야기하면서 그녀의 기분을 달래주려 했지만 그다지 효험은 없었다. 카 일라는 일단 우울해지면 외부와의 접촉을 일절 끊었다. 집 안에서도 아무런 말도 하지 않았고 감정표현조차 하지 않았다. 그녀가 일하고 있던 학교에 전화를 걸어 몸이 좋지 않아서 2~3일 출근하지 못할 것 같다고 이야기해야 하는 것은 나였다.

하지만 짧으면 한 나절, 길면 3일 정도 지나고 나면 카일라는 다시 나의 사랑스러운 여자친구로 되돌아왔기 때문에 나는 견딜 수 있었다. 그녀는 마치 아무 일 없었다는 듯 커다란 눈을 반짝이며 내게 사과도 했다. "내가 또 너를 힘들게 했지? 내 우울증도 주체를 못하면서 아이들에게 상담이랍시고 해주다니 우습지 뭐야…. 그래도 뭐, 의사도 병에 걸리잖아! 상담교사도 우울할 때가 있는 거라고, 안 그래?" 하며 씩씩하게 제자리로 돌아갔다.

나는 그녀와 언젠가 결혼하게 되리라는 것을 의심해본 적이 없었다. 전문의 과정을 마치고 병원에서 일하게 되면 반지를 사서 정식으로 청혼할 계획이었다. 하지만 그녀는 나를 떠났다.

우리가 서른을 갓 넘겼을 무렵, 그녀의 우울증이 부쩍 심해졌다. 예전에는 아주 가끔씩만 나타나던 증상들이 1주일이 멀다 하고 그녀를 찾아오기 시작했다. 감정의 기복이 너무 커서 스스로도 힘겨워했다. 평소의 카일라는 좀 지나치다 싶을 정도로 에너지가 넘쳐서 보고 있으면 알전구처럼 반짝반짝 빛이 났다. 잘 웃고, 명랑하고, 다른 이들을 배려하는 마음으로 가득 차 있었다. 하지만 어느 순간 퓨즈가 끊어지듯이 그 빛이 나가버리면 거짓말처럼 그녀의 모든 활기가 싸늘하게 식었다. 그녀는 이따금씩 내게 우울증이 덮치는 순간에 대해 이야기했다.

"길을 걷다가 납치를 당하는 것 같아. 누군가가 뒤통수를 한 대 후려친 뒤

복면을 씌운 것처럼 순식간에 온몸에서 힘이 쫙 빠지면서 기분이 시커멓게 돼. 캄캄한 지하실로 빨려 들어가는 느낌이야. 그곳에선 아무것도 안 보이고 내가 뭘 해도 소용없는 짓이라는 걸 알기 때문에 웅크리고 가만히 있는 수밖에 없어."

그녀가 일하던 학교에서 해고를 당했다는 사실을 나는 두 달이나 지난 후에 알았다. 그것도 그녀와 함께 일하던 동료를 우연히 병원에서 만나 듣게 된 이야기였다. 결근이 너무 잦고 최근에는 학생들과도 마찰을 일으켜 학교 측에서도 아쉽지만 힘든 결정을 내렸다는 것이었다. 나는 적잖이 충격을 받았다. 그날 저녁, 나는 그녀에게 진지하게 물었다.

"학교를 그만두었다는 말, 왜 내게 진작 하지 않았어?"

그녀는 조금 놀랍다는 듯이 나를 보았다.

"왜 네게 이야기해야 하는데?" 나는 멍해졌다.

"내가 너를 도와줄 수 있으니까…. 내가 도와주고 싶으니까."

그걸 일일이 말로 하고 있는 내 모습이 처량했지만 그건 나의 진심이었고 그런 남자가 곁에 있다는 사실을 그녀가 알았으면 했다. 그녀는 그 큰 눈으로 내 얼굴을 빤히 바라보더니 경멸을 가득 담아 깔깔 웃음으로써 내 마음에 지울 수 없는 상처를 남겼다.

"네가 날 도울 수 있다고 생각해? 너 같은 겁쟁이가? 지금 내겐 뼈가 부러질 때까지 물어뜯고 싸워줄 수 있는 사람이 필요해. 넌 나를 날계란처럼 다루잖아. 욕도 못하고, 물러터져서는, 내 눈치나 살살 살피고…. 미워할 수도 없게…. 최악이야!"

카일라는 그렇게 나를 떠났다. 이번에는 열여섯의 풋사랑 때와는 비교도 안 되는 아픔이 나를 덮쳤다. 그녀가 할퀴고 떠난 것은 우리가 함께 보낸 10년의 시간이었다. 행복했고 아쉬웠고 격렬했고 따분했던 그 낮과 밤들. 그것들이 아무것도 아니었다고, 겁쟁이인 나 따위는 그녀의 삶에 어떤 위로도 되어주지 못했었다고, 나의 20대를 다 바쳐 사랑한 여자가 말하고 있었다.

그때도 나는, 바보 같고 소심한 나는 내게 가장 '자연스러운' 방법을 택했다. 행여나 그녀에게 파편이 튈세라 이불을 뒤집어쓰고서 조심조심 내 심장을 깨는 것. 하지만 소년 시절과 달라진 점이 있다면 그 아픔 속에서도 스스로를 다독이게 되었다는 것이다.

너는 겁쟁이인 게 자연스러워. 그리고 겁쟁이라서 할 수 있는 일이 있을 거야. 물러터진 인간이 아니면 도울 수 없는 사람들이 꼭 있을 거야.

나는 아직도 카일라가 진료실 문을 열고 들어올 것만 같다.

"내가 또 너를 힘들게 했지? 그건 그거고, 우리 감자튀김이나 먹으러 가자!"라고 하면서. 그러면 나는 언제가 되었든 두말없이 그녀를 따라나설 것이다. 나는 그런 사람이다.

언제나 사랑이 문제다. 그것을 받지 못해서, 또는 너무 넘치게 받아서, 혹은 잘못 받아서 사람들은 이런저런 인생의 문제들에 휘말린다. 그 문제들을 해결해보겠다고 우리는 또 다른 문제들을 끌어당기고, 결국은 그 스트레스 때문에 몸 어딘가가 고장 난다. 내 병원에는 그런 사람들이 온다. 누군들 사랑을 원하지 않을까? 하지만 '사랑'이라는 이름으로 우리가 추구하는 것들은 너무 제각각이다. 너무나 충격적일 만큼 제각각이라 때론 할 말을 잃게 한다. 돈에 매달리는 사람들도 있고, 아예 '비뚤어져서' 관심을 받으려는 사람들도 있고, 봉사활동에 중독되어 정작 자기 삶은 내팽개치는 사람들도 있고, 감당하기 힘든 완벽주의의 틀 속에 자신을 가두는 사람들도 있다.

사랑 중에서도 가장 고질적이고 뿌리 깊게 한 인간의 삶을 뒤흔들어 놓을 수 있는 것은 두말할 것도 없이 어머니의 사랑이다. 좋은 의미에시든 나쁜 의미에서든. 특히 갓 태어나서부터 2~3년 동안은 우리 인생의 벽지를 바르는 시기이다. '별일 없을 때' 우리가 바라보는 풍경이 벽지 아닌가? 이 벽지는 우리의 마음이 살아가는 대부분의 공간을 둘러싸고 있다. 사실 평범한 사람이 살아가는 동안 '별일'이라는 게 얼마나 일어나겠는가? 하지만 별일 없어도(크게 언짢은 일만 없다면) 항상 기분 좋은 사람이 있는가 하면 별일 없어서(뭐 좋은 일이 있다고) 항상 우울한 사람들이 있다. 자신들의 감정 시스템의 바탕에 깔린 벽지를 바라보고 있는 것이다. 그 벽지의 색깔과 무늬가 아기 때 결정된다.

세 살이 되기 전 신생아의 뇌는 '인간답다'라기보다는 좀 더 어린 포유류쪽에 가깝다. 신체 부위 중에서 가장 뒤늦게 완성되는 기관인 뇌가 늑장을 부리기 때문이다. 아직 이성이나 비교, 판단을 담당하는 영역(신피질)이 활성화되어 있지 않다. 오로지 충동과 감정을 담당하는 영역(변연계)만으

"아기야, 불행을 조심하렴!"

로 세상을 경험하는 시기이다. 그때 경험한 것들은 '기억'이 나지는 않지만 뿌리처럼 단단하게 우리 무의식의 바탕을 이룬다. 사랑 넘치는 어머니 품에서 그 시절을 왕처럼 지낸 이들은 밑도 끝도 없는 자신감에 차 있는 경우가 많다. 다른 이들이 보기에는 비참하기 짝이 없는 상황에 처해서도 그들은 밥도 잘 먹고 잠도 잘 잔다. 어머니처럼 커다란 손길이 와서 어떻게든 해줄 거라는, 근거 없지만 확실한 믿음이 있기 때문이다. 사람은 분명 이성의 존재다. 하지만 감성 부분이 흔들리면 이성은 맥도 못 추는 유아기적 존재이기도 하다.

반면, 아기 시절에 제대로 된 돌봄을 받지 못하고 '혹독한 세상'을 변연계로 받아들인 사람은 모든 것이 순조로운 시절조차 안절부절 못하며 지낸다. 남 보기엔 무엇 하나 부족할 것 없는 위치에 올라서도 늘 무언가 부족하다고 느끼며 불안해서 잠을 설친다.

여기에 아기들이 불행하면 안 되는 이유가 있다.

그냥 미루거나 떠넘기면 됩니다

걱정하는 시간을 따로 정해놓고 걱정할 것을 권한다. 상한 사과 한 알이 상자 안의 다른 사과들을 모두 물러지게 하는 것처럼 작은 걱정거리 하나가 우리의 하루 시간을 통째로 지배하게 그냥 놔두어서는 안 된다. 그 걱정거리를 떼어내 따로 보관해보면 어떨까? 간식으로 먹을 케이크 한 조각을 냉장고에 넣어놓듯이 그 걱정을 '즐길' 시간을 따로 정해놓는 것이다. 예를 들어 매일 오후 2시부터 3시까지를 '걱정하는 시간'으로 정하는 것이다. 그래서 머릿속에 걱정거리가 떠오를 때마다 "2시까지 기다려. 그때 실컷 걱정해줄 테니."라고 말하면서 한쪽으로 쓱 밀어둔다. 그리고 하고 싶은 일을 하는 것이다. 물론 잘되지 않을 것이다. 하지만 이것도 꾸준히 연습하면 익숙해진다. 독한 마음을 먹고 다이어트를 하는 것처럼 당분간은 2시가 될 때까지는 어떤 일이 있어도 걱정을 '섭취'하지 않겠다고 굳게 마음먹는 것이 중요하다.

이렇게 걱정을 미루는 습관은 건강에 아주 좋다. 숙제나 운동을 미루는 건 문제가 되겠지만 걱정은 언제까지고 미뤄도 괜찮다. 오히려 걱정할 거리들을 미뤄두고 있으면 대부분 제 스스로 해결돼버리거나 사라지거나 잊히거나 하다못해 다른 사람이 한 방에 해결해버리기 때문에 미룰수록 이득이다.

언젠가 잡지에서 읽었던 한 미국 록그룹의 이야기가 떠오른다. 혈기왕성한 젊은이들이 열정만 가지고 그룹을 결성하긴 했는데 막상 음반을 내고 홍보를 하려니 현실적인 문제가 산처럼 앞을 막았다. 물론 돈 문제였다. 녹음실을 빌리려 해도 돈, 음반을 찍는 것도 돈, 홍보 대행사를 쓰는 것도 돈, 하다못해 연습하다가 밥을 먹으려 해도 돈이 있어야 했다. 한 번 돈 걱정을 시작하니 끝이 없었다. '음악은 재능만 갖고 하는 게 아니었구나. 우린 이제 틀렸어.' 6명의 멤버들은 너무나 걱정에 몰입한 나머지 음악을 하겠다는 열의마저 시들해질 지경에 이르렀다. 그때 팀의 한 멤버가 나섰다.

"내게 좋은 아이디어가 있어. 이제부터 돈 걱정은 나만 할게. 나 말고는 아무도 돈에 대해 걱정할 권리가 없어. 대여비, 홍보비, 식비 걱정은 내가 다 맡을 테니까 너희들은 음악에만 신경 써."

그가 다른 멤버들보다 돈이 많았다거나 믿을 만한 구석이 있어서가 아니었다. 그저 한 사람이 '걱정할 권리'를 독점한 것뿐이었는데도 그 효과는 확실했다. 다른 팀원들은 비로소 걱정을 담당자에게 던져버리고 음악 연습에 전념할 수 있었다. 물론 음반은 성공했고 그 걱정 담당 팀원은 밴드의 리더가 되었다. 현실적으로 그가 어딘가에서 돈을 구해왔는지는 알 수 없다. 하지만 '해봤자 소용없는 걱정'이 퍼지지 않도록 조그맣게 뭉쳐서 격리수용했다는 점에서 탁월하다.

걱정을 담당해줄 친구도 없고 걱정시간을 따로 정하는 방법도 현실성이 없어 보이는가? 그렇다면 좀 더 눈에 보이는 방법을 써볼 수도 있다. 에이전시를 활용하는 것이다. 당신을 옥죄고, 다른 생활까지도 제대로 하지 못하게 방해하는 그 걱정거리를 종이 위에 소상히 적는다. 한두 개가 아닐 테니 번호를 붙여서 일목요연하게 정리한다. 큰 걱정거리에서부터 자잘한 걱정까지 빠진 것이 없는지 잘 살피도록 한다. 그 종이를 봉투에 넣고 당신의 집주소를 적어 우체통에 넣으면 일단 당신이 할 일은 끝난다.

당신의 걱정거리들을 조목조목 적은 그 서류는 '국제 걱정거리 처리센터'에 보냈다고 생각하면 된다. 세상의 모든 걱정들을 분류하고 처리하는 거대한 조직이 그 서류를 받아 읽고 적절한 조취를 취해줄 것이다. 그러니 당신은

걱정과 스트레스는 어린아이처럼 다루어야 한다.
아이와 맞서 싸우는 사람은 없다.
하지만 아이가 칭얼거리고 보챌 때마다 원하는 것을 해주면
아이는 내 머리꼭대기에 선다.

그렇듯 스트레스가 엄습할 때마다 휘둘리게 되면
누가 삶의 주인인지 모르게 되어버린다.
스트레스가 다가오면 친절하게 대하되
누가 보스인지 확실히 보여주어야 한다.

당분간 잊어버려라. 그 봉투는 빠르면 2~3일, 늦어도 5일 후에 당신에게 돌아올 것이다. 그때 피식 웃으며 휴지통에 넣지 말고 뜯어서 다시 한 번 읽어보는 것이 중요하다. 아마도 대부분의 자잘한 걱정들은 이미 사라진 뒤일 것이다. 해결된 걱정거리들은 펜으로 그어서 지운다.

그런데 만약 그때까지 해결되지 않고, 해결의 실마리조차 보이지 않는 걱정거리가 있다면 위원회가 임무를 제대로 수행하지 않은 것이므로 항의의 뜻으로 새로운 종이에 더 분명하고 자세하게 써서 다시 보낸다. 그리고 다시 잊어버리면 된다. '이번엔 뭔가를 하겠지.' 하고 마음 편히 생각한다. 편지가 당신의 우편함으로 돌아올 때까지 잊어버리는 것이 핵심이다. 이런 식으로 '국제 걱정거리 처리센터'를 활용하는 법을 익히다 보면 평소에 걱정으로 허비하는 시간이 확 줄어드는 데 놀라게 될 것이다. 돈이 많은 사람들이 회계사를 고용해서 돈 관리 걱정을 줄이는 것처럼.

이보다 좀 더 간단하고 즉각적인 방법이 필요하다면 '바디 어웨어니스Body Awareness'도 좋은 방법이다. 바디 어웨어니스란 의식적으로 몸을 훑어보는 것을 말한다. 햄버거를 먹다가 소스를 흘렸을 때 재빨리 그것이 어디에 묻었는지 셔츠와 바지를 살펴보는 것과 똑같다. 우리가 느끼는 감정들은 어떤 형태로든 몸 어딘가에 얼룩을 남기게 되어 있다. 그 얼룩을 즉시 알아채고 주시하는 것만으로도 응급처치의 효과가 있다. 스트레스를 느낄 때, 그 스트레스가 내 몸에서 어떤 반응을 일으키는지를 객관적으로, 가만히 주시하는 것이다.

스트레스에 휩쓸리는 것이 아니라 마음을 가라앉히고 호흡에 집중하면서 몸을 의식하는 습관은 훌륭한 주치의가 되어줄 것이다. 예를 들어 왼쪽 머리가 지끈거리는가? 잇몸이 시큰거리는가? 단것이 먹고 싶은가? 뒷목이 뻣뻣해지는가? 어깨가 결리는가? 심장이 빨리 뛰는가? 위가 쓰린가? 아니면 화장실로 달려가고 싶은가? 경비원이 전등을 켜고 야간순찰을 돌듯 머리끝부터 발끝까지 하나하나 비추며 살펴보는 것이 좋다.

'내가 지금 목이 뻣뻣해져 있구나. 왜 그런지 알지. 10분 뒤에 하기 싫은 회의에 들어가야 하기 때문이야. 업무상 스트레스가 오면 목이 반응하는 타입이니까 목 스트레칭을 조금 해둬야겠다.'

여기서 중요한 점은 칼자루를 내가 쥐고 있다는 확신이다. 내가 그 증상과 원인을 알고 있으며 그렇기 때문에 얼마든지 컨트롤할 수 있다는 주인의식이 있으면 스트레스에 압도당하는 습관에서 벗어날 수 있다.

걱정과 스트레스는 어린아이처럼 다루어야 한다. 아이와 맞서 싸우는 사람은 없다. 하지만 아이가 칭얼거리고 보챌 때마다 원하는 것을 해주면 아이는 내 머리꼭대기에 선다. 그렇듯 스트레스가 엄습할 때마다 휘둘리게 되면 누가 삶의 주인인지 모르게 되어버린다. 스트레스가 다가오면 친절하게 대하되 누가 보스인지 확실히 보여주어야 한다.

"아가야, 불행을 조심하렴!"

나를 붙잡아준 일곱 번째 말

"너는 기쁨의 아이야."

'간절함'이라고 그는 말했다.
진정으로 치유받기 원하는 이는 치유받게 되어 있다고.
그곳이 어디든 그가 원하는 곳에서 힐러를 만나게 되어 있다고.
당신의 치유도 그렇게 이루어질 것이다.

마더 테레사는 버려진 이들을 돌보겠다며 찾아온 자원봉사자들에게 면접을 대신해서 한 가지를 물었다고 한다.

"당신은 잘 먹고, 잘 자고, 잘 웃나요?"

스스로를 잘 돌보고 쉽게 기쁨을 느끼는 재능이 있는 자만이 타인도 소중히 여길 수 있다고 그녀는 믿었기 때문이다.

오랫동안 버려지고 상처받은 자신의 마음을 돌보기 위해 사람들은 힐러를 찾는다. 그가 만약 진정한 힐러라면 우리에게 이 한 가지를 물을 것이다.

"당신은 갓난아기처럼 울 줄 아나요?"

힐러들도 먹고살아야 하기 때문에 치유관광을 위한 프로그램을 운영한다. 명상 하루코스, 타로카드 리딩, 에너지 치료, 마사지 테라피 등등 거부감 없고 일반인들의 귀에도 익은 것들이 대부분이다. 하지만 그들만의 은밀한 모임이나 특별하고 본격적인 힐링의식들은 외부에 공개되지 않은 채 치러진다. 나는 운이 좋게도 그중 한 의식에 초대되었다. '사진을 찍지 않는다.', '발언권을 포기한다.'는 조건이 붙었다. 의식을 집도했던 내 친구 힐러가 물었다. "투명인간처럼 있을 자신이 있어?" 나는 끄덕였다. 그건 사실 평생에 걸친 내 꿈이기도 했다.

찢어버릴 시간, 꿰멜 시간

그날의 모임은 재탄생 의식을 위한 것이라고 했다. 그 의식을 위해 특별히 마련된 티피(고깔 모양의 인디언 천막) 안에는 우묵한 욕조와 푹신해 보이는 매트리스, 여러 개의 타월들이 준비되어 있었다. 욕조를 보는 순간 나는 그 재탄생이 은유적인 의미가 아니라는 걸 깨달았다. 그들은 실제로 자궁 속에서부터 다시 시작하려는 것이다. 천막의 입구를 막자 아침인데도 은은한 어둠이 내렸다. 그곳에는 산부인과 의사가 되어 오늘의 출산을 집도할 힐러가 있었고, 그 과정을 도와줄 산파도 한 명 있었다. 그리고 투명한 구경꾼인 나.

오늘 이곳에서 새로 태어날 이는 30대 여성이다. 그녀 자신도 힐러라고 한다. 동물들의 마음을 읽는, 애니멀 위스퍼러. 세 살 무렵부터 집에서 키우던 고양이, 앵무새들과 대화하기 시작했다는 그녀는 동물원에 가는 것을 싫어하는 희귀한 아이였다고 한다. 그곳에 갇혀 있는 동물들이 뿜어내는 분노와 외로움을 고스란히 느꼈기 때문에. 하긴 납치, 감금당한 생명체들을 창살 틈으로 보며 아이스크림을 먹고 즐거워했던 내가 좀 미안하긴 하다.

왜 그녀가 자궁의 기억부터 바꾸고 싶어 하는지, 무엇이 그녀로 하여금 '차라리 다시 태어나는 편이 낫겠다.'는 마음을 먹게 했는지는 알 길이 없다. 하지만 그녀의 뿌리 깊은 슬픔은 말하지 않아도 얼굴에 흔적을 남겨놓고 있었다. 눈물에 담갔다가 꺼낸 헝겊 같은 표정, 그렁그렁한 눈동자. 그래서 동물들과 이야기하는 쪽을 택한 것일까, 인간임이 너무 슬퍼서.

커다란 흰 타월을 어깨에 망토처럼 두른 채 그녀는 서 있고, 힐러가 작은 방울이 달린 막대를 흔들며 그녀 주위를 맴돈다. 탑돌이를 하듯 돌면서 그녀가 외우고 있는 것은 '티베트 사자의 서'다. 그러니까 지금 그 슬픈 얼굴의 여인은 태어나기 위해 죽는 중인 것이다. 구석에 쪼그려 앉아 있던 나는 솜털이 가만히 곤두서는 것을 느꼈다. '재탄생'이란 말의 싱그러움에 혹해서 그에 앞서 반드시 선행되어야 하는 필수 코스를 나는 간과하고 있었다. 먼저 죽지 않으면 태어날 수 없다는 당연한 순서를. 그리고 내가 자궁일 것이라 멋대로 상상했던 그 우묵한 욕조는 사실 관이었음을.

방울소리가 멎고, 죽은 이를 위한 진혼이 끝나자 여인은 관 속에 들어가 누웠다. 관 속에는 흙 대신 따뜻한 물이 채워졌다. 산파가 물에 핑크빛 소금을 엷게 풀었다. 죽은 이가 벗어놓은 몸을 담았던 관은 물로 채워지자 새로 태어날 생명을 담은 자궁으로 탈바꿈했다. 순식간이었다. 끝과 끝은 맞닿아 끝없는 원을 이룬다.

물속에 완전히 잠긴 여인은 아무 힘들이지 않고 태아적 동작을 기억해냈다. 몸을 동그랗게 웅크리고 얼굴의 모든 표정을 지운 뒤 엄지손가락을 입안에 집어넣었다. 힐러가 음향 장비의 볼륨을 높이자 심장박동 소리가 천막 안을 가득 채웠다. 어머니의 심장은 힘차게 뛰고 태아는 따뜻한 소금물 속에 평화로이 떠 있다. 심장 뛰는 소리를 이토록 가까이, 온몸이 울리도록 큰 소리로 집중해서 듣는 것은 신비로운 경험이었다. '마음'이란 걸 갖게 된 순간부터 뻗어나간 불필요한 잔가지들이 떨어져 나가는 느낌. 그 힘찬 박동 속에서 나는 언제까지나 평온하리라는 낙천이 솟아났다.

아주 한참이 지났다고 생각되는 어느 순간, 힐러와 산파가 태아를 자궁으로부터(머리부터) 끄집어냈다. 물이 뚝뚝 흐르는 알몸을 매트리스 위에 안아다 눕히고 타월로 온몸을 감싸 흰 누에고치처럼 보이게 했다. 태아는 아직도 손가락을 빨고 있다. 산파가 먼저 입을 열었다.

"아주 예쁜 아기에요, 트레이시. 당신이 그토록 바라던 딸이군요!"

힐러는 아기의 머리를 자신의 무릎 위에 누이고 뺨을 어루만지며 몇 번이고 몇 번이고 그녀의 이마에 키스했다. 그 키스가 포문을 열어 아기는 울음을 터뜨렸다. 한 인간이 그토록 많은 양의 눈물을 한꺼번에 쏟아내는 광경을 나는 본 적이 없다. 정말 갓 태어낸 아기처럼 손발을 버둥거리고 온 얼굴을 찌푸리고 몸에 경련을 일으키며, 그녀는 완벽한 울음을 울고 있었다. 모든 것을 걸고, 마지막 지닌 것까지 끄집어내어 우는 울음. 아아, 그런 울음을 나도 울고 싶었다. 힐러는 여인의 등을 토닥토닥 두드리며 자장가 같은 음성으로 귀에 대고 속삭였다.

"레이나, 엄마는 여기에 있단다. 네 옆에. 언제까지나, 언제까지나."

"너는 기쁨의 아이야."

비 갠 하늘처럼 여인의 얼굴이 밝아져갔다.

"레이나, 너를 품었던 열 달간, 내가 느꼈던 것은 오로지 기쁨이었어. 너는 기쁨의 아이야. 그러니 삶을 즐기렴, 언제까지나, 언제까지나."

'더 나은 사람'이 아니라 '나 아닌 사람'

한때 내 주위의 사람들 모두가 '순례'를 이야기하던 시절이 있었다. 어찌된 영문인지 만나는 이마다 꺼내는 말 첫 마디가 한결 같았다.

"방금 순례를 마치고 돌아왔는데…." 혹은 "나도 이제 순례를 떠나려고 해…."

그야말로 세상을 순례자들이 점령해버린 것 같았다. 누군가는 현대인들의 순례붐이 파울로 코엘료의 책에서 비롯되었다고도 하고, 누군가는 진화론을 언급하며 지금이 인류가 집단적으로 한 단계 높아지는 영적인 진화를 경험하는 중이기 때문이라고 하기도 했다. 인류의 전체적 성장과정을 놓고 볼 때 21세기 초는 사춘기에 해당하기 때문에 누구나 방황하게 되어 있다는 것이다. 이유야 어찌 되었건 '순례자'들을 만나는 것은 즐거운 일이었다. 특히 인생을 바꾸는 여행을 마치고 돌아온 이들은 오븐에서 갓 꺼낸 빵처럼 탐스러웠다. 김도 모락모락 났다.

"세라! 너, 아직도 '여기'서 '그러고' 있구나!"

돌아온 그들은 내가 가여워 어찌할 줄 몰랐다. 그들이 선택한 순례지는 상황이나 개인의 취향에 따라 가지각색이었지만 압도적으로 많은 수가 선택한 곳은 스페인이었다. 그 유명한 카미노의 산티아고 콤포스텔라. 통계에 따르면 1985년까지 한 해 평균 600명에도 못 미쳤던 순례자들의 수가 지금은 매년 20만 명을 가볍게 넘기고 있다고 한다. 그다음으로 인기가 있는 코스로는 일본의 시코쿠 순례도 있었다. 60일 동안 88개의 절을 돌면서 업을 씻는 여행으로 동양에 대해 막연한 환상을 갖고 있는 서구인들에게 매년 인기를 더하고 있다고 한다. 이 코스 역시 지난 10년 간 순례자들의 수가 3배로 급증하여 한 해 15만 명씩 오래된 절들을 돌고 있다고 한다. 그러니 세상 어느 카페를 가나 순례자들과 합석을 히게 되는 것도 무리는 아니었다. 그리고 그들이 쏟아놓은, 펄펄 끓는 이야기들은 듣는 이의 마음속에 엎드려 있던 순례자를 일으켜 세웠다. 일단 일어서기만 하면, 그들은 떠난다. 그 많은 내 친구들이 그랬던 것처럼. 내가 그랬던 것처럼.

하지만 이렇게 몇 주 혹은 몇 달 동안 발가락의 물집과 싸우며 걷다가 돌아오는 순례는 차라리 소심한 편이다. 개중에는 영영 돌아오지 않는 순례를 선택한 이들도 있다. 전자가 '더 나은 사람'이 되어 원래의 내 자리로 돌아오는 여행이라면 후자는 '나 아닌 사람'이 되어 이전의 자리를 완전히 떠나는 여행이다.

내 친구 나나미가 서른셋에 그 여행을 떠났다. 치과의 위생사였던 그녀는 교토의 기온으로 가, 게이샤가 되었다.

그녀와 나는 각별히 친한 사이였다. 내가 인도 시골의 아이들에게 칫솔을 보내는 일을 시작하던 무렵부터 알게 된 그녀는, 조그맣고 다부진 생김새에 정이 많은 성격이었다. 둘이 함께 도쿄의 치과병원들에 후원을 부탁하는 팸플릿도 만들고, 아이들에게 가르쳐줄 '이 닦을 때 부르는 노래'도 함께 만들면서 우리는 서로를 친구 이상의 동지로 여기게 되었다. 아침에 전철역에서 만나 함께 모닝커피를 마시고 헤어지면, 퇴근 후에 또 만나 저녁을 먹었다. 둘이 나눠먹은 라멘과 팥빙수의 빈 그릇을 쌓아올리면 내 키만큼 되겠다 싶던 어느 날, 나나미가 교토로 떠나겠다고 했다. 난 잠시 여행을 다녀온다는 줄 알았다.

"기념품으로 예쁜 비단지갑 사와."

그녀는 가만히 웃었다.

"나, 아주 가는 거야."

그리고 정말로 그녀는 내가 보는 앞에서 서른세 해 동안 입고 있던 '나나미'를 곱게 벗어 불살라버렸다. 나는 서운해서 울었던 것 같다.

그 뒤로 거의 1년 가까이 나나미는 내게 엽서 한 장 보내지 않았다. 정식으로 게이샤가 되기 위해선 오랜 시간과 정성이 필요하다는 사실은 나도 알고 있었다. 게다가 고지식한 그녀의 성격으로 미루어 보건데 일절 한눈팔지 않고 새로 선택한 인생공부에 골몰해 있음에 틀림없었다. 소위 신세대 게이샤들처럼 기모노 차림을 한 채 3초마다 문자를 보내고 인스타그램으로 스스로를 홍보하는 나나미는 상상할 수 없었다.

정식 게이샤는 '게이코'라 불리며 그 전의 견습생 시절엔 '마이코'라 불린다. 그리고 통상 5년이 넘게 걸리는 마이코 생활은 보통 마음가짐이 아니고서는 견디기 힘들다. 생활 자체가 엄격하기도 하거니와 거기에 드는 돈도 엄청나기 때문이다. 게이샤가 갖추어야 할 기본 기예들(걷는 법, 몸가짐, 어투, 서예, 시화, 샤미센, 전통무용, 노래 등)을 모두 따로 개인 교사를 모시고 배워야 하며 교습 받으러 갈 때마다 합당한 복장과 헤어스타일, 메이크업(거의 매일 전문가를 불러서 머리를 올리고 메이크업을 받는다.)을 갖추는 게 예의다. 때문에 웬만한 대학 등록금과는 비교도 할 수 없을 만한 돈을 써야 한다. 게이샤를 위한 장학금 제도 같은 것도 있을 리 없다. 물론 게이샤 양성소 같은 곳이 있긴 하지만 그런 곳은 중하교를 갓 졸업한 소녀들만 받기 때문에 나나미처럼 뒤늦게 이 길로 접어든 이들은 고스란히 자비로 그 모든 비용을 충당해야 한다.

나는 솔직히 나나미가 걱정스러웠다. 그녀가 스물두 살 때부터 치위생사로 일하며 예쁜 옷 한 벌 사 입지 않고 모아온 돈들이 모두 들어갈 게 뻔했기 때문이다. 게다가 일본의 거품 경제가 꺼지고 불황이 깊어지면서 게이샤의 '사업성'도 땅에 떨어졌다. 풍요롭던 에도시대의 유지들이, 혹은 1만 엔짜리 지폐로 지갑이 터져나갈 듯했던 1980년대 샐러리맨들이 호기롭게 향유하던 '좋은 시절의 꽃'이 게이샤 아니던가. 워낙 고가의 서비스를 제공하는 직종이다 보니 최근엔 찾는 사람들이 거의 없어 교토의 관광 명물로서의 명맥만 근근이 이어가고 있는 실정인데 하필 지금 게이샤가 되려 하다니. 게다가 그녀는 벌써 서른셋이다. 웬만한 게이샤들은 은퇴를 준비할 나이다. 걱정을 넘어서 한숨만 나온다.

마침내 그녀가 이메일로 내게 새로운 주소와 전화번호를 알려왔다.

"너는 기쁨의 아이야."

'이제야 조금 여기 생활에 적응이 된 것 같아. 아직도 정신없고 허둥거리긴 하지만. 너무 바빴어. 이해하지? 여기선 친구를 사귀기가 힘들어. 시간도 없지만 같은 마이코상들은 워낙 어려서 말 상대가 되질 않거든. 세라, 날 보러 와줘. 되도록 빨리.'

게이샤 지망생들이 실제로 살고 있는 교토의 뒷골목은 관광객으로서 경험했던 교토와 아주 달랐다. 나나미는 미야가와초의 골목에서도 한참 들어가 있는 낡은 가옥의 한쪽을 빌려 살고 있었다. 우리는 그 방 안에서 한동안 아무런 말도 없이 서로 마주 보고 웃기만 했다. 일요일은 게이샤 수련을 쉬는 날이라 티셔츠에 바지 차림으로 날 맞은 그녀는 내가 알던 치위생사와 별로 달라 보이지 않았다.

"좀 실망이다, 나나미. 난 네가 희게 분칠한 얼굴로 게다를 신고 마중 나올 줄 알았는데."

그녀도 웃으며 대꾸했다.

"걱정 마, 그런 모습은 내일부터 싫도록 보게 될 테니까. 오늘은 너랑 마음껏 회포를 풀고 내일 아침에 우리 '어머니'를 소개해줄게."

그냥 하고 또 한 번 하시옵소서

그녀의 '대모'격인 은퇴한 게이샤는 우아한 중년여인으로 나나미에게 일본 전통무용을 가르쳐주는 분이었다. 하지만 내가 무용 교습소 하면 떠올리곤 하던 매끈한 나무 바닥과 벽면 거울은 어디에도 없었다. 어른 두셋이 들어앉으면 꽉 찰 듯 조그만 다다미방이 전부였다.

"마이코에겐 스승의 얼굴이 거울이옵니다. 서툰 자신의 모습을 비춰 보면서 배우면 춤이 늘지 않는 까닭에 그러하옵지요."

일본 사극에서나 들을 법한 말투를 실제로 쓰는 사람이 있었다니! 그 고전적인 극존칭에 나는 잠시 넋이 나갔다. 그녀는 딸 뻘인 내 앞에서 무릎을 꿇고 앉아 머리를 조아리며 설명했다.

"춤이란 모름지기 조심조심, 한눈팔지 않고 스승의 안색을 살펴가면서 '삼가는 마음'으로 배워야 하는 것이옵니다. 그래야 제대로 춘다 일길음을 받고, 모신 분들의 심금을 울릴 수가 있사옵니다."

그 옷깃을 여미는 동작들이며, 상대의 기분에 조율하는 어투와 얼굴 표정하며, 학처럼 흠 없이 다듬은 목덜미를 무심한 듯 드러내는 인사법 등등 그 모든 것들이 진짜였다. 백화점 점원들이 잠깐 입었다 벗는 공손한 껍질이 아니라 뼛속 깊은 곳에서부터 우러나오는 진품이라는 것을 뜨내기인 나도 단번에 알아볼 수 있었다.

그녀는 한창때 기온 일대를 주름잡던 일류 게이샤였다고 한다. 그도 그럴 것이 50이 훌쩍 넘은 지금도 그녀의 버들가지처럼 낭창한 몸매, 서늘하면서도 아담한 이목구비는 아련한 봄꽃처럼 보는 이의 마음을 살짝 달뜨게 만들었다. 아, 사람에게 취한다는 게 바로 이런 느낌이구나. 향긋한 술 같은 그녀의 자태에 취해서 세상을 잊은 남자들이 몇이었을까! 여자인 나조차 염치도 잊고 멍하니 바라보게 되는데.

"너는 기쁨의 아이야."

하지만 나중에 나나미에게서 들은 바에 따르면 야리야리한 겉모습과는 달리 굉장히 혹독한 선생님이라고 했다.

"게이샤가 되려면 올림픽 선수처럼 훈련해야 한다."라는 것이 그녀의 신념이라는 것이다. 반복 또 반복. 첩첩이 쌓아올린 빛 없는 날들이 두터워져야만 진품의 격이 배어 나오는 것이라고 그녀는 나나미를 가르쳤다.

하루아침의 환골탈태란 없다. 높이뛰기 선수가 되려면 매일매일 높이 뛰어야 하듯이 게이샤가 되려면 매일매일 게이샤가 되어야 한다. 키와 체격이 똑같은 두 사람에게 똑같은 발레 튀튀를 입혀놓아도, 누가 발레리나이고 누가 회계사인지는 무대 위에 서기도 전에 드러난다. 아직 손님을 받을 수도 없는데 매일 아침 도우미를 불러 겹겹이 복장을 차려입고, 메이크업을 받고, 비싼 돈을 들여 머리를 올리는 일들이 헛된 낭비가 아닌 까닭이 여기에 있다. 그렇게 돈과 시간과 노력을 들여서 겉모습을 완성시켜야 게이샤로서의 하루를 제대로 지낼 수가 있다. 공들인 머리 모양이 흐트러질세라 목을 길게 곧추 세우게 되고, 분을 바른 뺨과 눈가에 신경을 쓰느라 경박하게 웃거나 입을 크게 벌려 음식을 먹지 않게 되며, 무겁고 조이는 옷들로 차곡차곡 감싸인 몸은 일본 인형처럼 섬세하고 작은 움직임에 익숙해질 수밖에 없다. 그리고 무엇보다 그렇게 하루를 지낸 자신의 모습이 골수에 각인된다. 그 하루하루가 쌓여 높이뛰기 선수는 장대를 뛰어넘을 수 있게 되고, 평범했던 소녀는 기온의 꽃으로 피어난다. 보아주는 이 없는, 지루했던 나날들을 딛고.

천재는 반복이 만든다고 누군가 말했던가?
해탈도 반복이 만든다고
내가 만난 어떤 노승은 말한 적이 있다.
천재가 아니어도, 해탈을 염원하지 않아도
탁월함을 꿈꾸는 이들은
오늘도 꿈의 궤도를 반복해 돌고 있었다.
꾸준한 토성처럼.

하기 싫은 날은 하기 싫은 마음을 품은 채로,
서러운 날은 눈물을 머금은 채로,
그냥 하고 또 한 번 하시옵소서.

"반복, 오로지 반복이옵니다. 하고, 또 한 번 하시옵소서."

다음 날 새벽, 나나미의 목소리에 나는 선잠을 깼다. 스승이 늘 하는 말을 주문처럼 읊조리며 나나미는 꿀 같은 아침잠을 떨쳐내고 있었다. 아직 동도 트기 전이었다. 천재는 반복이 만든다고 누군가 말했던가? 해탈도 반복이 만든다고 내가 만난 어떤 노승은 말한 적이 있다. 천재가 아니어도, 해탈을 염원하지 않아도 탁월함을 꿈꾸는 이들은 오늘도 꿈의 궤도를 반복해 돌고 있었다. 꾸준한 토성처럼. 하기 싫은 날은 하기 싫은 마음을 품은 채로, 서러운 날은 눈물을 머금은 채로, 그냥 하고 또 한 번 하시옵소서.

그 또 한 번의 하루를 살아내기 위해서 올림픽에 출전하는 국가대표 선수처럼 새벽 같이 일어나 떨쳐입고 머리를 올린 나나미가 자랑스러웠다. 그녀가 언제쯤 스승의 인정을 받아 게이샤로 데뷔를 하게 될지는 아직 모른다. 하지만 그녀는 분명 아주 달라 보였다. 그녀를 보는 내내 가슴이 뛰었다. 좋은 징조다. 내 친구 나나미는 지금 자신을 우주의 작전과 좀 더 가까운 쪽으로 데려가고 있다. 잘했어.

파리에서 관광객 티 내지 않고
다니는 법

다른 사람들은 어떻게 생각하는지 몰라도 나는 파리 시민들의 시민의식을 높이 산다. 세계 최고라고 생각한다. 내가 갖고 있는 다른 가치관들과 마찬가지로 이것도 굉장히 편파적이고 신뢰할 수 없는 경로로 이루어진 것이긴 하지만. 사실 단 한 번의 경험이 날 그렇게 생각하게 만들었다.

20대 초반, 유럽을 배낭여행 하던 시절이었다. 파리에서 횡단보도를 건너려고 신호를 기다리고 있는데 건너편 횡단보도에 서 있던 한 신사가 갑자기 고함을 지르며 나에게 돌진해오는 것이 아닌가! 신호도 바뀌기 전이었고 최소한 우아한 정장 차림의 비즈니스맨이 취할 법한 행동은 아니었기 때문에 나는 조금 충격을 받았다. 그리고 조금 뒤, 그가 조그만 소년의 목덜미를 끌고 내게로 왔을 땐 더 놀랄 수밖에 없었다.

"마드모아젤, 백팩을 확인해보세요. 뭐 없어진 물건 없어요?"

신사는 가쁜 숨을 몰아쉬며 내게 말했다. 나는 그제야 내가 매고 있던 백팩의 지퍼가 열려 있다는 사실을 알았다. 황급히 지갑이며 카메라, 여권 등을 확인했다. 다행히 중요한 물건들은 다 제자리에 있는 것 같았다. 내가 별 이상 없다는 표정을 짓자 신사는 아이를 놓아준 뒤 말했다.

"파리에서는 백팩을 앞으로 매는 게 좋아요. 요새 부쩍 라틴계 소매치기들이 늘어서요. 저런 꼬마들이 가장 쉽게 노리는 게 백팩이나 뒷주머니거든요. 아무튼 제가 놀라게 했다면 죄송합니다."

소매치기를 잡아준 것도 모자라 정중하게 인사까지 한 뒤 신사는 옷매무새를 바로 잡고 다시 비즈니스 회의장으로 향했던 것이다. 멋들어진 뒤태로 뚜벅뚜벅. 내가 무슨 수로 홀딱 반하지 않을 수 있었겠는가! 이 단 한 번의 일화로 파리는 세계 최고의 정의감을 가진 시민들의 도시로 내 안에 자리매김하게 되었다.

하지만 시민의식을 정의감만으로 평가하기엔 모자란 감이 있다. 모름지기 좀 더 수준 높은, 철학이랄까 스타일 등이 가미되어야 비로소 제대로 된 척도라 할 수 있는데 그 부분은 또 다른 남자가 채워주었다. 바로 그 소매치기 소년이. 특이하게도 그 아이는 신사가 목덜미를 놓아준 뒤에도 도망가지 않고 내내 우리 곁에 서서 대화를 듣고 있었다. 그 또한 현장에서 붙잡힌 소매치기가 흔히 취할 법한 행동은 아니다. 이곳 사람들은 여러 가지로 날 놀라게 하는군. 신사가 멀리로 사라지고 나서도 아이는 날 경계하기는커녕 나를 따라 횡단보도를 건넜고 내가 들어간 중고서점에까지 들어왔다. 난 기가 막혀서 아이를 빤히 보았다.

"왜 자꾸 따라오니?"

그는 표정 하나 바꾸지 않고 냉큼 대답했다.

"네가 방심하고 있을 때 여권을 훔치려고."

웃음이 나왔다.

"지갑이 아니라?"

이번엔 그 아이가 웃었다.

"딱 보니 가난한 배낭여행자인데 지갑은 훔쳐봤자지. 거기 얼마나 들었겠어? 신용카드는 사용정지를 시켜버리면 그만이고. 여권은 암시장에 팔면 큰돈이 되거든. 특히 너처럼 젊은 동양 여자 신분증은 굉장히 비싼 값에 팔 수 있어. 너, 일본인 아니면 한국인이지? 그 여권은 세계 어느 나라든지 쉽게 비자가 나오기 때문에 밀입국하려는 사람에게 팔면 웃돈까지 붙어. 너 같으면 뭘 노릴 것 같아?"

나보다도 유창한 영어로 교수가 강의하듯 조목조목 이야기한다. 이 녀석 보게?

"내가 그렇게 만만해 보이니? 소매치기가 따라오는 걸 알고 있으면서도 방심할 만큼?"

소년은 대답 대신 짐짓 딴청을 피우는 듯 한동안 서점의 오래된 책더미를 눈으로 훑었다. 그리고 그 옛날 장 자크 루소나 앙드레 브르통이 지었을 법한 사색적인 얼굴로 말했다.

"계속 따라다니다 보면 언젠가…. 네가 마음을 놓을 수도 있잖아. 몇 번 친절하게 웃어주면 어리숙한 네가 날 친구로 착각할지도 모르는 일이고. 또 예기치 못한 순간에 네가 한눈을 팔거나, 자전거에 치이거나, 길거리 마술쇼에 마음을 빼앗길 수도 있잖아. 그 한순간이면 여권을 훔치기에 충분하니까, 난 기다릴 수 있어."

그 아이가 고등학생 나이 정도만 되었어도! 어디 가서 커피나 한잔하자고 꼬시고 싶을 정도로 우아한 말솜씨였다. 애석하게도 그는 많게 봐야 아홉 살 정도였기 때문에 나는 대신 지갑에서 커피 두 잔 마실 만한 금액의 돈을 꺼내 아이에게 건네며 말했다.

"네 말도 맞지만 난 지금 숙소로 돌아갈 거라서 더 따라와 봐야 소용없을 거야. 아무튼 행운을 빌어, 굿 럭!"

소년은 파리지앵답게 스타일리시한 동작으로 돈을 받아넣었다. 그리고 커피값에 대한 보답이라는 듯 굉장히 쓸모 있는 충고를 해주었다.

"아까 그 순진한 양복쟁이 아저씨 말 듣지 마. 백팩을 앞으로 맨 사람이야말로 우리가 노리는 1등 타깃이거든. 안전하게 보관한답시고 허리춤에 차지도 말고. '나는 여권이랑 돈을 여기 몽땅 넣고 다니는 관광객입니다.'라고 광고하는 꼴이니까."

요는, 관광객 티가 나지 않아야 한다는 것인데 그게 관광객에겐 거의 불가능하다는 게 문제다.

"일단, 배낭 같은 걸 매지 말고 현지 슈퍼마켓 봉투를 들어. 파리에선 까르푸, 뉴욕에선 월마트, 무슨 소린지 알지? 바게트나 과자 같은, 눈에는 확 띄지만 가벼운 걸 조금 산 뒤 그걸 넣은 비닐봉투 바닥에 지갑이며 여권이며 죄다 넣는 거야. 세상에 슈퍼마켓 봉투를 노리는 소매치기는 없으니까. 그리고 트레킹화, 운동화 신지 마. 그것도 관광객 트레이드마크야. 제일 좋은 건 현지 동네 신발가게에서 산 슬리퍼 같은 거야. 플라스틱으로 된, 제일 싼 거. 그걸 끌면서 천천히 걸으면 일단 1차 타깃에선 벗어난다고 보면 돼. 여기서 제일 중요한 건 걸음걸이야. 유러피언들은 에티튜드로 승부하거든. 여유 있게, 심드렁한 태도로 좀 구부정하게 걸어. '어휴, 지겨워. 이놈의 거리….' 하는 느낌이 나야 돼. 아무리 복장을 다 갖췄어도 촌닭처럼 두리번거리면서 종종걸음 쳤다간 끝장이야. 알았지?"

그가 준 '현지인처럼 보이기 지침'은 지금까지도 여행을 다닐 때마다 유용하게 쓰고 있다. 새로운 도시에 도착하면 가장 먼저 동네 슈퍼마켓에 가서 과자 한 봉지와 슬리퍼를 산 뒤 심드렁한 분위기로 중무장을 하고 관광을 시작한다. 짐짓 오랜만에 방문한 현지인인 척, '어디, 변한 게 있나 한번 둘러볼까?' 하는 듯 여유롭고 느릿한 걸음걸이로. 하지만 그 철학적인 파리의 소매치기가 전수해준 규칙을 완벽하게 따랐어도 한두 번 더 나는 낯선 도시에서 소매치기를 당해야 했다. 아무래도 각 나라별로 언어가 다르듯, 소매치기들이 갖고 있는 철학도 다른 게 아닐까?

결국 내 삶을 다시 반짝이게 해준 말

"꽃피고, 꿈꾸고,
머물다 가거라."

그런 순간, 당신은 천사의 키스를 받은 것이다.
천사가 당신의 뺨에 입을 맞추면 운명의 모양이 바뀐다.
우리의 삶을 쥐고 있는 큰 틀이 조용히 움직여
부드럽고 따뜻한 표정을 짓는 것이다.

그런 거대한 변화를 눈치 채는 데는 시간이 걸린다.
인간의 시야는 작은 것들만 보도록 길들여졌기 때문에
운명의 큰 얼굴을 보려면 한참을 물러나야 한다.
천사의 키스를 받았다고 해서 펑, 하고
에메랄드 궁전이 눈앞에 나타나진 않는다.
지금 당장 변한 것은 아무것도 없다.

하지만 당신은 서서히 알아가기 시작한다.
삶이 예전과 같지 않음을.
세상이 당신을 만지는 방식이 달라졌음을.
운명의 윤곽이 어딘지 모르게 상냥해졌음을.
솜씨 좋은 도공이 매만진 그릇처럼.

내가 이안Ian을 만난 것은 13년 전, 히말라야 산기슭의 게스트하우스에서였다. 더 이상 울어지지 않는 나를 견딜 수가 없어 떠난 길이었다. 거칠고 투박한 길을 터벅터벅 끝없이 걸어야 할 것 같았다. 그러고 나면 눈물이 터져 나오리라 믿었다. 그때 내가 가진 것이라곤, 직장을 겁 없이 그만둔 사회초년생의 불안과, 짐꾼에게 맡긴 배낭 속의 옷 몇 벌, 그리고 행여 도둑맞을세라 허리춤에 여권과 함께 꽁꽁 동여맨 얼마 안 되는 돈이 다였다. 그리고 죽을 만큼 겁이 났다.

이상한 일이었다. 내가 직장을 그만두었다고 했을 때, 그리고 다른 직장에 이력서를 돌리는 대신 히말라야를 오르겠노라 했을 때 나는 세상에서 제일 겁 없는 인간으로 등극한 것 같았는데. 모두들 입을 모아 내게 말했으니까.

"아이고, 겁도 없이⋯." 혹은 "여자가 겁도 없이⋯."

사람들은 무심한 말로 나의 '겁 없음'을 걱정했고 그러면 그럴수록 나는 온

몸을 앙다물었다. 행여 겁먹은 기색을 보여주어 그들을 기쁘게 하고 싶지 않았다. 지금은 후회하고 있지만. 굳이 그럴 필요 없었다는 걸 이제야 알겠다. 그냥 불안해하고 두리번거리고 안절부절못하는 모습을 드러냈더라면 그 길이 한결 수월했을 텐데. 따뜻한 다독임을 받고 떠날 수 있었을 텐데. 미련한 고슴도치 같던 나는 행여 누가 날 다독일세라 가시를 잔뜩 세운 채 떠났다. 그리고 그 가시는 오래오래 날 외롭고 아프게 했다.

겁 없이 길을 가는 사람을 위한 매뉴얼

그런데 그 게스트하우스에서 나보다 더 겁이 많은 아저씨를 만났을 때, 난 적잖이 놀랐다. 보통 히말라야 트레킹을 하는 외국인들은 셰르파라고 불리는 짐꾼을 고용한다. 물론 젊은 남자들은 셰르파에게 줄 돈으로 비싼 햄버거 하나를 더 사 먹겠다는 일념으로 직접 짐을 지고 오르기도 한다. 그리고 오래지 않아 그것이 굉장히 어리석은 생각이었음을 알게 된다.

젊을수록, 덩치가 클수록, 근육량이 많을수록 산소 부족에 취약하다. 즉, 그런 몸은 연비燃費가 굉장히 높은 것이다. 하루가 다르게 옅어지는 산소의 결핍, 즉 고산병에 가장 먼저 쓰러지는 것은 언제나 젊고 건장한 청년들이다. 오히려 외소하고 기초대사량이 낮은 약골들이 고산병을 더 쉽게 이겨낸다. 그리고 물론 나도 트레킹 입구에서부터 붙임성 있게 다가온 짐꾼에게 큰 짐은 맡긴 상태였다.

"꽃피고, 꿈꾸고, 머물다 가거라."

그날 그 게스트하우스는 굉장히 조용했다. 묵고 있는 손님이라고는 나와 캐나다에서 온 중년의 부부 한 쌍, 그리고 그 아저씨, 이안이 다였다. 그런데 한산한 손님 숙소와는 반대로 짐꾼 숙소 쪽이 북적북적 와자지껄한 게 조금 의아했다(게스트하우스들은 손님들이 묵는 방과 짐꾼들이 묵는 숙소가 따로 마련되어 있다). 적어도 예닐곱 명은 모여 있는 것 같았다. 내가 데리고 온 짐꾼이 1명, 부부가 함께 고용한 짐꾼이 1명, 나머지 사람들은 뭐지? 알고 보니 나머지 5명 모두 이안이 고용한 사람들이라고 했다.

이안은 최고급 침낭과 등산장비, 메리노 울 스웨터 세 벌, 스키점퍼 두 벌(혹시 한 벌이 젖을지 모르니까) 상비약, 히터, 보온병, 혈압계, 신약과 구약 성경까지 다 챙기지 않으면 어디에도 갈 수 없는 성격이라고 했다. 그래서 짐꾼 2명이 필요했고, 네팔 정부가 발급하는 면허증을 소지한 산악 가이드도 2명이 필요하다고 했다. 혹시 1명이 잘못된 판단을 내려 히말라야 산중에서 길을 잃으면 큰일 나니까. 그리고 이 4명의 일꾼들을 관리 감독할 경찰서 하급 관리 1명도 있어야 했다. 그 넷이 작당해서 짐을 들고 도망치거나, 산속에서 쥐도 새도 모르게 자신을 죽이고 돈을 빼앗은 뒤 심장마비로 사망했노라고 허위신고를 할 수도 있으니까. 그의 설명에 우리는 그저 입을 벌린 채 서로의 얼굴을 쳐다볼 수밖에 없었다. 그는 놀라는 우리가 오히려 의아하다는 듯 말했다.

"정말 순진들 하십니다. 무슨 일이 어떻게 일어날 줄 알고…. 이 나라에 오기 전에 사전조사는 충분히 하고 오신 거예요? '네팔 트레킹의 참사' 사이트는 들어가 보셨어요? 베이스캠프에서 자다가 저체온증으로 죽은 사람들도 있는데 어쩌려고 그렇게 가벼운 차림으로 오셨어요?"

그가 조목조목 짚어가며 이야기하는 걸 듣다 보니 아닌 게 아니라 점점 불안해져 오기 시작했다. 선하고 푸근한 인상의 캐나다인 부부의 얼굴에도 뚜렷한 불안의 안개가 스멀스멀 차오르는 것이 보였다. 정말 우리가 너무 순진했나? 그러게. 저 맨발의 일자무식 짐꾼들이 한 번 마음 잘못 먹으면 무슨 일을 저지를 줄 알고…. 한적한 길로 유인해서 흉악범으로 돌변한다 해도 감시카메라가 있을 턱이 없는 이곳에서 뭘 기대한단 말인가?

이안은 딱하다는 듯 쯧쯧, 우리를 향해 혀를 차서 그날의 설교를 마무리한 뒤 전문 산악인용 침낭을 꺼내 들고 침실로 사라져버렸다. 식당에 오롯이 남은 우리 셋은 본격적으로 불안에 떨기 시작했다. 말 몇 마디가 던진 위력은 대단했다. 더 이상 즐겁지가 않았다. 조금 전까지만 해도 활기차고 유쾌한 기분으로 가득했었는데. 소중한 초코파이 2개를 꺼내 짐꾼에게 1개를 나눠주고 엄청나게 기뻐하는 그와 함께 먹으면서 걷는 기분이 최고였는데. 일본 것, 대만 것 다 먹어봤지만 한국 초코파이가 제일 맛있다는 말에 으쓱해져서 내일도 1개 주리라 마음먹고 있던 참이었는데. '불안은 영혼을 잠식한다.'는 오래된 영화 제목이 떠오르는 밤이었다. 누가 지었는지 모르지만 그 제목, 핵심을 찔렀어.

다음 날 아침, 우리 셋은 약속이나 한 듯 새벽같이 일어나 이안 아저씨의 팀에 합류했다. 행여 뒤처질세라 부지런히 따라 걷고, 아저씨가 쉴 때 함께 쉬

"꽃피고, 꿈꾸고, 머물다 가거라."

었다. 그는 규칙적으로 1시간에 한 번씩 혈압과 체온을 재기 위해 멈췄고 4시간에 한 번씩 비타민과 피시오일 알약을 삼켰다. 마음 좋은 그는 따라 걷는 우리에게도 꼬박꼬박 비타민 정제와 피시오일 캡슐을 챙겨주었다. 넉넉히 갖고 왔으니 걱정 말라는 말과 함께.

"나도 평상시엔 이런 보충제를 잘 섭취하지 않아요. 음식으로 먹는 게 최고죠. 하지만 지금은 평상시가 아니잖아요. 기압도 다르고 체력 소모도가 엄청나게 다르니까요. 이렇게 정제로 보충해주지 않으면 몸 시스템이 비상체제로 돌입하고, 뼈나 근육에서 필요한 영양분을 빼서 쓰게 돼요. 그럼 나중에 골다공증이 올 수도 있고 근 손실로 몸이 약해질 수 있어요."

이 또한 지당하신 말씀이었다. 중년의 캐나다인 부부는 특히 이 부분에서 깊이 감명을 받는 듯했고 거의 이안의 신봉자가 되어버렸다. 그리고 모든 신봉자들이 그렇듯이 그들이 섬기는 우상에 대해 더 많은 것을 알고 싶어 했다.

그는 미국 오리건 주에서 온 부동산 중개업자였다. 주중에는 집과 땅을 사고파는 일을 하고 주말에는 캠핑카를 가지고 혼자 낚시여행을 떠나는 평범한 중년 아저씨. 결혼할 뻔한 적은 몇 번 있었지만 번번이 '어딘가 석연치 않아서' 결혼을 포기할 수밖에 없었다. 그도 그럴 것이 배낭 하나도 짐꾼 1명에겐 믿고 맡길 수 없는 사람이었다. 뭘 믿고 한 여자에게 온 인생을 맡기겠는가?

결혼보험 같은 것이 있었더라면 맹장수술을 했을 때 곁에서 극진히 돌봐주었던 그 아가씨와 결혼을 했었을 거라고 그가 말하는 것을 듣고 난 뒤일 것이다. 나는 슬며시 그의 무리에서 떨어져 나왔다. 머리카락을 듬성듬성 노랗게 물들이고 코카콜라 티셔츠를 입은 내 셰르파와 함께. 이안 아저씨의 말에 따르자면 '믿을 만한 구석이라곤 눈곱만큼도 보이지 않는 건달 녀석'이 내가 가진 모든 것을 지고 맨발로 따라왔다. 그리고 그 길 내내 유쾌하고 홀가분했다. 역시 이쪽이 훨씬 나답다. 우리는 하루에 1개씩 초코파이를 먹으며 걸었고 마지막 1개가 남았을 땐 반을 정확히 갈라 부스러기까지 공평하게 나눠 먹었다.

어쩌면 나는 정말 겁도 없이 길을 가는 사람인지도 모르겠다. 의심하지 않고 불안에 떨지 않은 대가로 상처받아야 한다면 나는 기꺼이 상처투성이가 되리라. 그리고 이 길의 끝에 소중한 무언가가 날 기다리고 있다면, 그것은 그 생채기들이 진주처럼 품었다가 내어주는 선물일 것이라고, 난 아직 겁도 없이 믿는다.

세상 어른들을 위한 유치원에 가자

히말라야 안나푸르나 트레킹을 계획하고 있다면 혼자 갈 것을 권한다. 혼자 떠나는 여행이란 늘 옆 좌석을 비워놓는 기차의 VIP티켓과 같아서, 역이 바뀔 때마다 다른 풍경, 다른 이야기, 다른 인생이 나와 함께 앉아 간다. 특히 히말라야 트레킹이나 스페인 도보여행처럼 모두가 자신의 몸만을 타고 느릿느릿 움직이는 일정이라면 '나 홀로 여행자'의 특권은 더욱 커진다. 아예 기차한 칸을 통째로 빌린 셈이 되니까.

처음엔 혼자 걷겠지만 반나절도 채 지나지 않아 당신 주위에는 작은 무리가 생겨날 것이다. 그리고 그 무리는 아주 빠르게 '공동체'로 진화해갈 것이다. 이 별의 구석구석에서 온 사람들이 자신들의 모국어 냄새가 물씬 풍기는 영어로 자기소개를 하고, 정보를 교환하고, 저마다의 배낭에 넣어온 가볍고 달콤한 먹거리들을 나누면서 관계를 형성하고 서로에게 소속되려 한다. 나는 그 '초기사회'의 일원이 되는 것이 못 견디게 좋았다.

그 길에서 만난 누군가가 '세상 어른들을 위한 유치원'이라고 불렀던 그것은 인류 역사가 시작된 이래 모든 이상주의자들이 꿈꾸어왔던 아름다운 공동체의 원형이었다. 완벽하게 평등하고, (아직) 서로에게 관심과 호감만을 갖고 있으며, 서로가 서로에게 방패가 되어주고 가족이 되어주지만 존중을 잃지 않는 관계. 그 섬세하고 완벽한 밸런스가 깨어지기 전에 그 사회는 자연 해체된다. 이제는 우리가 헤어져야 할 시간, 다음에 또 놀아요. 영원히 지속되지 않기 때문에 부패도, 타락도, 차별도 찾아볼 수 없다. 여행자들의 공동체는 그래서 영원히 아름답다.

여행 생활자의 함정

돌아가고 싶은 욕망은 떠나고 싶은 욕망만큼 강렬하다. 아니, 애초에 떠나온 것을 후회할 만큼 절절하게 당신을 덮쳐오는 순간이 있을 것이다. 날 아는 사람들이 있는 곳으로 돌아가고 싶고, 익숙한 것들을 갖고 싶고, 지리멸렬한 일상을 누리고 싶은 열망. 뻔한 하루, 예측 가능한 자잘한 문젯거리들에 대한 향수는 '넓은 세상을 자유롭게 떠돌고 싶은 열망' 따위와는 비교조차 할 수 없을 만큼 인간의 기본욕구에 가깝다.

인간 삶에 필요한 기본 영양소는 그 뻔한 일상 속에 있다고 나는 믿는다. 엄마의 밥상처럼. 그날이 그날 같은 매일 속에서 우리의 몸과 마음은 탄수화물, 지방, 단백질을 얻고 뼈와 근육을 채운다. 여행은 비타민, 무기질과 같은 것이다. 머리카락과 피부에 윤기를 주고 면역력을 강화시키며 감기에 잘 걸리지 않게 해준다. 하지만 그것만 섭취하고 살아갈 수 있는 사람은 없다.

그래서 여행 생활자들은 만성적인 영양부족 상태에 빠져 있게 된다. 매일 깜짝 놀랄 만큼 풍부한 식탁 앞에 앉긴 하는데 그 메뉴들에 탄수화물, 지방, 단백질이 포함되어 있지 않은 것이다. 비타민 과잉으로 눈빛은 다른 이들보다 반짝일지 몰라도, 피부가 말갛고 천진스러워 동안 소리를 들을지는 몰라도, 바다 위에 표류하며 갈증에 허덕이는 느낌으로 지낸다고 보면 된다.

그래서 장기 여행자들, 혹은 여행을 업業으로 삼은 이들은 어디에 있든, 어떻게든 일상을 만들어낸다. 여행자 거리에서 멀찍이 떨어진 곳에 방을 빌리고, 어디에도 가지 않는 동네 사람들과 얼굴을 트고, '내 골목'을 만들고, 단골식당에 늘 앉는 자리를 정하고, 단순노동이라도 일거리를 찾거나 자원봉사라도 시작하는 것이다. 그래서 오랜만에 만난 지인으로부터 '멕시코 사람 다 됐네.' 혹은 '인도인보다 더 인도 사람 같다.'는 소리를 들으면 뿌듯해 한다. 그것은 생존을 위한 몸부림과도 같다. 그들의 본능이 그렇게 하도록 시키는 것이다.

"꽃피고, 꿈꾸고, 머물다 가거라."

나도 일상이 그리워 돌아가려고 짐을 쌌었다. 아주 여러 번 그렇게 했다. 길 위의 날들은 즐거운 만큼 지치고 고독했다. 매 순간 날것 그대로의 '나'와 대면해야 하는 것도 알고 보니 굉장히 피곤한 일이었다. 흔히들 '나를 찾아 떠나는 여행'을 낭만적으로 그리지만 그래서 찾아낸 내가 그다지 마음에 안 들면 어쩔 텐가? 1999년에 내가 만났던 나처럼.

벗어버리지 못해 안달했던, 나를 둘러싸고 있던 사회적 겉옷들(가족 안에서의 이름, 학교의 졸업장, 봉급을 받으며 하고 있는 일 등등)을 벗어버리고 그 안에 숨겨져 있던 진정한 나를 발견한 것까진 좋았는데 그렇게 확 벗겨놓고 보니 훨씬 더 못생기고, 인색하고, 비굴하고, 열등감으로 똘똘 뭉친 난쟁이가 걸어나와 나는 기겁을 했다.

이것저것 걸치고 있을 때가 차라리 볼 만했다. '넌 가리면 가릴수록 예뻐. 남자를 꼬시려면 스키장에서 고글을 쓴 채로 도전하는 게 좋겠다.'라고 했던 친구의 진심 어린 충고를 그땐 왜 농담이라고 생각했었는지! 벗어놓은 축축한 허물들을 황급히 다시 주워 입고 싶은 충동을 느낄 만큼 그 작은 사람은 볼품이 없었다. 하지만 내가 17년 간 여행을 계속하게 해주었던 것은 그 볼품 없는 난쟁이에게 침대 한쪽을 내어주고, 비오는 날 함께 기차를 기다려주고, 맞은편에서 밥을 먹어주고, 오토바이 뒤에 태워 흙길을 달려주었던, 다른 난쟁이들이었다. 모두가 벌거벗은 스스로를 견디며 여행을 하고 있었다. 그리고 서로를 키우며 길 위에서 한 뼘씩 커가고 있었다.

히말라야에 오르거나 출근길에 오르거나

로마의 한 게스트하우스에서 읽었던, 누군가가 버리고 간 잡지에 실려 있던 기사가 생각난다. 비행기를 한 번도 타지 않고 10년여에 걸쳐서 세계일주를 한(그로 인해 기네스북에도 올랐다.) 한 영국인을 인터뷰한 기사였다. 사진 속의 그는 정말 평범해 보이는 35세의 남자였다. 안경을 끼고 뱃살이 살짝 붙기 시작한, 동네 편의점에만 가도 쉽게 마주칠 수 있는 그 남자가 꽤 솔직하게 여행 이야기며 신변 이야기를 털어 놓았는데 그중에 날 놀라게 한 구절이 있었다.

"작년에 마침내 지구상의 모든 나라들을 돌고 기네스북에 등재되었어요. 물론 신기하고 기쁜 일이었지요. 인터뷰 요청만 수천 개가 들어왔고 신문이며 잡지에 사진이 얼마나 실렸던지, 런던 거리를 걷고 있으면 알아보는 사람들까지 생겼으니까요. 하지만 고생스런 여행이 끝나고 유명세까지 탔던 그 해가 결과적으론 내 인생 최악의 해가 됐어요. 그 경험이 날 어디로도 데려가주지 않는다는 걸 깨달아야 했으니까요. 내게 인생의 방향을 제공해주기는커녕 내 나이 또래의 성인남자가 갖추어야 할 현실 세계의 방향감각을 빼앗아버려서 어디로도 갈 수 없게 만들었어요."

그 대목을 읽다가 나는 의자에서 튕겨져 나갈 뻔했다. 그걸 말해버리다니! 이만저만한 배신이 아니었다. 그건 젊은 날을 고스란히 길 위에 바친 이들이 발설하지 않기로 피의 맹세를 한 불문율이 아니던가. 심지어 스스로에게조차 들켜선 안 되는 은밀한 통증이 아니던가!

"꽃피고, 꿈꾸고, 머물다 가거라."

물론 경험들은 몸에 쌓이고 풍경들은 영혼을 다채롭게 장식한다. 젊은 날의 유연한 뇌와 근육이 전혀 다른 세상 속에서 활짝 열려 우리는 넓어지고 깊어진다. 하지만 사회의 일원으로서 살아가는 데는 다른 시야, 다른 경험치, 다른 근육이 필요하다는 게 문제다. 잠수장비가 스키장에서는 무용지물이듯, 여행을 통해 길렀던 안목이 직업을 선택하는 데 반드시 유용하리란 보장은 없다. 여행지에서 돌발상황에 대처하고 3초 만에 친구를 사귀었던 순발력이 무역회사 사무실에선 산만함으로 평가될 수도 있는 것이다. 사람들이 흔히 하는 착각 중의 하나가 불에 뛰어들 수 있는 용기가 있으면 못할 일이 없다는 것인데, 그냥 불쑥 무언가를 해내는 것은 돌발에 가깝다.

　누구나 모르고 한 번은 한다. 세상도, 나도 아직 그게 뭔지 모를 땐 모험심, 호기심, 혹은 환상만으로도 어떤 굉장한 일을 저지를 수 있다. 용기란, 알면서도 하는 것이다. 그 문을 열고 들어가면 무엇이 닥쳐오는지 똑똑히 알고 있으면서도 다시 그 문을 열고 존재를 밀어넣는 것. 문 앞에서 수많은 갈등과 돌아서고픈 유혹을 느끼지만 '그럼에도 불구하고' 마음을 다잡는 것. 그것이 용기다. 그런 의미에서 아이를 셋 낳은 엄마는 용기가 있다. 전쟁에 재참전 하는 청년도, 다시 월요일 아침에 출근을 해내는 회사원도 용기를 갖고 그렇게 하는 것이다. 그 모든 길을 걸어본 사람이 이를 악물고 다시 가겠노라 할 때, 그는 용감한 사람이다.

　길에서 만난 어떤 이가 이런 말을 한 적이 있다. 20대 초반, 학교를 졸업하고 사회에 발을 디디기 직전 그는 히말라야에 올랐다고 했다. 길은 험난하고 용기란, 알면서도 하는 것이다.
그 문을 열고 들어가면 무엇이 닥쳐오는지
똑똑히 알고 있으면서도 다시 그 문을 열고 존재를 밀어넣는 것.
문 앞에서 수많은 갈등과 돌아서고픈 유혹을 느끼지만
'그럼에도 불구하고' 마음을 다잡는 것. 그것이 용기다.

그런 의미에서 아이를 셋 낳은 엄마는 용기가 있다.
전쟁에 재참전 하는 청년도,
다시 월요일 아침에 출근을 해내는 회사원도
용기를 갖고 그렇게 하는 것이다.

그 모든 길을 걸어본 사람이
이를 악물고 다시 가겠노라 할 때,
그는 용감한 사람이다.

가팔랐다. 젊은 그는 이를 악물고 고산병과 싸우며 끝까지 완주를 해내고는 사기충천했다. '내가 히말라야도 올랐는데 세상에 못할 일이 무엇이랴!' 싶었다. 그 마음가짐으로 사회에 발을 디뎠고 그 후로도 크고 작은 난관에 부딪힐 때마다 그는 히말라야에 올랐다. 그리고 결국 히말라야에 오르는 것밖엔 못하는 사람이 되었다.

생활자로서 살아남고 싶었다면 그는 히말라야에 오르는 대신 용감하게 그곳에 머물러 자질구레한 것들과 싸우고 견디는 법을 배워야 했다. 그것이 바위산이나 고산병보다 호락호락하리라 함부로 얕봐선 안 되었다. 의료보험의 보호를 받고, 주택부금을 갚아 나가고, 신용등급을 높이는 데 필요한 용기와 경험치는 따로 있다. 주류에서 이탈하지 않고 머무는 경험이 그것이다. 누구는 폼 나게 떠날 줄 몰라서 오늘도 공항 대신 회사로 향하겠는가.

그 잡지 속의 영국 남자는 이참에 모두 말해버리기로 작정한 듯 인정사정없이 계속했다.

"길을 가다 보면 젊은 친구들이 날 알아보고 하이파이브를 하자고 해요. 고급 차를 타고 지나가던 중년신사들도 창문을 내리고 '자네 기사 읽었네! 브라보!'라고 외치죠. 하지만 그 누구도 '당신은 젊은 나이에 엄청난 경험을 했으니 이 돈을 받으시오.'라고 다음 달 방세를 건네진 않았어요. 하다못해 출판업자로부터 책을 내자는 제의가 들어오지도 않았고요. 모두가 제 이야기를 듣고 싶어 했지만 그 누구도 내가 떠도는 동안 놓쳐버렸던 것들을 채워줄 수 없었어요."

그가 무엇을 놓쳐버렸는지는 말하지 않아도 알 수 있었다. 삶을 감싸줄 수 있는 단단한 울타리, 인간이라면 모두가 원하는 안정된 시간과 공간을 놓쳐버린 것이다. 아니, 힘과 패기로 넘치는 시절에 그것들을 일굴 기회를 놓쳐버린 것이다. 그 소중한 것을.

떠나고 싶은 마음을 누르고 묵묵히 또 한 달을 버티어내는 힘, 단조로운 일상 속에서 리듬을 창조해내는 순발력, 같은 장소에서 같은 사람들과 오랫동안 공존할 수 있는 일관된 사회성. 그것은 확실하게 손에 쥔 새 한 마리와 같아서, 창공을 나는 수십 마리 새와는 비할 수 없는 가치가 있다. 특히 젊은 날 내 힘으로 성취한 사회적 안전장치는 그 후로도 오랫동안 자신감과 정시적 안정을 선사하는 기반이 된다. 그래서 그 기네스북에 오른 영국인처럼, 나처럼, 수많은 여행 생활자들처럼, 하늘을 나는 새들을 따라 젊은 날을 떠돌던 이들은 하나같이 30대 중반쯤에 이르러 찬탄과 부러움 가득한 눈으로 머물 곳을 일궈낸 이들을 바라본다는 사실을 알까? 하지만 애써 그 마음을 숨기고 내겐 빵 대신 추억이 있노라고 배고픈 밤마다 스스로를 달랜다는 사실을 알까? 산뜻한 반전이다.

토마토도 심고 모과도 심어야 한다

나의 오랜 친구 지현이는 은행원이다. 함께 연극 동아리에서 활동하던 대학 시절, 나는 대본을 썼고 그녀는 연기를 했다. 예뻤을 뿐만 아니라(얼마나 예

"꽃피고, 꿈꾸고, 머물다 가거라."

뺐냐 하면 초등학교 시절 그 유명했던 《동아 전과》의 표지모델로 실렸을 정도다.) 끼도 철철 넘쳤던 그녀는 술을 한잔하고 나면 날 꼬시기에 여념이 없었다.

"우리, 절대로 결혼 같은 건 하지 말고 둘이 극단을 차리자. 낡은 캐러밴을 한 대 사서 유랑극단으로 전국을 떠도는 거야. 너는 대본을 쓰고 내가 모노드라마를 하면 돼. 어때, 응? 둘이서 그렇게 늙는 거."

그땐 모든 것이 가능해 보였기 때문에 나는 별 생각 없이 고개를 끄덕이며 남은 술을 입안에 털어 넣었다. 그리고 환갑이 넘은 두 여자가 등이 파인 드레스를 입고 루비색 립스틱을 바르고 현수막 아래서 공연티켓을 파는 모습을 상상했다. 그 상상 속에서 지현이는 왠지 항상 말보로 라이트를 피우고 있었다. 우리는 같은 해 대학을 졸업했고 물론 유랑극단 같은 건 차리지 않았다. 학점이 좋았던 그녀는 졸업도 하기 전에 유명 외국계 은행에 스카우트 되었고 나는 광고대행사에 들어가 아이스크림 카피를 썼다.

그러다가 1999년이 왔고 노스트라다무스의 예언이 혹시라도 맞으면 어쩌나 불안했던 나는 길을 떠났다. '일단 마음 내키는 대로 떠돌면서 인류의 마지막 해를 보내자. 미련 없이 최후의 날을 맞는 거야. 그리고 만약에 예언이 빗나가거든 그때 가서 정신 차리고 성실하게 살면 되겠지.' 내가 매달 지급되는 일정량의 돈을 호기롭게 뿌리치고 긴 여정에 올랐을 때, 그리고 몇 년 뒤 그 이야기들을 엮어 첫 책으로 냈을 때 지현이는 누구보다 뿌듯해 했다. 동지 중 하나만이라도 유랑극단의 일원으로 살아남았다는 데서 오는 대리만족을 느꼈던 것 같다.

그녀는 입사 이래 지각 한 번 하지 않고 한 은행에서 성실히 일하고 있는 커리어우먼이지만 노처녀의 자리를 꿋꿋이 지키고 있다. 그것은 방랑벽이 아직 시퍼렇게 남아 있노라 선언하는, 언제든 유랑극단의 캐러밴에 올라탈 수 있다는 그녀 나름의 표식이었다. 다음 달에는 떠날 수 있게 가벼운 몸일 것. 그녀는 자신을 늘 '방랑 예비군'이라고 부른다. 예비군답게 전투장비도 늘 갖춰져 있다. 침대 머리맡을 지키고 있는 여행가방과 여권지갑. '어느 새벽 갑자기 모든 것이 부질없어지면 들고서 연기처럼 사라질 수 있게' 장전되어 있는 총알들이다.

하지만 언제나 다음 달이 보너스 달이라 떠나지 못했고, 내년이 진급 케이스라 머물러야 했던 그녀는 내가 자랑스러운 나머지 그 부실한 책을 몇 권이나 사서 은행 사람들에게도 나눠주고 가족들에게도 돌렸다고 했다. '원래 나도 청춘을 이렇게 쓰고 싶었어요. 그때 조금만 더 무모했었더라도 꼭 이렇게 떠돌 수 있었다고요, 나도, 나도!'라는 마음을 담아. 특히 그녀의 어머니가 호기심을 보이시며 단숨에 정독하셨다는데, 책의 마지막 페이지를 덮으며 내 삶의 총평과도 같은 한 말씀을 남기셨다고 한다.

"얘네 엄마도 차암 걱정이 많으시겠다."

그런데 이야기는 여기서 끝이 아니다. 중년에 이르면 치명적인 반전이 또 한 번 일어난다. 뒤늦게 현실에 눈뜬 떠돌이들이 나머지 공부를 하는 아이들처럼 어설프게나마 생활인으로서의 면모를 갖추어갈 때, 일상을 일구는 데 지친 생활인들이 먼 북소리를 따라 떠도는 삶을 꿈꾸기 시작하는 것이다. 관광

"꽃피고, 꿈꾸고, 머물다 가거라."

이 아닌, 여행이 하고 싶어지는 것이다.

여행과 관광은 다르다. '애들 다 키워놓고 천천히' 다니는 것은 관광이지 여행이 아니다. 연휴에 4박 5일로 다녀오는 것도, 휴직계를 내고 반 년 정도 한쪽 발만 담갔다 오는 것도 관광이다. 여행은 삶의 풍경을 송두리째 바꾸는 일이다. 자신의 상자 속에서 걸어나와 세상과 섞이는 일이다. 그리하여 다시는 전과 같은 현실을 경험하지 않도록 스스로를 길들이는 작업이다. 그런 의미에서 굳이 공항 심사대를 통과하지 않고도 여행은 깊어질 수 있다.

자신의 침대 위에서 에스프레소를 마시며 그 여행을 감행했던 마르셀 프루스트가 말했다.

"여행이란 새로운 풍경을 찾아나서는 것이 아니라, 풍경을 새롭게 볼 눈을 찾아나서는 것이다."

여행으로 눈동자의 색깔을 바꾸고 나면 지리멸렬한 일상의 풍경들도 깊이를 갖고 입체적으로 다가오기 시작한다. 삶에 '풍미'라는 것이 생긴다. 매일 먹는 밥에 조촐한 반찬으로 차려진 식탁일지라도 누가 잘 익은 포도주를 한 병 꺼내 들고 오는 순간 근사한 파티 테이블로 바뀌는 것과 같다. 16년 묵은 포도주와 곁들여 먹으면 맨밥조차 프랑스 치즈 맛이 난다. 통깨를 뿌린 나물무침이, 달걀 입혀 구운 소시지가 이토록 고급한 향취를 지닌 줄 그 전엔 미처 몰랐노라고, 감탄에 감탄을 거듭하며 와인잔을 기울이게 되는 것이다.

비 오는 날 창틀에 기어가는 달팽이 한 마리는 크로노스의 섬 하나를 통째로 짊어진 채 당신 눈앞을 지나고, 길 가다 문득 올려다본 도시의 가로수 잎사귀들은 인도 시골길에서 소달구지 짐칸에 얻어 타고 가며 보았던 플라타너

젊은 날 열심히 일하고 경력을 쌓는 것은
토마토를 심는 것과 같다네.
토마토는 튼튼하고 금방 자라서, 심어만 놓으면
얼마 지나지 않아 열매를 따먹을 수가 있어.
따먹고 난 자리엔 또 금방 다른 열매가 맺히지.
그래서 토마토를 심은 이들은 배고프지 않아.
하지만 달콤한 열매를 계속 거두려면 부지런한 농부가 되어야 해.
토마토는 항상 곁에서 지켜야 하는 작물이거든.

자네들처럼 젊은 날 길에서 오랜 시간을 보낸다는 건
모과나무를 심는 일이야.
묘목은 1년이 지나도, 10년이 지나도 그리 크게 자라지 않는다네.
열매가 맺히기는커녕 변변한 그늘도 드리워주지 못해.
그래서 대부분 심고선 잊어버리지.
하지만 자네들이 나이 들고 지친 어느 저녁,
모과나무는 꽃을 피우고 열매를 맺는다네.
황홀한 향기가 뜰에 가득 퍼져 문득 삶을 아름답게 만들지.
그리고 그 순간부터 그 나무는
어디로도 가지 않고 우릴 지켜줘.
노년에 모과나무 그늘에 쉴 수 있는 축복이
자네들과 함께할 걸세.

스 잎사귀들을 불러다준다. 스물넷의 이마와 콧등에 내려앉았던 그 연녹색 이파리들은 그날의 모습 그대로 우릴 기억한 채 지금, 여기로 떨어져 내린다. 싱그러운 표정을 짓게 한다.

그렇게 되면 일상이 아름다워 어디에도 갈 필요가 없다. 젊은 심장이 품어 익힌 축제의 추억들이 무채색으로 물들기 시작하는 중년의 풍경에 색과 깊이를 퍼뜨린다. 철모르고 힘찼던 그 시절의 그 목소리 그대로. 가장 싱싱할 때 따서 담근 매실주 안의 매실처럼 그 목소리는 영원히 나이 들지 않는다. 이 또한 예상치 못했던 통쾌한 반전이 아닌가?

스페인 순례의 길에서 자원봉사로 순례자들의 물통을 채워주시던 한 할아버지는 이런 말씀을 하셨다.

"젊은 날 열심히 일하고 경력을 쌓는 것은 토마토를 심는 것과 같다네. 토마토는 튼튼하고 금방 자라서, 심어만 놓으면 얼마 지나지 않아 열매를 따먹을 수가 있어. 따먹고 난 자리엔 또 금방 다른 열매가 맺히지. 그래서 토마토를 심은 이들은 배고프지 않아. 하지만 달콤한 열매를 계속 거두려면 부지런한 농부가 되어야 해. 토마토는 항상 곁에서 지켜야 하는 작물이거든. 시간 맞춰 물을 주고 벌레도 쫓아주어야 하지.

자네들처럼 젊은 날 길에서 오랜 시간을 보낸다는 건 모과나무를 심는 일이야. 묘목은 1년이 지나도, 10년이 지나도 그리 크게 자라지 않는다네. 열매가 맺히기는커녕 변변한 그늘도 드리워주지 못해. 그래서 대부분 심고선 잊어버리지. 하지만 자네들이 나이 들고 지친 어느 저녁, 모과나무는 꽃을 피우고 열매를 맺는다네. 황홀한 향기가 뜰에 가득 퍼져 문득 삶을 아름답게 만들지. 그리고 그 순간부터 그 나무는 어디로도 가지 않고 우릴 지켜줘. 노년에 모과나무 그늘에 쉴 수 있는 축복이 자네들과 함께할 걸세."

우리는 뜰에 토마토도 심어야 하고 모과도 심어야 한다. 하지만 토마토를 심기에도, 모과를 심기에도 청춘은 가장 좋은 계절이니 고민과 선택을 서두르시길. 봄날이 가기 전에.

"꽃피고, 꿈꾸고, 머물다 가거라."

먼저 떠나본 이가 주는
작은 팁

점성술사 저스틴이 알려준 것

"지금껏 20년 동안 점성술로 먹고살고 있지만 여태까지 단 한 번도 '제가 언제쯤 좀 너그러운 인간이 될까요?'라고 묻는 사람을 본 적이 없어. 어떻게 해야 이웃들과 더 화목하게 지낼 수 있는지, 언제쯤 세계 평화가 찾아올지 알고 싶어 하는 사람도 없었고."

점성술사인 내 친구 저스틴이 이렇게 말했다. 나는 그 이야기를 들으며 웃음을 터뜨렸지만 그 와중에 뜨끔했다. 하긴 나만 해도 그런 걸 물으러 점쟁이를 찾아가진 않을 것 같다. 아니, 내가 그런 걸 진짜로 알고 싶어 하는지도 잘 모르겠다.

"우습지 않아? 언뜻 보면 다들 사랑을 이야기하고 깨달음, 평화, 공존을 부르짖는 것처럼 보이는데 말이야. 자동차 범퍼 스티커엔 '마음 가는 대로 사세요Fallow your heart.' 혹은 '오늘이 그날입니다Today is the day.' 같은 말들을 붙이고 다니고 북극곰을 걱정하며 소다로 머리를 감는데 말이야. 하지만 그 모든 것들이 한 꺼풀 벗겨보면 인간들의 이기심의 다른 표현일 뿐이야. 점성술사로 오래 일하다 보면 사람들이 진짜로 관심 있는 게 뭔지 확실히 알게 되니까."

진짜로 관심 있는 것. 그 말은 본질을 건드렸기 때문에 나를 생각하게 만들었다. 세계 평화는 모두가 부르짖는 것이지만 모두가 진짜로 관심을 보이는 것은 다이어트와 건강식품이 아니던가? 가슴에 꽃을 단 히피라 할지라도, 타인의 상처에 함께 피 흘리는 힐러라 할지라도 점성술사를 찾아가 돈을 지불하고 듣고 싶은 말은 자신의 가장 세속적이고도 이기적인 욕망이 언제쯤 채워지는지에 관한 것일 터이다.

누군가 내게 지금 가장 관심 있는 게 뭐냐고 묻는다면 물론 이 책을 쓰는 일과 그 와중에도 마음의 평안을 유지하는 것이라고 답하겠지만, 정작 가장 신경이 쓰이는 것은 며칠 전 너무 짧게 잘라서 바보 같이 보이는 앞머리다.

epilogue

도대체 언제쯤 사는 것에 익숙해질까? 잠옷을 입는 것처럼, 칫솔질을 하는 것처럼. 이미 수천수만 번 아침부터 밤까지 살아보았으니 또 하루를 사는 것쯤, 식은 죽 먹기여야 하지 않나? 눈 감고도 할 수 있어야 하지 않나? 나는 아직도 가끔씩 아침에 눈을 뜨면 '산다'는 것이 낯설어서 어디서, 어떻게 시작을 해야 하나 한참을 헤맨다. 내가 자고 있는 동안 누가 몰래 들어다 다른 세상에 뉘여 놓은 것 같다. 딱히 머리가 나빠서 그런 것은 아니라고 스스로를 안심시키기 위해 내가 만들어낸 이론은 다음과 같다.

시간의 거인은 매일 밤 하루만큼씩 우리를 들어다 삶의 해안 저편으로 옮겨놓는다. 아주 미세해서 눈에 띄진 않지만 분명히 매일 다른 풍경들을 보면서 우리는 살아가게 되어 있다. 그러니까 혹시 집 안에서 발을 헛디디더라도, 동네에서 길을 잃더라도 초행길이니 당연한 것이다. 어쨌든 마흔세 살의 2월 23일은 처음이니까.

이런 '삶에 익숙해지지 않는 증상'에 대해서 언젠가 한 친구에게 이야기한 적이 있다. 조금 전에 언급했던 점성술사 친구에게. 저스틴은 대학에서 천문학을 전공했는데, 사람들이 하도 '천문학자astronomer'와 '점성술사astrologer'를 헷갈려 하는 바람에(무슨 일 하세요? 천문학자입니다. 어머, 제 별자리점 한 번 봐주세요.) 홧김에 점성술사가 되어버린 특이한 케이스다. 깊이 공부해보니 점성학 쪽이 훨씬 더 재미있고 적성에도 맞더란다. 그리고 그가 지닌 천문학 전문 지식이 그가 풀어내는 별들의 운행에 관한 해석에 과학적 체계와 깊이를 더해주었음이 물론이다. 그래서 그에게 나의 이 천문학적 궤도 이탈감에 대해 물어봐야겠다는 생각이 들었다.

"저스틴, 우주는 어디에서 시작되어서 어디에서 끝나지?"

그날 내가 제법 심각한 얼굴로 질문을 던졌음에도 그는 가소롭다는 듯 받아쳤다.

"너의 엉뚱함은 어디서 시작되어서 어디에서 끝나는데? 그것부터 말해봐."

아주 친해지면 이런 문제가 생긴다. 도무지 대화에 깊이가 없어진다. 내가 시무룩한 얼굴을 하자 그제야 그는 조금 성의 있는 태도를 보였다.

"왜 갑자기 우주의 사이즈에 관심이 생긴 거야? 그 시작과 끝 점은 알아서 뭐하려고?"

"그 안에서 어떻게 지내야 하는지를 잊어버려서."

그는 고개를 끄덕였다. 그 상냥한 동작은 내가 굉장히 이해할 만하고도 일반적인 고충을 털어놓은 듯한 기분이 들게 해주었다.

"낯설어서 그러는구나."

끄덕끄덕.

"우주는 말이야, 굉장히 커. 애초에 시작을 함께할 수도 없고 그 끝이 어딘지 안다고 해서 거기에 갈 수도 없을 만큼 커. 그러니까 우리가 어디에서 무얼 하건 그 언저리 어디에선가 길을 잃은 것뿐이니까 안심해. 나는 우주가 우리에게 준 가장 큰 선물은 그 광대함이라고 생각해. 그 안에서 인간이라는 작은 존재로 지낼 수 있는 안락함. 우리가 거품처럼 잠깐, 흔적 없이 놀다갈 수 있도록 거대한 누군가가 마음을 써준 거야. 어떤 이는 천체 망원경을 보며 스스로가 너무 하찮게 느껴져서 우울감에 빠진다지만 그건 바보 같은 생각이야."

천문학이 발달하면 할수록 인간의 존재는 우주의 중심으로부터 멀어져갔다. 500년 전, 코페르니쿠스가 '어쩌면' 우주의 중심이 지구가 아니라 태양일 수도 있으리라는 가설을 (목숨을 걸고) 내놓았던 순간부터 일어난 일이었다. 알고 보니 지구는 우주에서 조금도 특별하지 않았다. 천체 물리학이 한 발짝씩 우주의 중심에 다가갈수록 우리가 살고 있는 별의 지위는 구석 자리로 밀려났다. 그래서 결국 인간이 살고 있다는 이유만으로 지구가 우주 레스토랑에서 가운데 자리에 앉을 권리는 없다는 것이 분명해졌다.

"우리는 흔히 이 세상이 인간을 위한 무대라고 생각하잖아. 하지만 천문학을 두 달만 공부해보면 그게 얼마나 터무니없는 착각인지 알게 돼. 신이 인간들을 풀어놓고 그 위에서 얼마나 착한 일을 하는지, 혹은 몇 번이나 악행을 저지르는지 살펴보기 위해 세운 무대라고 하기엔, 이 모든 것들이 지나치게 크다고 생각되지 않아?"

개미들의 경기를 관전하기 위해 콜로세움을 짓지는 않는다. 신은 분명, 최소한 인간들이 벌이는 소소한 활극보다는 더 큰 드라마를 관전하기 위해서 이 모든 것을 있게 하였을 것이다. 하지만 그 웅혼한 계획 속엔 우리도 들어 있었다. 집을 설계하고 짓는 것은 건축가가 하지만 아이 방 천장에 야광별을 붙이는 것은 사랑 넘치는 어머니가 한다.

대단하거나 중요하지 않아도 꽃피게 하고, 꿈꾸게 하고, 머물다 가게 하는 것은 사랑이다. 세밀화 붓으로 하나하나, 개미보다 작은 당신과 나를 그 큰 우주 벽화 어딘가에 그려 넣었을 그 사랑이 나는 뭉클하다.

그는 우릴 잊지 않고 있었을 뿐만 아니라, 나를 그리고 나선 그 붓을 씻고, 말리고, 생각한 뒤 다른 물감을 묻혀 당신을 그렸디. 그런 정성이 있있기에 우리는 모두 다르게 세상을 경험한다.

우리는 작지만 우리를 있게 한 것은 거대한 의미였다. 아니, 의미를 따지지 않는 사랑이었다. 나를 위해서 이 모든 것을 짓진 않았겠지만 그 안에 나도 있게 해준 것은 분명 축복이기에 오늘도 별을 보면 가슴이 뛴다.